《明星大侦探》编剧沧海月力作

SHI ZI JIE TOU

十字街头

沧海月 著

时代出版传媒股份有限公司
安徽文艺出版社

图书在版编目（CIP）数据

十字街头 / 沧海月著. -- 合肥：安徽文艺出版社，2025. 1. -- （北极星文库）. -- ISBN 978-7-5396-8136-8

Ⅰ. I247.5

中国国家版本馆CIP数据核字第2024G4U381号

出 版 人：姚 巍
责任编辑：张星航　　　　　　　　装帧设计：赵 梁

出版发行：安徽文艺出版社　　www.awpub.com
地　　址：合肥市翡翠路1118号　邮政编码：230071
营 销 部：(0551)63533889
印　　制：合肥创新印务有限公司　(0551)64456946

开本：880×1230　1/32　印张：10.5　字数：190千字
版次：2025年1月第1版
印次：2025年1月第1次印刷
定价：55.00元

（如发现印装质量问题，影响阅读，请与出版社联系调换）

版权所有，侵权必究

目 录

楔　子 / 001

第一章　落魄男人 / 009

第二章　黑色旋涡 / 041

第三章　往事 / 080

第四章　白沙岬 / 106

第五章　重返滨海市 / 130

第六章　迷途 / 188

第七章　最后的抉择 / 223

第八章　灰暗的时光 / 273

尾　声 / 317

主要人物

罗东海：落魄的中年男子，曾是滨海市最优秀的刑警。

陆蜜儿：过气影星，滨海市富豪孙建华的情人。

罗平平：罗东海的女儿，高中毕业后未能考上大学，之后失踪。

赵芳倩：滨海市年轻的女刑警，曾是罗东海的助手。

孙建华：滨海市著名的大富豪，海王星集团总裁。

孙雅欣：孙建华的女儿，从美国留学归来不久。

周大全：海王星集团助理，孙雅欣的男友。

张若雨：孙雅欣的舞蹈教师。

刘茂昌：滨海市的混混，曾经多次入狱。

李青山：滨海市的年轻警察，赵芳倩的助手。

楔　子

深秋的午夜，一辆黑色的梅赛德斯—奔驰迈巴赫在空荡荡的马路上飞驰而过，卷起了一地枯黄的落叶，那落叶在半空中盘旋着、飞舞着，平添了几分萧瑟之意。

坐在汽车上的张乐川微闭着双眼，仿佛睡着了一般。车里一共坐着四个人，却一直没有人开口说话，只有发动机发出持续不断的低沉的嘶吼声。

张乐川不记得这几年来他已经进行过多少次这样的交易了，但不知为什么，今夜的他心中忽地有了一丝莫名的紧张和烦躁，这种感觉让他记起了许多年前第一次带着十几万的货和对方接头时，那兴奋而又惴惴不安的心情。他苦笑了一下：这说明自己已经老了吗？当年一直看不起那些年纪大的前辈行事瞻前顾后、缩手缩脚，如今自己也变成了这个样子——可明明离三十岁还差两个月呢。

张乐川又仔细回想了一遍自己的安排，应该没有问题吧?!

交易地点选在滨海市新城开发区南屏山电子公司的旧厂房里。和全国其他一哄而上的许多开发区项目一样，十年前，新城开发区仿佛是在一夜间就建起了许多工厂，后来这些工厂又渐渐地被荒废了。

张乐川选择的南屏山电子公司就是一家被废弃已久的工厂。这是他踩点几次之后才选中的：周围一两公里内基本没有人烟；工厂外的马路宽阔且四通八达，便于迅速离开；厂房内建筑物和被废弃的旧设施错综复杂，便于隐蔽。而且这个地方还有利于他进行另外的安排……

汽车缓缓地停了下来。张乐川慢慢地睁开了眼，透过车窗玻璃，他看到了月色下南屏山电子公司那油漆已经斑驳了的牌子。到了！

坐在后排的吴乔山手脚麻利地下了车，恭敬地给张乐川拉开车门。张乐川提着沉重的手提箱走下车，转头对开车的小黑说道："去后门等着。"

小黑没说话，阴沉着脸点点头，开车缓缓地离去了。

朦胧的月色下，张乐川带着吴乔山和另一个手下钱高强走进了南屏山电子公司的大门，径直向大院正中的厂房走去。

厂房的面积有四五千平方米，里面早就没有了电力供应，四下里黑漆漆的一片。吴乔山和钱高强各自拿出准备好的强力应急灯四下照了照，看不见人影，只有一些他们叫不上名字的机器设备，锈迹斑斑的，散落在厂房里。

张乐川来到厂房大门东侧一个相对开阔的地方，放下手中的皮箱，从怀中掏出雪茄盒，给两个手下各扔了一支，自己也拿出一支叼在嘴边。钱高强赶忙帮他点上，三人也不说话，调暗了应急灯，在这昏暗的厂房里默默地吞云吐雾。

过了大约十分钟，一阵汽车发动机声渐渐由远而近传来，最后"嘎"的一声停止在了厂房门口。紧接着，沉重的铁门发出一阵"哗啦啦"的响声，三个人影出现在门口。他们背对着月光，看不清面孔，只能看出中间一个是迈着八字步的矮胖子，旁边两人都是高个子，一个瘦削，一个魁梧，举手投足之间透出一股剽悍之气。

张乐川微微松了一口气。只看身材步态，他已经认出那个胖子正是这次要和他交易的、被道上称为"陈老三"的毒贩。

陈老三是广东人，人脉很广，滨海市附近很多人和他做过生意。陈老三为人贪婪狡猾，不过总体来说还是守规矩的。张乐川也和陈老三做过一次不大不小的交易，他不太喜欢这个人。不过这次陈老三却是以中间人的身份，给张乐川引荐了一个据说在港澳、两广一带颇有势力的大卖家"刘黑虎"。如果能够合作成功,以后不光本地货源不用愁了,成为全省首屈一指的供货人也不在话下。

陈老三一行人走到离张乐川五六米开外的地方,停下了脚步,几个人手中的灯光聚在附近,视野里一下子亮了起来。

"张老板最近发财了!"陈老三笑嘻嘻地打招呼,露出一口黄牙。

"嘿,到哪里发财啊,就等着陈哥照顾,不然兄弟们马上就要喝西北风了。"张乐川微笑着答应道,眼睛早已瞥向了跟来的两个人。那个魁梧男子穿着棕色西服,年纪不大,只有二十六七岁,相貌粗犷。另一个瘦削些的穿着灰色夹克,有四十上下,皮肤黝黑,目光如同鹰一般锐利。

张乐川盯着那位年长的男子,问道:"这位先生是……?"

陈老三赶忙道:"这位就是我给你介绍过的刘先生,道上的兄弟尊称刘黑虎。"

"刘先生,远道而来辛苦了。"张乐川客套道。

"没什么,这次只是顺便来看看,一笔小生意而已。"或许是说不好普通话的缘故,刘黑虎的声音听上去沙哑而含糊。

确实是小生意,尤其对刘黑虎而言,初次交易只是试探性的——但货物的价值也在千万以上——更主要的是这是双方考察合作者的一个契机,包含了对对方的信用、能力等的考察。

"那就看看货吧!"毕竟是风险巨大的黑道生意,时间越久越危险,简单几句客套,张乐川就引入了正题。刘黑虎和陈老三也都点了点头。

就在这时,张乐川衣袋里的手机猛地振动起来。他带着几分歉意地挥挥手,掏出手机——来电的是他的心腹阿刚。

张乐川的脸色顿时变了。阿刚是张乐川最信任的伙伴,但没有和张乐川在一起,因为他有更重要的任务——他就是张乐川所谓的另外的准备。阿刚提前三个小时,也就是在张乐川通知对方交易地点之前就到了这里,但他没有进入南屏山电子公司,而是藏身于距离工厂三十余米开外的一个由废弃的彩钢瓦搭建的两层旧楼里。在那里,他监视着公路上所有来往的车辆。如果没有特殊情况,他会一直待到交易结束后再自行离开。

张乐川按下接听键,阿刚焦急的声音传来:"大哥,情况不妙,有好几辆车朝这边开了过来。"

张乐川惊得背后冒出了冷汗,他确信午夜时分没有人会来这个荒废的厂房,那么来人的目标一定是他。他关上手机,瞅了一眼对面的三人,发现他们看上去都神态自若,接着心中迅速做出了判断：交易的双方互相并不信任，所以约定各自都只来三个人。实际上他在附近还是暗留了人手，比如后门的小黑和阿刚。但对方从外地来，不可能调动太多的人手，也没有必要为了这样一笔生意兴师动众。所以，结论更可怕——这次交易多半已经走漏了风声，来的几辆车里面都是警察。

张乐川使了个眼色，吴乔山和钱高强立刻心领神会，三支枪几乎同时指向对面三人，张乐川喝道："陈老三，外面来的是什么人？！"

"什么？你什么意思？这是你的地盘，一切都是你安排的，我怎么知道？"陈老三怒气冲冲地喊道。

陈老三的反应在张乐川的意料之中，张乐川扫了对面三人一眼："那对不起了，各位，咱们已经走漏风声了。兄弟们，各自保重吧。"说完，他提着皮箱迅速闪进身后的黑暗中，按照提前勘察好的逃离路线一路狂奔。

只是几秒钟之后，张乐川听到身后传来一阵急促的刹车声，接着是一阵杂乱的呼喊声和脚步声，随即枪声响了起来。等他气喘吁吁地跑出厂房回头看时，发现带来的两个手下吴乔山和钱高强一个也没有赶上来。完了，他们两个。

张乐川咬咬牙，感觉手中的皮箱沉重无比，但他不能扔掉它，因为里面的钱是他用命换来的。小黑在大院后门的车上等着他，应该不会被匆匆赶来的警察发现。

张乐川喘息了几秒钟，又提起皮箱准备逃命，后面却传来一个低沉的声音："别动，不然我就开枪了。"

张乐川喘着粗气，缓缓回过头，借着月色，他看清了身后几米外用枪指着他的，正是刚才要和他做交易的穿灰色夹克的刘黑虎。

"怎么，刘黑虎，你想黑吃黑？"

"不是黑吃黑，是白吃黑。我不是刘黑虎，我是滨海市的警察。真正的刘黑虎已经在广东的监狱里蹲了一个月了，陈老三也被我们控制很久了。"灰夹克的嘴角露出一丝胜利者的笑意。

怪不得！张乐川脸上的肌肉抽动了两下："好！算你赢了。这箱子你拿去，里面是货真价实的三百万美金，买我一条生路。"

灰夹克的身躯似乎一震，但一瞬间便恢复了平静，随即冷笑道："箱子当然要留下，但你也走不了。"

"你傻吗？"张乐川皱了皱眉头，"这个箱子你找地方藏起来，就当是我带着钱跑了，我不说没人知道，这钱就是你的。你一个小警察，八辈子也赚不了这么多钱。"

灰夹克不再回答，他深吸一口气，双手稳稳地握着枪，指着张乐川的胸口，厉声道："放下箱子，把手举起来，动作慢一点儿!"

"蠢货!"张乐川猛地把箱子扔向灰夹克,随后从腰间拔出手枪,只是还没能对准目标,对方的枪就先响了。

张乐川应声倒地,手中的枪也掉落在地上。灰夹克谨慎地用枪指着张乐川,缓缓靠近,一脚踢开了他身边的枪。躺在地上的张乐川放弃了反抗,他大口大口地喘着气,白衬衣渐渐被血浸染。猛然间,他发出一阵歇斯底里的狂笑,抬起一只沾着血的手指着灰夹克,吃力地说道:"蠢货,蠢货!你……你会为今天的事情后悔一辈子的……"

第一章　落魄男人

1

即便在三四线城市里,滨海市也是个小地方,早些年的老城区就是一纵一横两条马路,被当地人称为"十字街"。近些年城市的发展日新月异,城区扩大了不知多少倍,不过十字街作为城市中心的象征依然被保留了下来。这里依旧是整个城市里最繁华的地带,只是昔日道路两旁那些矮小陈旧的商铺早已被高楼大厦所代替,这些高楼大厦里集中了滨海市大部分的著名企业,如同新生的贵族一般傲然注视着街头的芸芸众生。

李青山现在所在的东河街是老城区仅存的几个旧民巷之一,在十字街的东北方向,距离十字街不到两公里,环境却有天壤之别。此刻的十字街头人潮涌动,一派繁华的现代景象,而在这静谧的老巷里,时间仿佛永久停留在了二十年前。

东河街的道路只有两米宽,两侧都是低矮的平房,柏油路地面因为年代久远,已经变得坑坑洼洼的,有些地方已经露出了黄土。街心的一棵大柳树下,几个老年男人围着一个象棋棋盘指指点点,几个五六岁的孩子在巷子里叫嚷奔跑。一个穿着黄背心的小男孩撞到李青山的怀里,险些摔了个跟头,稳住身子后,转头向李青山做了个鬼脸,又飞快地跑开了。

在滨海市长大的李青山并不熟悉这个地方,他跟着赵芳倩在狭窄的小巷中迅速地拐来拐去,如此走了一段,他不得不佩服起这个比自己早入行五年的师姐作为一个警察的专业素质了——外地人赵芳倩显然对这一带的街头巷尾非常熟悉,而且这根本不能算她的业务范围,毕竟他们都是刑警,不是片儿警。

李青山进入刑警队不足一年,一直是给赵芳倩做助手。在滨海市这个治安良好的小城市里,在这一年不到的时间里他几乎没有接触过一起像样的案子,最多和小偷、流氓之类的人打过几次交道。不过这次不一样,他们两人刚刚接到命令,开始调查一起贩卖毒品案。

滨海市曾经有一个很有影响力的贩毒团伙,那是几年前的事情了，自从团伙二号人物张乐川被击毙之后，一号人物红鲨也销声匿迹，滨海市的毒品几乎绝迹。不过近一年却又有了死灰复燃的迹象。赵芳倩和李青山调查的是一个夜店小姐吸毒过量致死案，他们追着这件案子查了很久，却没有任何突破。不过从种种迹象看，这起案件和几年前的贩毒团伙应该有些瓜葛。

"我觉得有一个人可以帮助我们！"赵芳倩这样说着，把李青山带到这一片混乱的地方。

两人在狭窄的小巷中穿行了五六分钟后，眼前出现了一栋三层的灰色居民楼。这种在城区其他地方早已消失的老旧建筑，在周围更为低矮破旧的房屋的映衬下，竟如同站在一群矮子中间的一个巨人，显示出了一种略带滑稽的威严之感，李青山忽然觉得有些好笑。

赵芳倩要找的人就住在这灰色的小楼里，老旧的楼房的一层大门处连防盗门也没有，他们一路上了二楼。赵芳倩按下门铃，里面似乎没有传来铃声，于是她转而用力拍打房门。半晌过去，屋内还是没有动静。可赵芳倩并没有放弃，继续用力拍打。终于，两分钟后，门内传来一阵"沙沙"的脚步声，随着一阵金属的摩擦声，门打开了。

屋里露出一个男人的半边身子，他一米八出头的个子，身材瘦削，腰背略显佝偻，穿着一件略微泛黄的白T恤衫。

他的鬓角已经有了些许白发，脸色是一种略显病态的黄，双眼带着血丝。隔着赵芳倩，李青山也能闻到一股浓浓的劣质白酒的气味。

"哎呀！贵客啊！有什么事啊？"那男子沙哑着嗓子问道。

"有个案子要你帮忙！"赵芳倩微笑着说道。

"让我帮忙？我这样的人能帮你们什么？"那男子咳嗽了两声说道，不过还是把两位刑警让进了屋子里。

这间两室一厅的屋子只有五十多平方米的样子，家具都是多年前的款式，酒瓶、空餐盒和各种颜色的食品包装袋散落在四处。现在是上午十一点多，屋子里的光线有些阴暗，还散发着一股刺鼻的霉味。这是一个典型的落魄单身汉的屋子。

赵芳倩和李青山在客厅的旧沙发上坐下，那男子抓起那个带着锈迹的铁皮暖水瓶晃了晃，却又放下了，转身苦笑道："得了，我也不和你们客气，有什么事情直接说吧，估计你们也不能久坐。"

"嘿，谁说的，我就是打算久坐呢！"赵芳倩笑眯眯地说。

"那对不起了，一会儿我得上班，下午的班。"那男子毫不客气地说。

李青山怒气上涌，刚想教训这男子两句，却听见赵芳倩说道："下午的班，怎么也还能坐一个多小时。"

男子无奈，从一旁的柜子里拿出两个白瓷杯子，给两人倒了水，说道："那也只有白开水。"

李青山道谢后接过杯子，那杯子倒还干净，只在杯口处有一道浅浅的裂纹，他没有喝，随手把杯子放在茶几上。

"走了半天，正渴呢！"赵芳倩端起茶杯来抿了一口，可能是太烫，也放下了，"好吧，那就不耽误你时间了，我长话短说。你还记得当年南屏山那起贩毒案吗？"

那男子微微一震，没有答话。

赵芳倩接着说："你不可能不记得的。如今那案子有了新的线索。最近这一年，我们滨海市的贩毒活动又多了起来，根据我掌握的情况，以及他们行事的风格和安排的一些底层的小喽啰可以判断，应该是红鲨又回来了。"

男子嗤了一声："就这？你这样判断有些武断吧？毒贩的路数本来就那么几套，相似也不奇怪。至于你说的小喽啰，无非是在酒吧歌厅、街头巷尾卖点儿散货的小混混，他们那些几进宫的罪犯，是很难被社会接受的边缘人。"

"当然不是这么简单，"赵芳倩信心满满地说，"我还有更重要的证据。"

"什么证据？"一直漫不经心的男子忽然有了兴趣。

赵芳倩似乎有些犹豫，沉吟一会儿，说道："算了，本来是不能和你说的，但不说明白，也没法子让你提供帮助——我可以肯定地告诉你，毒贩和海王星集团的人有关联。"

李青山也吃了一惊，这消息他之前也不知道，海王星集团是滨海最出名的几个私企之一，总部就在市中心的十字街中央，老板孙建华也是市里的风云人物，听说海王星集团近年还很有希望上市。

"记得独眼龙吗？以前进去过两次，去年出来后消停了两个月，后来又在活动了。前一阵子，有一次我跟踪他时，发现他上了海王星集团的车，不是普通的车，是大老板孙建华的那辆红色保时捷。"

那男子沉默了片刻，摇摇头说："就算你有铁证，也说明不了什么。海王星集团的人很多，想想也知道，像孙建华这样的人物，可能干出非法的事情，但不可能贩毒，那是穷人干的，至少在国内是这样的，为了钱他犯不着豁上自己的脑袋，他有更好的办法。"

"那么以你这些年来对滨海市贩毒集团的了解，近年活跃的毒贩会是红鲨吗？红鲨会是海王星集团的人吗？"

那男子的表情很平静："我不了解，我早就不关心这些了。"

"你了解。"

"我只是个普通百姓，不想招惹贩毒集团，也不想得罪有钱有势的大老板，和犯罪分子斗争，那是你们警察的事情。对不起，我该去上班了。"男子的表情越发冷漠，站起身来表示送客。

"那好吧！以后想起什么和我联系。"赵芳倩笑了笑，也站起身，向外走去。

"我想不起什么了。"随着不耐烦的声音，身后的门"砰"的一声被关上了。

"我们根本就不该来的。我一进门就怀疑，这么一个人能帮上什么忙？"路上，李青山郁闷地说道。

"一进门？为什么？"赵芳倩随口问道。她看上去心情不坏，并没受影响。

"瞧他那邋里邋遢、醉醺醺的模样，一看就是个窝囊废。"

"窝囊废？你知道他是谁？"

"谁？"

"他是滨海市刑警队的前副队长，也是我的师傅罗东海！"

"什么？"李青山惊讶地张大了嘴巴。

发生在两年多之前的"南屏山特大贩毒案"，当时在省内甚至全国轰动一时，警匪枪战近半小时，匪徒三死两伤，一名警察殉职，一人重伤。而罗东海就如电影中的传奇人物，先是卧底打入毒贩内部，与贩毒分子接触，及时传递消息；后来独自击毙两名匪徒，追回数千万赃款，是破获此案的最大功臣。

当时的李青山还没有从警校毕业，正在滨海市的东华路派出所实习，因此也曾经参加了市里的表彰会。那时候的罗东海穿着一身笔挺的警服，意气风发地站在领奖台上，如同一柄寒气逼人的利剑，台下是潮水般的掌声。李青山无法想象那个英姿勃发的男子，和刚才那个落魄的邋遢的男人是一个人。

李青山仔细从脑海中搜索旧时的印象……凭借着扎实的基本功，果然那个男子的脸庞和身形与印象中的罗东海慢慢融合到一起，只是……只是什么东西能让那个当时被很多后辈视为警界楷模的英武男人，在仅仅两年多的时间里就堕落到这样的地步？

2

这些日子里，罗东海已经渐渐适应了如今的生活，令人心碎的往事似乎都已经渐渐湮灭在流逝的时光里，然而赵芳倩的突然来访揭开了他内心深处最不愿触及的伤疤。

罗东海缓缓地关上房门,他一扫刚才的落寞,眼中重新燃起了希望。他习惯性地随手抓起了餐桌上一小瓶喝了一半的二锅头,拧开盖子,递到了嘴边,却又缓缓地放下了。

不能再用酒精麻醉自己了!曾经的警察罗东海抓过许多吸毒者,他对这些瘾君子充满了鄙视,可是,如今沉溺于酒精的自己与他们又有什么区别呢?

"芳倩,谢谢你!"罗东海心里知道,赵芳倩不是来求助他的。这一年多来,他早已不再关心滨海市各个犯罪集团的任何消息,根本帮不上什么忙,对于刑警队的老同事,他也都避而不见,不想被人看到自己如今落魄的惨状。赵芳倩这次找上门来是来帮他的,也可以说是来拯救他的。

赵芳倩说的话不多,但已经足够了——滨海市的毒贩很可能和海王星集团有关系。至于是什么样的关系,就是他接下来要调查的了。最终的结果未必有价值,但至少在调查出真相之前,他的人生再一次有了机会。

已经接近正午,罗东海去厨房给自己煮了一碗挂面,同时还顺手收拾了一下屋子里那些忽然变得碍眼的垃圾。这期间,他的脑子一直没有闲着,很快做出了下一步的计划。

海王星集团的上层人物究竟和毒贩是什么关系?这个人或这几个人又是谁?这些并不容易查到,因为以他的身份很难接近这样的人物,而且对这层关系的存在与否,他始终有些怀疑。不过另一头查起来却很容易，那就是独眼龙。

独眼龙的本名叫刘茂昌，他不是真正的独眼，只因为当年一次在KTV斗殴时，他眯着一只冒着血的眼睛，把对方的三个人打翻在地，从此名声大噪，"独眼龙"的称号也就此传开了。实际上他长得算是比较帅气的，只是过于瘦削的脸颊和一双三角眼令他看上去有些凶狠狡诈之气。

刘茂昌早些年劣迹斑斑，蹲过两次大牢，第一次就是被罗东海抓的，原因是入室行窃；第二次是因携带毒品，被地方派出所的警察抓获，只不过他的携带量不大，他坚称是自己用的，而且他的确也有吸毒史，最终被关了不到一年就出来了。

狼吞虎咽地吃过午饭之后，罗东海给现在的上司——保安公司的吴经理打了电话，说自己有个亲戚高薪聘请自己去做保镖，因此要辞去工作。吴经理是个不错的人，表达了一番惋惜之情，表示如果以后有机会，请罗东海一定回来。

罗东海放下电话，换了一身还看得过去的黑色衬衫和一条半旧的牛仔裤，转身出了门。

作为老相识，罗东海几乎闭着眼就能找到刘茂昌的踪迹，而且他也就住在老城区一条旧巷子里的一个大杂院里，与罗东海家不过一里之遥。不过暗中跟踪了几天之后，罗东海却毫无收获,这期间刘茂昌最大的劣迹就是和一个发廊女鬼混过一次,还有一次可能是和两个狐朋狗友凑在一起吸了几口。

罗东海倒是很有耐心,他相信自己没被对方发现,距两人上一次正面打交道已经过去五六年了,刘茂昌不会轻易认出伪装后的自己。另外,罪犯也是人,不可能时时刻刻都在犯罪,尤其是刘茂昌这种边缘人物,有钱的时候往往都是四处挥霍,没钱时才铤而走险。看上去他现在不缺钱。

在跟踪到第十一天的时候,罗东海忽然从刘茂昌身上嗅到了一丝犯罪的气息,这不光是凭借一个警察的直觉——因为对方原本昏天黑地的生活忽然规律起来,行为也变得谨慎起来,这往往是要"干大活"的前兆。

又过了两天,刘茂昌终于行动了。已经是夜里十点半了,罗东海在刘茂昌家门外十多米处的大树下等了三四个小时,正准备回去睡觉的时候,小院那陈旧的黑漆木门"吱呀"一响,刘茂昌走了出来。他穿着一身半旧的深色运动服,脚上穿着球鞋,虽然天气已经比较热了,但他头上还是戴了一顶网球帽。

刘茂昌似乎心事重重,并没有注意到身后的罗东海,他沿着小巷拐了几个弯到了大路上,拦了一辆出租车,上了车一溜烟向南去了。

罗东海也早有准备，他的那辆老旧的本田摩托车就停在巷口，见状他急忙发动摩托，跟上了出租车。

出租车只开出了三四公里，就到了城中心的十字街。这里是滨海市最繁华的地方，即便是临近午夜，四下林立的高楼上也闪烁着五颜六色的霓虹灯，把街区照耀得如同白昼一般。从各处隐约传来的音乐声混杂在一起，令人迷醉。

虽然距离不远，但罗东海已经许久没有来过市中心了，这里和他生活的陋巷似乎是两个世界。

刘茂昌下了车之后，转身回头走了一段路，在行道树暗影的掩映下，走进了一个地下停车场。

罗东海把摩托车停在一个已经关了门的商场门口，慢悠悠地走进了地下停车场。看门的是一个中年胖男人，头也没抬一下，依旧摆弄着手机，只把秃了大半的"地中海"对着路过的罗东海。

显然，这样一个管理员，停车场里发生了什么他也不会知道。

这个停车场面积不小，此时停放的车辆只有五六十辆。按照停车场的位置，罗东海估计这些车主大多是去了附近纸醉金迷的娱乐场所，个别的是还在加班的白领。近几年，市中心街面上的停车位一直很紧张，所以附近的地下停车场生意不错。

远远地，刘茂昌蹲在一个阴暗的角落里，罗东海没有走近，隐身在离刘茂昌十几米外的一根柱子后，等着他的下一步行动。

时间不知不觉已经过去了快一个小时，其间有十几个车主陆续驾车离开，但刘茂昌一直按兵不动，没有与任何一个人接触。

这时，一阵高跟鞋的脚步声远远传来，在空旷的停车场中回荡着。罗东海循声望去，一个穿着黑色短裙的长发女子走了过来，她的头上扣着一顶圆帽，遮住了脸的上半部，不过单看那小巧精致的下巴和烈焰红唇就知道是个美女。她低低的领口处饱满的双峰几乎要把衣衫撑破，两条长腿在灯光下白得刺眼。

黑裙美女从罗东海面前袅袅婷婷地走过，或者说是摇摇晃晃地走过——看上去她喝得有点多了。罗东海还没来得及仔细欣赏这个路过的美女，忽然发觉不远处的刘茂昌有了动静。

一直蹲在角落里的刘茂昌站起身走了出来，样子很从容，看上去就是一个要去提车的车主。他走的方向与黑裙美女的垂直，按照两人行走速度看，他们会在下一瞬间擦肩而过。

这黑裙美女就是刘茂昌一直在等的人!

罗东海振奋起来,不过他并没有从柱子后面走出去,而是准备先静观其变。

几秒钟后,眼前的两个人相距只一步之遥,从表面上看,他们依然像是一对素不相识的路人。这时候,刘茂昌忽然行动了,他猛地朝黑裙美女扑去,勒住了她的脖子,那女子尖叫一声,后半截声音却一下子沉闷下去,大概是被刘茂昌捂住了嘴。刘茂昌左手勒住女子,右手举起,手中之物寒光闪闪,分明是一把尖刀。

罗东海有点吃惊了,刘茂昌这种人,小偷小摸,经常干些倒腾点儿毒品黑货之类的事情,一般不会拦路抢劫。按照他们的看法,抢劫的性价比和技术含量都太低,他们不屑于干这个。当然穷急了他也会干,不过看上去,近期他手头并不紧。

罗东海只犹豫了不到一秒钟,随后多年警察的本能还是战胜了一切,他大喝一声冲了出去。刘茂昌吃了一惊,正转头看时,忽然手腕一阵剧痛,不禁大叫了一声,手中的刀子也掉在了地下,原来怀中的女子趁机在他手上狠狠咬了一口。

意外接踵而至,刘茂昌微微有些发蒙,不知道下一步是该逃跑还是该继续下去。不料,那黑衣美女很是凶悍,摆脱刘茂昌的控制之后,一边怒骂,一边抡起手中的皮包劈头盖脸地打去。刘茂昌挨了两下,虽然这对黑道经验丰富的他来说根本不算什么,却也很疼痛。他恼怒地一脚把那女子踹倒在地,捡起刀子拔腿向外跑去。

罗东海一个箭步冲过去,拦在刘茂昌的身前。刘茂昌猛地刹住,挥了挥手里的刀子,面目狰狞地吼道:"滚开!不然老子不客气了!"

罗东海冷笑道:"老实点儿,放下刀子。"

刘茂昌见威胁不起作用,口里骂了一句脏话,挥刀向罗东海小腹刺来,罗东海左臂一挥,隔开了对方的尖刀,随即飞起一脚,把刘茂昌踢出了好几米远。刘茂昌身经百战,反应很机敏,眼看对手不好对付,形势对自己不利,便不再恋战,把手中的刀奋力掷了过去,转身没命地向停车场出口逃去。

罗东海急忙一闪,这一刀贴着他的鬓角飞过,把他也惊出了一身冷汗,他随后定了定神拔腿向刘茂昌追去。

罗东海一口气追了三十几米,到了停车场的门口。那看门的中年胖子看得目瞪口呆,站在门卫室里,嘴巴咧得老大,一脸的不知所措。那刘茂昌格斗不行,跑得倒是飞快,罗东海这一两年在生活上有些放纵自己,体能有些下降,有些气喘吁吁的。他回头看,那黑裙女子还在地上坐着。他隔了些距离，没看清两人搏斗的情形，不免有些担心，加上对刘茂昌知根知底，也不怕他跑到天上去，于是转身回去看那个女子。

那黑衣美女看上去倒没有大问题，扶着一辆汽车慢慢地站了起来，搏斗中她的帽子掉了，露出了整个面孔。她看上去二十六七岁，留着一头微卷的长发，白皙面孔上是一双颇为魅惑的大眼睛，配上琼鼻朱唇，从外表看还真是一个近乎完美的女子，只是此刻的表情略微有几分凶狠外加几分狼狈。

"你没事儿吧？"罗东海关切地问道。

"没事……没事，谢谢啦，这年头见义勇为的人可真不多见了。"黑衣美女一边说着，一边揉着自己的肚子，看上去挨的一脚也不轻。

"要不要去医院看看？"罗东海看到这情形又问道。

"不用，没那么严重。哎，你会开车吗？要是会的话麻烦你送我回去吧，不远，就在牡丹园小区。"

"没问题！"

罗东海扶起那黑衣美女，那美女很自然地把半边身子倚在他的身上。一股淡淡的幽香从鼻端传来，罗东海的脑袋微微一晕，急忙努力地向旁边偏了偏头。两人走出了十几米，在一辆红色的跑车前停了下来。

罗东海吓了一跳，尽管他平时不喜欢研究豪车——因为这东西根本和他扯不上什么关系，不过还是能从外形上感觉到这辆他叫不上牌子的跑车价值不菲。他偷眼瞅了瞅旁边的美女，暗想：大概她这没多少布料的裙子的花费也够自己过个一年半载了吧！

两人上了车，黑衣美女坐在副驾驶位置上，她微蹙着眉头，嘴里吸着气，轻轻活动着腰肢，看来刚才那一下给她的影响不小。

汽车缓缓驶出停车场，身边的女子缓过劲儿来，掏出镜子，略微整理了一下自己的妆容，转头朝罗东海嫣然一笑道："大哥，车开得不错啊！唉，我遇上这倒霉的事儿，要是开车还真不得劲呢。"

一股酒气喷到了罗东海脸上，他强忍着肚子里的馋虫，说道："就算没这事儿也不行啊，你刚刚喝了那么多酒。"

"嘿，喝了那么点儿酒怕什么？"美女一脸的不以为然。

"酒驾可是要抓起来的，你这肯定是醉驾。"

"嘿，你管得倒宽，你警察啊？"

"你真说对了，不过是前警察！"罗东海带着几分自嘲的口吻，回答道。

黑衣美女饶有兴趣地打量起罗东海，半晌点点头："哦，罗东海，著名的前警察，上过电视的。"

罗东海倒是有点意外："你竟然知道我的名字？"

"记人的脸是我的天赋！又赶上有两次你的事儿，我恰好都看新闻了。"黑衣美女一脸得意，"前警察，身手不错，人长得也不讨厌。这样吧，我出高价雇你给我办点儿事。"

"什么事？"尽管不是很愿意被人认出，但"高价"两字还是让罗东海咽下了拒绝的话，毕竟还要生活下去，而且蹲了许久，也没找出半点头绪，生活费也是个问题了。要是真从这个女子这条线查起来，没准会有意外收获。如果所谓的事情就是要找到袭击她的人，那几乎是白赚了一笔。

"那你知道我是谁吗？"那女子没有回答问题反而问道，看出罗东海脸上的疑惑，于是接着说，"陆蜜儿！听说过吧？"

陆蜜儿？这个名字有点熟悉！罗东海稍一寻思，猛然记起来，吃惊之下，汽车险些失去控制撞到马路牙子上。

陆蜜儿是个影视圈的三线女明星，本来像这样的一个女人罗东海是不会知道的。一年多之前，他调查海王星集团的孙建华时，了解到两人之间有些绯闻，因此记住了。不过在滨海市这个小地方，对于大多数人而言陆蜜儿也算是大明星了。

想到这里，罗东海心中激动起来：眼前的明星陆蜜儿一下子就把独眼龙刘茂昌和海王星集团的孙建华联系起来了，而且接触到了陆蜜儿，显然有机会更多地了解海王星集团上层。

"喂喂！别激动！开好车！明星……也是人啊！"陆蜜儿一脸无奈地说道。

罗东海险些笑了出来，也就在滨海市吧，在这个时代明星多得像夏夜漫天飞舞的萤火虫，如今谁还记得她陆蜜儿？

不过他转头又想：这个陆蜜儿虽然会错了意，但察言观色的能力倒也不可小瞧，这大概也是一个演员的基本素养吧！和她打交道真得小心点！

"那你要我查什么呢？"

"等到了我家里，再和你细说。"

"哦！"罗东海硬着头皮答应了一声，他早已不记得多久没有进过单身女子的家里了。

3

牡丹园在滨海市近郊，离市中心的十字街只有半小时的车程。这里是有名的富人区，刚刚开发了三年多，罗东海还一次没有进去过。

陆蜜儿住的是一个一百多平方米的跃层式房子，看得出里面的装修倒是很奢华，只是……一进门迎面就是乱七八糟的一堆各色鞋子，看上去足有几十双。茶几上是各种吃了一半或还未开封的零食、饮品，沙发上是各色衣物。好在陆蜜儿这样的人一般不会在家里吃饭，没有什么变馊的剩饭剩菜，否则会比落魄的单身汉罗东海的住处还惨不忍睹。

"我的保姆前两天辞职了。"陆蜜儿自己的脸上也有些挂不住，一面解释一面匆忙收起沙发上扔着的几件性感内衣。

收拾了两分钟之后，陆蜜儿端了两杯葡萄酒走了出来。

"来，先喝一杯！"

"你还能喝吗？"罗东海疑惑地问。

"嘿，刚才的那点儿酒早被那王八蛋吓醒了！"不知是因为回了自己的家，还是从惊慌中恢复过来了，陆蜜儿看上去随意了许多。

本来决心戒酒的罗东海不知道是被酒还是被人诱惑了，迷迷糊糊地顺手接过来，不过只抿了一口就放在了茶几上——红酒他喝不惯。

陆蜜儿倒是一口气喝了大半杯，转身"噔噔噔"大步地进了书房，不多时拿出一沓资料递给了罗东海："给我查查，去年那一阵子是谁在网上造谣，说我乱搞？"

"就这个事儿？"罗东海翻了翻手中的打印资料，内容大多是这一年来网络上关于陆蜜儿的绯闻，他顿时有点失望。

"我会给你钱的。"看到罗东海犹豫，陆蜜儿又妩媚地一笑，向罗东海抛了个媚眼，补充道，"给人也行。"

罗东海吓了一跳："别，别，要这样的话还查什么？这不坐实你乱搞了吗？"

"看你吓的，老娘都被孙建华扫地出门了，还有他×什么乱不乱的。"看来对这件事陆蜜儿还是余怒未消，一提起来就横眉竖目，粗话脱口而出。

"就因为这个事儿？"

"可不是嘛！本来我们已经快要结婚，就因为这个事分手了！肯定是哪个浑蛋眼红老娘，暗地里使坏！"陆蜜儿一脸的愤恨。

"你肯定吗？"罗东海迟疑地说，"有时候……有时候你们这种关系，怎么说呢，不大稳定……"

"我明白你的意思，你是说包养关系吧？那不一样，我们当时可是真爱。"

"哦，那……那孙建华得四五十岁了吧？"虽然陆蜜儿看上去一脸认真，不过罗东海不是很相信，毕竟那是个专业演员。

"今年生日过了，就五十一了。"

"说的就是，你才多大？"

"我？那你看我像是多大年纪的啊？"陆蜜儿笑吟吟地看着罗东海。

罗东海被看得脸上一热，连忙转过头，干咳了两声随口道："……差不多三十吧。"

陆蜜儿变了脸色:"多少?!我看着像三十岁了……你们当警察的这眼还真他×毒,不对,老娘还差小半年才三十呢。"

罗东海忽然发觉自己犯了忌讳,尴尬地说道:"你……你别老娘、老娘的挂在嘴边了,这不一下子就显得老气了吗?"

"你管得着吗?老娘天天在人前装淑女,扮清纯,累得要死。凭什么在你面前还要装?你算什么?你不过是我雇来的那个……那个马仔!"陆蜜儿余怒未消。

罗东海苦笑了一下,看来冥冥中自有天意,自己辞职时随口说是有个富豪要雇佣自己,眼下倒真的成了有钱人的"马仔"。

接下来的几个小时里,罗东海深刻领教了这个新雇主飘忽不定的大小姐脾气。不过陆蜜儿这人不笨,勉强也算讲道理,后来他也成功地劝她把调查目标转移到了试图袭击她的人身上,因为去人海中找在网络上造谣的人实在不是他的专长。

罗东海一直在监视刘茂昌,他知道这不是一次偶发的以劫财或劫色为目的的犯罪,刘茂昌的目标很明确,就是陆蜜儿——之前刘茂昌专程来到地下停车场等候她,并放过了好多明显可以下手的目标。

不过刘茂昌和陆蜜儿两人身份地位悬殊，之间没有任何交集，显然这次袭击的背后另有指使人。罗东海当然想到了赵芳倩关于前一阵刘茂昌和海王星集团有来往的说法，他想或许这次无关毒品，刘茂昌只是受雇伤害陆蜜儿。

按照陆蜜儿的说法，这些年和她关系紧密的除了演艺圈的人之外，只有海王星集团的人。至于其他圈子的人，都是泛泛之交，既没有很好的朋友，也没有什么仇家。她认为想对她下手的只可能是海王星集团的人，因为她在演艺圈人缘好得不得了，简直是人见人爱，要不是当年为了爱情毅然退隐，如今怎么也得和正当红的几个花旦拼个旗鼓相当，根本不会有人来报复她。

前面一大堆话且不说，至少这最后的结论，也符合罗东海的判断——演艺圈里有谁会去打击报复一个过气好几年，隐居在滨海市的三线女星呢？当然这句话他很知趣地没在雇主面前说出来。

两人一口气聊了两三个小时，罗东海离开陆蜜儿家时已经是凌晨两点半了。

4

第二天一大早，刚刚过六点，罗东海就从床上爬了起来，尽管没睡上几个小时，但他感觉身体里能量十足，这种状态大约有两年没有过了。他在巷口的小摊上吃了一屉包子，起身去了刘茂昌家，这个时间是最容易把这种人堵在家里的。

大约十年前，罗东海到过刘茂昌的家，当时是为了抓他，院内大体的模样隐约还记得，这次罗东海在门外蹲守了好几天，却一直没有走进小院里面。

再次进入刘茂昌家所在的大杂院，眼前的景物勾起了罗东海的记忆，院子里似乎又搭建了几间平房，看上去更加拥挤，也更加破旧了，其他的都与十年前相差不大。然而，就在一里之外，整个城市早已起了翻天覆地的变化了。

一个头发花白、穿着蓝色制服的老者一边咳嗽，一边推着一辆锈迹斑斑的三轮车向门外走，车上是西红柿、黄瓜等时令蔬菜，似乎准备去街头贩卖。老者走到门口斜坡处时有些吃力，罗东海帮他推了一把，顺便打听了刘茂昌住所的位置。多年前的印象已经有几分模糊了，另外时间久了，或许也会有些变动。罗东海不想打搅太多的人。

刘茂昌的家是两间朝东的厢房，从门口看上去比其余几户更脏乱、破旧一些。

此时，时间尚早，院子里空空荡荡的，几户敞开门的房里传出饭菜的香气。一个五六岁的小男孩独自在院子里玩耍，他瞪大眼睛看着罗东海这个不速之客，脏兮兮的小脸蛋儿上露出好奇的神情。

罗东海上前几步,轻轻敲响了刘茂昌的家门。随即屋子里传来一个苍老嘶哑的女声:"找谁啊?"紧接着屋门"哗啦"一声打开了,一个苍老的、一脸病容的老妇站在门口。

罗东海有些意外,愣了一下,答道:"我找刘茂昌!"

老妇转身进屋,一面咳嗽,一面拍打着一间小屋的房门:"茂昌,起来了,有人找!"

几秒钟后,一个带着不耐烦的粗野声音响起:"谁他×这么早?"随后是一阵踢踢踏踏的脚步声传来。

罗东海定下心来,这个声音应该就是刘茂昌的。

果然,睡眼惺忪的刘茂昌从屋里探出半个裸露的身子,看了看罗东海问道:"你是谁啊?"

"不认识我了?"罗东海微笑道。

昨天在黑暗的车库里,匆忙间刘茂昌没有看清罗东海的模样。此时借着屋外的晨光,他眯着眼仔细打量了对方一番,终于认了出来。

"哦,罗警官,来抓我了?"刘茂昌低声道,脸上满是警惕的神色。

罗东海没有回答,反问道:"你家里有人?"

"就我妈在屋里,病两年了,有事儿咱外边说。"刘茂昌冷冷地说。

这时，屋子里那个嘶哑的女声再次传来："茂昌，你……你是不是又在外边惹事了？"

刘茂昌的脸上现出一丝慌乱："没……没。妈，你好好歇着吧！"

罗东海高声说道："没事，阿姨。我是茂昌的朋友，来找他帮我干点儿活。"随后转向刘茂昌，"那咱们外面说去。"

刘茂昌答应一声，转身抓起一件旧汗衫搭在肩上，脚上仍穿着拖鞋，跟着罗东海向外走。

两人来到院子门口，刘茂昌在台阶上坐下，罗东海掏出烟盒给了刘茂昌一支烟，自己也点上一支，慢悠悠地吸了起来。

"有什么事儿？说吧，别以为你这样，我就卖你人情了。"刘茂昌语气中带着些不屑，脸色却缓和了许多。

"自己不知道什么事儿吗？"罗东海不动声色地反问。

"我的事儿多了，吃喝嫖赌抽，坑蒙拐骗偷，什么都干，说起来能说三天，你痛快点。"刘茂昌一副死猪不怕开水烫的样子。

"昨天夜里的事儿。"罗东海平静地说。

"昨天夜里……"刘茂昌有些吃惊，一下子站了起来，"你……你怎么……"

"你那一刀，可是差点叫我破了相。"罗东海指着自己的脸说道。

"啊，罗警官，怪不得身手那么利索，对不住了。"刘茂昌这才明白昨晚踹了他一脚的人是谁。

"别废话。昨天你想干什么？"

"干什么？没钱了，想向她借点。"刘茂昌又在台阶上蹲下，继续吸着烟。

"抢劫的话能判个三五年，而且昨晚你袭击的那位不是一般人物，判的时候只能多不能少。"罗东海慢悠悠地说，刘茂昌的脸色微微一变，仍然强作镇定。

罗东海又说道："要是抢劫的同时，准备杀人灭口的话……"

刘茂昌忍耐不住，忽地又站起来："谁说我要杀人了？警察也不能乱说啊！"

"别慌，我已经不是警察了。"

"你……你……你不是警察和我扯什么淡。"刘茂昌大为意外，横眉怒目地说。罗东海离职的时候，刘茂昌还在大牢里，对此一无所知，等出来以后，这件事早成了没人在意的旧闻了。

"那女的是我的雇主，我代表她来的。"

"哦！"刘茂昌彻底明白了，脸上露出一丝讥讽的笑意，

"堂堂的罗警官也给人当马仔了,这不跟我这下三烂一样了吗?"

罗东海一笑,没有搭话,昨夜被陆蜜儿叫了半夜的"马仔",他也算适应了。

"哎,罗警官,怎么不干警察了?犯错误了?"刘茂昌露出一丝猥琐的笑容,"我猜猜,你这人也不像贪财的样儿,是生活作风问题吧?"

罗东海被刺痛了,他忽然吼道:"关你屁事!想想你自己吧,马上就进去了。"

"进去就进去呗,我又不是没进去过。"刘茂昌满不在乎。

"那你妈呢?你病在床上的妈呢?"罗东海冷冷地问。刘茂昌的家庭情况罗东海有所了解,独子,早年丧父,他这样的自然也没媳妇,老娘什么时候病的倒不清楚,十年前肯定还是好的。

"我……我外面有的是兄弟,他们会帮我的!"刘茂昌说这话的时候,自己也有些不大相信。

罗东海深呼吸了几次,把心情平稳下来,低声说道:"我是想拉你一把,不然直接报警抓你就好了。"

"哦,你想怎么样?"刘茂昌的态度变了,毕竟他不想真的来个"三进宫"!

"告诉我背后指使你的人是谁，事主就不追究你，这件事可大可小，毕竟没有真正伤人！"

刘茂昌没有回答，他蹲在台阶上，手里的烟吸得差不多了，又向罗东海要了一支用烟头续上，又吸了一大半才说："雇主到底是谁我也不知道，不过他会找我的。到时候让你们看看可以，不过你得跟你的老板要钱，我这样把他卖了，以后在道上没法混了。没办法，我妈快不行了，缺钱！"

"好！看在你还有点人味儿的分上，我帮你！"罗东海痛快地答应了。他摸了摸口袋，里面的两万元是昨夜刚刚拿到的预付款，罗东海准备存上一万，另一万作为这两天的花销。

当时谈到价格的时候，心中并没有底的罗东海犹犹豫豫地伸出了一只手。不料陆蜜儿星眼一瞪："不行。你小子太黑了吧！没干活就想要那么多！就两万，不干我找别人。"

"别，别，就两万好了！"罗东海赶紧答应了，心里想：我其实就要五千的预付款而已。

幸亏有两万！罗东海掏出了一万元，他不是完全信任刘茂昌这个人，不过他相信刘茂昌老娘病重的事情是真的，他也亲眼看见了，不能不管。

5

坐在王朝夜总会里，罗东海有些不自在，尽管来之前好好打扮了一番，但他仍然觉得自己与这环境格格不入，毕竟这是滨海市最好的夜总会，装潢得非常考究，同欧洲的宫殿一般。

偏偏陆蜜儿还摆出了一个美女应有的架子，迟到了近半个小时。虽说顶级夜总会的服务生都很懂规矩，没人打搅罗东海，但他还是有芒刺在背的感觉。

"嘿！"陆蜜儿远远地打了个招呼，她今天穿着一套红色的裙装，依然布料不多，尽显性感。

"怎么，没有点东西喝吗？我买单。"陆蜜儿在对面坐下，手里的包包也换了一个，不知道是为了搭配衣服，还是另一个在昨天被打坏了。

"嘿，以后谈事儿还是去你家吧，这里不大方便！"罗东海低声道。

"去我家？咱们孤男寡女的，不合适！"陆蜜儿很认真地说。

"上次我不是都去过了？"罗东海摸不着头脑。

"上次？上次我喝多了，没下次了。"

"好吧，我不知道自己很危险。"罗东海有些尴尬。

"不，因为我了解我自己对男人来说有多危险。"陆蜜儿很自信地说，顺便向罗东海抛了个媚眼。

罗东海赶忙低下头："咱……咱还是说正事儿吧！袭击

你的人我查到了。"

"哦！真不错，不愧是老刑警啊！"陆蜜儿惊喜地说道。

"是一个叫刘茂昌的小混混，这人你肯定不认识，他是被人指使的。"

"我确实不认识他，那指使人是谁？"

"不知道。我买通了他，他会带我去见那个人。"罗东海特意把"买通"两个字加了重音。

"哦，那我也去看看！"陆蜜儿兴奋地说。

"别，这事儿说不定有危险！"罗东海赶忙制止了陆蜜儿。

"怕什么！你当我是什么人？那天晚上要不是喝得有点多，我能把那小子打残废了。"

"哦！是吗？"罗东海敷衍道。他已经熟悉了这位陆大明星，对此不以为意。他搞不清楚她这个人是爱吹牛，还是天生的自信心爆棚，不过他知道，真和刘茂昌动起手来，这陆大明星十次能被打残废十次。

"不信是吧！"陆蜜儿一眼看出了罗东海的想法，"我可是打星出身，演过不少武戏的。《神剑奇侠录》看过没？没有……那《武林四女侠》呢？"

看着罗东海连连摇头，陆蜜儿有点失落："你看剧不多啊！"忽然她一拍桌子，"那《京华烽火》总看过吧？！"

"啊！这个我还真看过，挺有名的谍战剧啊。可……可里面好像没有你吧……"罗东海疑惑地说。

"怎么没有！"陆蜜儿顿了顿，"我演了一个日本女特务，配角，不过身手很厉害，而且我演得可好了……不废话了，总之，你去你的，我去我的，我不用你保护。"

"这个……这个还是不行，我是要暗中监视那个人的，不正面接触。那个人应该是认识你的，要是被对方发现了也不好办啊！"罗东海实在不愿意有这么个累赘跟着，不过这说的也是实话。

"嘿！这你更可以放心了！一个演员，没点基本素质怎么行？到时候我一化装，连我妈都认不出来。"陆蜜儿大模大样地说道。

"那……那到时候要是因为你搞砸了，可别怨我！"罗东海努力保持着最后的底线。

"OK！绝对不会赖你！"陆蜜儿兴奋地答道，看她的样子，似乎接下来是要参加派对，或是去拍一部新片子，"就这样定了，没问题了吧？"

"还有一个小问题。"罗东海支支吾吾地说，"我搞定刘茂昌花了一万块钱……"

第二章　黑色旋涡

1

两天以后，罗东海接到了刘茂昌的通知，刘茂昌说雇主要见自己，算是给这桩买卖做个了结。至此罗东海悬着的心才算放了下来，毕竟他也不信任刘茂昌。接到通知后他犹豫了一下，还是给陆蜜儿打了电话，尽管这个多事的女人很让人头痛，但他不想骗她。

见面的地点定在黑十字酒吧，离市中心二十多里。罗东海从来没有到过这里，甚至没有听说过，这里不过在走进酒吧的一刹那，多年刑警生涯练就的直觉就告诉罗东海，这不是一个寻常的地方。他隐约嗅到了犯罪的气息。

罗东海定下神来，这样一个地方也正适合刘茂昌和雇主进行交易。他环顾四周，整个酒吧的装饰以黑色为主基调，墙壁上挂着各种罗东海叫不上名字的装饰品,造型似乎是西方的一些妖魔鬼怪。

刚刚午后,酒吧里面的光线已经很微弱了,大约不是黄金时段,里面只稀稀拉拉地坐着五六个客人。尽管看不清几米开外的人脸,但罗东海确信刘茂昌和陆蜜儿都不在其中。

罗东海看了一眼时间,比约定的早了二十分钟左右,于是像寻常客人一样走到了吧台前。吧台的后面站着一个粗矮肥壮的酒保,四十多岁,秃顶外加一脸横肉,表情里完全没有生意人应有的和气,裸露的双臂上满是刺青。

"朋友,我们这里只做熟客生意。"胖酒保的态度很不礼貌,他的声音在安静的酒吧里回响,周围的几个客人也都转过脸,向罗东海投来了不友善的目光。

"我来找个朋友,独眼龙。"罗东海趴在吧台上低声说。

"刘茂昌啊?你是他的什么人?"胖酒保眯起了眼睛问道。

"就是他的一个朋友。"罗东海淡淡地说。

"你不是。"胖酒保盯着罗东海,笃定地摇摇头。

罗东海撇撇嘴,无奈地说道:"那好吧!有人让我来找他,要和他做一单生意。"

"哦!早说实话就好了,刘茂昌他也不是常来。"胖酒保似乎有点信了,压低声音说,"其实生意也不一定非得和他做，那小子有点滑头，我可以给你介绍几个更靠得住的家伙。"

"啊！已经约好了，总得先和他聊聊，如果不合适再说啊。"罗东海含糊地说道。

"那也是，想喝点儿什么？"感觉有生意可做，胖酒保的态度有了变化。

"来点威士忌就好！"罗东海稍一迟疑，说道。这样的场合，喝没有酒精的饮料显然不合适，本来已经戒了多日的酒也有机会喝了。

或许是这酒吧的酒有些不地道，一杯酒见底，罗东海并没有丝毫的酒意，他暗中骂了一声，尽管口袋里装着陆蜜儿刚刚给的钱，对于这一杯要一张大票的酒他还是有些肉痛。这时候，他口袋里的手机振动了一下，拿出来看，是刘茂昌发来的信息：去二楼见面。

罗东海环视四周却没有发现楼梯在哪里，只得凑到吧台前低声问："怎么去二楼？"

胖酒保仿佛早已料到这一问，他的脸上露出一丝意味深长的笑容："这里去不了二楼，你要从大门出去，转到楼后面，记住二楼不是我们酒吧的……"

罗东海带着一丝疑惑，朝胖酒保挥挥手，转身走了出去，围着酒吧所在的小楼转了一圈，果然在楼后发现一个掉了漆的小铁门。他先是犹豫了一下，因为这铁门看上去更像仓库或设备间之类的房间的，不过看上去此外再没有其他入口了。

罗东海推开铁门，陈旧的铁门发出了刺耳的"吱呀"声，他探头向内看去，里面只是一个三四十平方米的小屋，没有出口，只有一道长长的铁制楼梯通向上方。他顺着楼梯上行，果然到了二楼。

这里与罗东海想象的大相径庭，并没有豪华的装修和喧闹的宾客，昏暗的走廊上只有几个破旧的吊灯发着橘黄色的光芒。

走廊狭长而静谧，罗东海一面缓步而行，一面仔细观察着四周，很快他明白了刚才胖酒保脸上那诡异的笑容和他话中的含义：这二楼是一个藏污纳垢的地方，这里发生的一切都与楼下的酒吧无关。

走廊的两侧是结构相同的房间，看上去是一个被弃用了很久的宾馆，罗东海推开几个虚掩的门，里面都没有人，但遗留在角落里的纸巾、避孕套，甚至是注射器之类的东西，很容易让曾经是刑警的他明白这里曾经发生过的事情。

如果进行地下的肮脏交易，这是个不错的场所，不过这样的地方也是充满危险的。罗东海正想着自己是不是该找一件趁手的武器，忽然听到前方一个房间里有窸窸窣窣的响动，他走上前推了两下屋门，发现门是从里面锁死的。里面应该不是刘茂昌，不过也不会是什么善男信女。他毫不客气地在门上踹了两脚，门猛地被打开了，一个顶着五彩毛发、赤裸着精瘦上身的少年怒气冲冲地走出来。

"你他妈的找死……啊，啊！轻点，轻点……"少年张牙舞爪地冲过来，一句话没说完就被罗东海按到了墙上。

"啊！你干什么？放开他！"屋内一个同样年轻、同样顶着五彩毛发的半裸女孩发出了低低的惊呼声。

"快滚！趁老子还没有改变主意。"罗东海冷冷地说。

"碍你什么事了？"那少年估摸着自己不是对手，嘴上嘟囔了一句，灰溜溜地和屋中的女孩逃了出去。

罗东海望着他们的背影长出了一口气，重新收拾心情去处理自己的事，他正考虑刘茂昌会在哪个房间里，耳边却传来一声巨响。

枪声！多年的刑警生涯告诉他绝不会错！是枪声！一瞬间，罗东海血脉偾张，不顾一切，本能地向发出声音的房间冲去。

幽暗的长廊空不见人，罗东海向前冲了十几米，停住了脚步——枪声似乎是从眼前这个房间里发出的，他的鼻端也嗅到了一股淡淡的硝烟的味道。

一直没有人从这走廊上出现或是离开，那么开枪的人应该还在房间里，然而此时的罗东海却手无寸铁……

犹豫了一下，罗东海还是轻轻地推开了面前的屋门，他说不清自己为什么会做出这样的选择，或许只是那深入骨髓的一个警察的责任感使然——尽管他已经脱下警服很多年了。

房门被缓缓地打开了，屋子里却没有动静。罗东海每一根神经都绷紧了，他把一半身子隐在门后，防备可能突然射过来的子弹。

视野渐渐开阔，罗东海隐约发现屋子中央的地上躺着一个人，除此之外却空荡荡的。他小心地走进房间，除了地面上躺着的人之外，空旷的屋子里没有任何人和可能藏人的地方。

罗东海松了一口气，看上去他不需要面对一个持枪歹徒了，他俯身查看地上的人，心中徘徊不去的担忧终于成了现实——死的人正是约他见面的刘茂昌。刘茂昌被一枪射中了心脏部位，已经没有生命体征了，从尚有余温的尸体和还未凝结的鲜血看来，杀死他的正是刚才响起的那一枪。

罗东海疾步赶到窗前，有一扇窗户是敞开的，凶手应该是跳窗逃走的。不过很快他就否定了自己的想法，因为窗户上有一个锈迹斑斑但还很结实的防盗窗，这里连一个三岁的小孩也无法通过。窗外，远远望去并没有其他的建筑，也就是说从窗外根本无法射中屋子中间的刘茂昌。

枪声响起的瞬间，罗东海就在走廊上，不可能有人从他的眼皮底下溜走。想到这里，他猛地把目光转向了对门，这是凶手唯一可能藏身的地方，他冲过去猛地推开屋门，房间里同样空荡荡的，同样有着锈迹斑斑的防盗窗。

愣住的罗东海随后想到另一个事实：如果子弹是从这个屋子里射到了对面，那么一定有谁掩上了对面的房门，这同样需要人来到走廊上，当然无法逃过罗东海的目光。

从现场的情况来看，罗东海一时看不出凶手有什么办法逃离，然而刘茂昌这样的人是不可能自杀的，更不可能在心脏中弹后把凶器藏好，所以看上去凶手只能是罗东海自己……

迟疑了几秒钟之后，罗东海拿出手机拨打了"110"报警电话。简单地向接警的女警员说明了情况之后，他挂了电话，无力地靠在墙壁上。

罗东海感觉到一个巨大的旋涡渐渐地向他靠近了，他却无处躲避，只能任由这旋涡慢慢地把他吞噬……

2

二十多分钟后，附近派出所的几个警察率先赶到了，领头的一个年纪三十五六岁的模样，后面跟着的几个估计是年轻的辅警，他们手脚麻利地封锁了现场，并把报案人罗东海带到了楼下一个临时征用的房间里，进行了初步的问讯。罗东海简单地讲述了发现尸体前后的情况，含糊地称自己是普通客人，刚刚讲完，他听到走廊上传来一阵嘈杂声，似乎外面有大批的人员到了，问话的警察也起身走了出去。

罗东海明白是刑警到了，真正的考验来了。

"是你？"走进房门的赵芳倩吃了一惊。

"是我！"罗东海倒不意外，既然前些日子刘茂昌已经被赵芳倩调查，他出了事儿，来的十有八九就是赵芳倩。

赵芳倩沉默了，脸上阴云密布，跟在她身后的还是年轻刑警李青山，两人默默地在桌子后面坐下了，罗东海坐在了他们的对面。

罗东海第一次坐在这个位置上，而审问者一个是自己当年的后辈，另一个是后辈的后辈，这种感觉很微妙。

"我已听派出所的同志介绍了情况，你现在很不妙！"赵芳倩严肃地说。

罗东海点点头，他明白！

"你确信自己没有看错？"赵芳倩问道。

"我确信。我曾经是一个优秀的刑警，当然现在不是了，但基本的专业素质还有！"罗东海自嘲道。

"那你把刚才发现尸体的情况再讲一遍!"

"好吧!我和刘茂昌约好了在这个地方见面,我先是在楼下的酒吧等了一会儿,接着他给我发了信息,让我上来。我上楼之后不知道刘茂昌在哪个房间,就四下找,先是惊动了一对小情人,他们被我吓跑了以后,我忽然听到一声枪响,顺着这声音,我就找到了这个房间,发现里面没其他人,只有被击毙了的刘茂昌。"

"那一对小情人长什么样子?再见到你能认出来吗?"

"那一对看打扮都是街头的混混,十七八岁的样子,没准还更小,头发五颜六色的,直着向上长,像一堆野草似的。男的有一米七五,挺瘦,女的一米六,身材适中,两人长得都还挺秀气,再见到我肯定能认出来。"

"就是说,你在二楼只看见三个人,那一对小情人和死去的刘茂昌?"

"是的!不过这件事跟两个小青年没有任何关系,他们朝着与出事房间相反的方向跑了,枪响的时候,两人应该走在下楼的铁楼梯上,那楼梯走起来很响。"

"这么说他们完全没有嫌疑。那凶手另有其人,杀人后逃走了。"

"是的,我觉得只能是这样。"

"可按照你的说法,在走廊上的你完全没有看到人。"

"是的,我一直在走廊上,但没有看到凶手,我也看过房间,窗户上安着防盗网,凶手不可能从那里离开。"

赵芳倩皱着眉头,指尖有节奏地轻轻敲击着桌子,这习惯不知是什么时候养成的。过了半晌她似乎放弃了思考,问道:"你觉得凶手是如何逃离的?"

"我不知道!或许我们遇到的就是所谓的'密室杀人'吧!"

"别拿小说和电视里那些小儿科的东西来糊弄人了。"李青山突然插嘴,"你好歹也是刑警出身。"

"哦,那你说是怎么回事啊?"罗东海饶有兴趣地问。

"很简单,其实就是你干的吧?"李青山语气很严厉。赵芳倩略带不满地瞅了他一眼,却没有说话,转而盯着罗东海。

"不是我!我没有理由杀他。"罗东海平静地说。

"你有!"李青山忽然说道,"你希望通过刘茂昌调查你女儿的旧案。在这过程中起了冲突,你失手杀了他。而且你是有滥用暴力的不良记录的。"

"你怎么知道?"赵芳倩吃了一惊,瞬间明白上次见面之后,李青山查了罗东海的档案资料。

"不错,我希望通过刘茂昌调查以前的案子,但我没有杀人。"罗东海早已料到这个结果。

"小李，你做好记录，我来问！"赵芳倩严肃地打断了两人之间的对话。

"那么你说说刘茂昌为什么要约你到这里来。"赵芳倩提出了这个罗东海无法回避的问题。

罗东海在短短的一瞬间做出了一个决定——他准备隐瞒陆蜜儿的存在，他说不出真正的原因是什么，是隐约感觉到供出陆蜜儿的事情对调查没有帮助，还是因为目前的处境让他感到绝望，想给自己留一条后路？或者只是为了保留自己最后的尊严，不愿意在后辈面前暴露昔日的警界英雄已经沦落到给人做"马仔"的事实？

"我调查了刘茂昌一阵子，没有什么突破，前几天我一咬牙拿钱收买了他，按照约定，今天在这里他会见一个关键的人物。"

"然后呢？那个关键的人物你见到了吗？"

"没有，我只见到了刘茂昌的尸体。"

"那个所谓的关键的人物你知道多少？"

"我一无所知，刘茂昌自己也说他不认识那个人。"

"你能证明自己刚才说的话吗？"

"很显然，这无法证明。这是我和刘茂昌两人之间面对面的谈话，现在他死了。"

赵芳倩早料到罗东海的回答，没有在这个问题上继续纠缠下去，转而问道："那么，我再给你最后一次机会，杀死刘茂昌的是你吗？"

"不是！"罗东海斩钉截铁地答道。

"那好吧，你先回去，想起什么有用的东西，随时联系我。"赵芳倩点点头。

"放我走？真的吗？"罗东海有些意外，连他自己也觉得自己是刘茂昌之死最大的嫌疑犯。

"留下你有什么用？等你有了答案的时候再来找我。"赵芳倩一脸轻松地站起身来。

"好！"罗东海点点头，站起身向外面走去。

"就这样？"李青山望着罗东海离开的背影问道。

"就这样！"赵芳倩平静地答道。

"可他应该就是凶手！"李青山急了。

"他不是！"

"你怎么知道？"

赵芳倩信心十足地笑了笑，却没有回答。

李青山先是愕然，随即心中涌起一种悲哀和愤懑之情。

办公室的电话铃响起的时候，赵芳倩正在电脑上敲打着关于黑十字酒吧案件的报告。她拿起听筒，里面传来马队长浑厚的声音："小赵，黑十字酒吧这案子，你先不要管了，我会安排人接手的，你交代了回去休息两天吧。"

"不行，马队，这案子和前一阵的贩毒案有关，我已经调查很久了。"赵芳倩努力挣扎着。

"这是局里的决定，不要犟了。"马队长说完就挂了电话。

赵芳倩放下电话，怒气冲冲地走进队长的办公室："马队，为什么不让我查刘茂昌的案子了？"

队长马多福腆着将军肚端坐在自己的座位上，一手抱着大号保温杯，一手摸着自己的双下巴说道："你和罗东海的关系……这个……这个……不大方便！"

"我们的关系怎么了？不就是同事过吗？哪条规定说要避嫌了？"

马队长和颜悦色地说道："小赵，我这是保护你。你该明白查案子是不能融入太多个人感情的，局里认为之前你对此案的处理不是很妥当。"

赵芳倩沉默了几秒钟，低声恳求道："马队长，上次放走罗东海的决定是有些草率，我会注意的，这案子还是我来查吧。"

"不行，局里已经决定了，你也借这个机会休息一下吧。这段时间以来，你也太累了，上面决定让你休假。"

"我等于被内部停职了，不休也得休是不是？"赵芳倩的脸色很难看。

"也不要说得这么难听，休息两天就回来好了。"马队长笑嘻嘻地点点头。

赵芳倩沮丧地坐在自己的位子上，那个男人的脸又浮现在眼前。他不会杀人！他是正义的化身，没有人比他更像一个警察了。可是……除了她自己，谁会信？如何解释在空气中消失的凶手？尽管不是没有预料到这个结果，想到这些问题时，她的脑袋还是一阵胀痛。

屋门一响，李青山面露犹豫地走了进来。

"对不起，赵姐，我没想到会这样，我只是……只是担心你……"李青山语无伦次地低声说道。

"不，你做得对，那是一个警察该做的。"赵芳倩微笑着说。她知道是李青山向领导反映了自己的问题，不过她打心眼里不恨这个初出茅庐的年轻人。敢于质疑，敢于坚持自己的意见，这像自己，也像当年的罗东海。

"可你为什么……"李青山并没因此释怀。

"我不一样，我了解他，所以我选择无条件相信他，无论他看上去多像凶手……"赵芳倩看着窗外，眼睛里闪烁着一丝莫名的光彩。

3

一夜噩梦醒来，罗东海浑身酸痛，脑袋里昏昏沉沉的，他看了眼手机上的时间，已经七点多了，这些年他很少能一觉睡到这个时间。

家中已经没有了储备的食物，他准备到巷口朱大爷的早点摊上买屉包子当早点，顺便清醒一下头脑，好好考虑下一步的计划。

朱大爷的早点摊离罗东海家只有二十米远，此时正是饭点，吃早餐的客人有七八个，把小摊上的座位几乎占满了。这些人也多是附近的街坊，彼此都熟悉，见了面随口招呼一声，或是点点头摆摆手，甚至用一个眼神表示一下。

不过，今天的摊上有一个陌生的三十岁上下的健壮男人，本来这也平常，早点摊免不了偶尔会有些生客来光顾的——但这个男子不一样。

罗东海并不认识那个男子，但他知道那个人一定是监视自己的警察，无论装扮成什么样子，警察和军人身上总有一种特殊的气质，这很难隐藏，明眼人一眼就能看出。而且这男子虽然健壮，但脸上带着一丝显而易见的倦意，眼睛里布满血丝，显然昨天夜里没能好好休息。

随后罗东海的观点得到了证实，一个年轻几岁的青年也坐到了早点摊上，他和那三十岁的男子没有说话，但眼神中却有交流，随后三十岁的男子抹抹嘴，打了个哈欠离开了。罗东海知道这是换班了。

回去的路上，罗东海进一步确定了警方监视他的位置：那是一辆黑色的帕萨特汽车，停在自己家楼前十米左右的地方，从那里可以看到自己家的窗户，也控制了自己从家中离开的唯一的路。车上也是一个年轻人，正仰在驾驶座上睡觉，不知道是故意做出的姿态，还是太累了。

罗东海不动声色地把一切看在眼里，不知道监视他的年轻人是否知道他已经觉察，反正对于警察而言都一样，目前的监视是为了防止罗东海潜逃，并不是认为他接下来会继续犯罪。

罗东海知道，眼前他面临很严重的情况。这说明赵芳倩的观点在队里被否定，他是头号嫌犯了，不过也不奇怪，换谁都会这么想，除非他能够证明自己的无辜。

此刻，他忽然想到赵芳倩那句话"等你有了答案的时候再来找我"，这个聪明的女子应该是早料到了这个结果。罗东海也找不到答案的案件，滨海市刑警队就没人能找到了，何况看上去结论一目了然，谁还会去仔细侦查？所以他应该自己去找答案，否则等他的就是无法辩白的冤情。如果情况进一步恶化，他被警方控制了，恐怕就永远不会有机会了。

毕竟查案不像小说或电影里那样，大侦探一拍脑袋就有了结果，而是需要不断地调查，再调查……这样做的前提是要有人身自由。

罗东海不能辜负那个女子的心意，于是他决定逃。

夜色深了，王晓松打了一个长长的哈欠，身体虽然疲惫，但他的眼睛还是一刻也没有离开那弻亮着灯的窗户，作为一个年轻的警察他很少有机会接触这样的大案子——对面楼上的男子是杀人嫌疑犯。据负责此案件的李建章警长说，犯罪嫌疑人已经确定得八九不离十了，只等法医报告和现场勘查报告出来，就可以抓捕了。

由于疑犯是前刑警，一些熟悉的老同志都不能参与监视，队里符合条件的人手有限，只安排了两班四个人，近距离窃听的手段也未采用。十几个小时下来，两人也是疲惫不堪，此刻，搭档张平在车后座上小睡，只剩下王晓松自己在监视。

忽然间，王晓松的神经一下子绷紧了，不知何时，疑犯的屋子里多出了一个人，这是两天来从没出现过的情况。

从窗户上的影子看，除了疑犯之外的另一个人似乎是一个留着卷发的女子，她坐在一旁，而那疑犯则不停地走来走去，看上去很是急躁，时不时停下来，挥舞着手臂，似乎在讲述什么，虽然听不到声音，但看得出他情绪很激动。

王晓松有些吃惊，叫醒了正在睡觉的张平，两人紧张地望向窗口，低声探讨着下一步该怎么办。按王晓松的意思，要向局里汇报，而比他更有经验的张平则提议继续观察，毕竟疑犯家里去了人不算什么大问题。

变故就在下一个瞬间发生了。不知道屋里究竟发生了什么，那男子忽然向卷发女子扑去，两人扭成一团，继而那男子直起腰来，挥起手中的尖刀，一下又一下地猛力刺了下去。

"不好！"王晓松和张平几乎同时惊呼起来，在警察的监视下，疑犯居然杀人了！

两人各自推开车门冲了出去，冲在后面的张平犹豫了一下：要不要向队里汇报？但这念头一闪而过。疑犯是个身手不凡的前同行，因为事出突然，负责监视的两人身上也没有带枪械，如果自己晚半步，不光屋子里的女子救不了，连缺乏经验的王晓松也可能遭遇不测。

两人一口气冲上了疑犯所在的二楼，不出所料，屋外的铁制防盗门紧紧关闭着，冲在前面的王晓松用力拍打房门，大声喊道："开门！开门！警察！"

屋子里似乎传来一阵轻微的响动，但门没有开，随后里面安静了下来，任凭两人拍打也没有动静了。

这样的铁门，短时间内根本无法破门，王晓松急中生智，敲起了邻家的屋门，半晌，隔壁早已被惊醒的老夫妇小心翼翼地打开了门。

王晓松说道："我从阳台过去，你守在这里！"

"不，我去！你留下。"张平拉住了王晓松。

"那你小心！"王晓松点点头。这个时候，资历更老的张平是决策者，他选择了更危险的方案。

"你也小心！"张平转身进了隔壁房间。

王晓松高度戒备着，接下来他们都要单独面对可能出现的凶狠罪犯——他可能留在屋子里，也可能随时冲出来。

接下来的几分钟，屋子里一直静悄悄的，时间漫长得像是过了两年。终于，王晓松听到了门锁转动的声音，他后退了一步，握紧了手中的电警棍。

开门的是张平，他看上去并没有经历过一场激烈的搏斗，脸上的表情很奇特。

"进来吧！"张平说道，随后转身进了房间，开始拨打电话。

王晓松走进房间里，很快，他震惊地发现屋子里只有他和张平两个人，疑犯不见了，那个怀疑被杀死的女人也没有了踪影，只是有些泛黄的白墙上用血写了几个触目惊心的大字"我没有杀人"。

半个小时以后,负责此案的李建章警长赶到了,向来脾气火爆的他这一次却没有发火,只是淡淡地对两个一脸愧疚的青年说道:"这是我的问题,我早该想到罗东海不是你们这样的菜鸟能对付的。不过没关系,他逃不出滨海市,所有的交通要道都被封锁了,除非他会飞。"

"那……那个被害的女人怎么办?!"王晓松期期艾艾地说道。

"罗东海明知道有警察监视,不可能杀人的,你们看到的大概是这个吧!"李建章指了指小卧室床上的一个顶着卷发的大号布娃娃。

"可是,那墙上的血字怎么来的?"王晓松不解地问。

李建章这下有些不高兴了,沉着脸说道:"一个警察连这个都能搞错,你凑上去闻闻,那是酱油。"

深夜,赵芳倩被一阵电话铃声惊醒,尽管休假了,她的手机依然如同上班时一样二十四小时开着。除了作为警察的责任心之外,她隐约有些担忧。

赵芳倩拿起手机,电话是从刑警队打来的,她瞥了一眼手机屏幕一角,显示已经接近凌晨一点了。

赵芳倩接起电话,里面传来马队长低沉的声音:"小赵,你知道罗东海在哪里吗?"

"什么?"赵芳倩一时有点迷糊,"我怎么知道?"她心中有些懊恼,这个时间两人怎么会在一起?难道马队长以为他们之间真的有什么特殊关系?

"哦哦!不知道啊!"马队长顿了一下,似乎一度犹豫是否继续说下去,"派去监视的同志说,罗东海找不到了,我们怀疑他畏罪潜逃了。"

"什么?!"赵芳倩吃了一惊,短短的几句话里她领悟出两个令人不安的信息:一是队里已经把罗东海当成了疑犯,另一个是罗东海跑了。后一个显然更可怕,如果罗东海真如她坚信的一样,没有杀人,他为什么要跑?

想到这里,赵芳倩无法平静了,她飞速起床,急匆匆地穿上衣服,向外走去。

二十分钟后,只休了一天假的赵芳倩赶到了刑警队,如她所料,队里正在连夜开会。

会议室里烟雾缭绕,主管刑侦的王副局长和马队长都在,此外还坐着一群她熟悉和不熟悉的同事。看到忽然闯入的赵芳倩,王副局长的脸上露出一丝不悦。

"王局,我要求回队里工作。"赵芳倩抢先说道,"如果一开始放掉罗东海是一个错误,请给我机会改正这个错误。"

"哦,这……这……局长,你看……"向来圆滑的马队长向王副局长投去了请求的目光,王副局长却沉默不语。

赵芳倩继续说道："我们掌握的侦查能力罗东海都有，而且比我们队里的任何人都更出色，找到他并不容易。目前队里这些人中，我最熟悉罗东海，如果有人能找到他，那一定是我。"

"我们充分利用遍布全市的监控系统，罗东海不可能逃出罗网，不一定非要你来。"插话的是临时接手此案的李建章警长，他显然对赵芳倩的说法很不满意。

"我市的监控系统还没有严密到遍布全市每个角落的地步，对于熟悉这一系统的人而言，躲避开它的监视完全可能。罗东海就非常熟悉它，我们要找到他应该靠这个。"赵芳倩指了指自己的脑袋。

李建章不屑地哼了一声："别把罗东海说得那么神。"李建章也是滨海市资历老的刑警，破了不少大案，在局里的影响力却不如罗东海。两人的脾气迥异，当年就时不时发生一些摩擦，对于赵芳倩这个罗东海的徒弟，他一直看不惯。

"我打赌你找不到他。"赵芳倩带着挑衅的语气说道。

李建章也有些恼怒，大声道："打赌就打赌，赌什么？输了的在食堂裸奔吗？"会议室里传来一阵低声的嗤笑。

"胡闹！"王局长说话了，声音不大，屋子里却一下子安静了，"你们各带一组，按照自己的想法各自查各自的。小赵，你要谁帮忙可以点将。"

"我还要李青山吧。"赵芳倩平静地说。

4

陆蜜儿猛地摔上屋门,抬腿甩飞了脚上的高跟鞋后,一扬手把手里昂贵的包包扔在了几米外的沙发上,正要一头扎在沙发上时,忽然发现屋子里有些不对劲儿,似乎比出门时干净了许多。她惊喜地四下张望,叫道:"赵姐,你回来了?咦,你的大孙子谁带呢?"

"不是赵姐,是我。"罗东海从屋子里走了出来。

"你……你……"陆蜜儿后退一步,惊讶得一时说不出话来。

"别怕,我遇到了大麻烦,来躲一会儿。你这屋子太邋遢了,我实在受不了,顺便帮你收拾了一下。"罗东海苦笑道,"现在只能麻烦你了,短时间内,他们还不知道我们之间认识,而且我这麻烦也和你有关。"

陆蜜儿略微放下心来,随后忽然想起:"哦,那……那你怎么进来的?你会撬锁?"

"不会,我只干过警察,没当过贼。那天你回来的时候,是从门口的垫子下面拿出钥匙的。你这习惯不好,我和你说,以前我当警察的时候,因为这种情况出事的……"

"行了,行了。别那么多废话了,好像眼下遇到麻烦的是我一样，说说你的事儿。什么麻烦？"陆蜜儿毫不客气地打断了罗东海。

"那天你去黑十字酒吧了吗？"罗东海没有回答，反问道。

"去了，我远远地看见你了，后来警察来了，我听说出事了，好像死人了，就先走了。这两天都没敢联系你。"

"哦！"罗东海微微一惊，他仔细搜索着脑海里那日的记忆，但不记得见过和陆蜜儿相似的人。他不愿意被对方看出这一点，脸上依旧不动声色，"你看见什么熟人，或者特别可疑的人了吗？"

"可疑的人？没有。熟人有一个。"

"谁？"罗东海一下子兴奋起来。

"你！"陆蜜儿伸出纤纤玉指指向罗东海的鼻子。

"嘿！"罗东海郁闷地捂住了脑袋，"死人了，大小姐。杀人案啊！你能正经点吗？我们不是在演电视剧啊。"

"哦，还真是杀人啊，怎么回事啊？快说说，我来帮你参谋下。"陆蜜儿兴致勃勃地在沙发上坐下了。

通常遇到凶案，大多数人会心惊胆战，唯恐避之不及，但也有人如同打了鸡血般兴奋，恨不得参与其中。作为工作多年的老刑警，这两种人罗东海都见过不少，很不幸，陆蜜儿显然是更令人头痛的后者。

花了差不多半个小时，罗东海说完了这两天的事情，陆蜜儿听得兴致勃勃，最后问道："那说到底，独眼龙是不是你杀的？"

这个问题在意料之中，正常人几乎都会问，罗东海斩钉截铁地说："当然不是。且不说我做人有没有原则，我为什么要杀他？为了你？你也没给我这份儿钱呢。"

"也是！"陆蜜儿点点头，随后的问题差点让罗东海从沙发上跳起来，"哎，那个放了你的女警察是不是和你有一腿？"

"你……你别胡说，我倒是无所谓的，人家好好的一个大姑娘，你别影响了人家的名声。"罗东海万万想不到陆蜜儿关注的焦点在这里，慌忙辩驳道。

"切，脸都红了。没点儿特殊关系，怎么那么容易就放了你？我都觉得你可疑。"陆蜜儿一脸不屑，"其他警察也不信吧，去监视你了。"

"我们啊，关系是不错，可不是你想的那种关系。以前我们搭档过好多年，她一出警校就跟着我一起办案，一开始冒冒失失的，我还救过她一回，这女孩子心眼实，所以一直对我挺好的。"

"说了半天还是有事呗。"

"不是你想的那样，我们是朋友，或者说也算一起出生入死过，算是战友、兄弟一样的感情……这跟你说不明白。"

李青山因为之前的事情，说话不多，默默地开着车。赵芳倩倒是一脸没事的样子，和颜悦色地说："小李，案子有什么新进展？和我说说。"

李青山仿佛拿到了特赦令，急忙打起精神，滔滔不绝地把开会时听到的案情的最新进展复述了一遍。听完之后，赵芳倩的心中升起一股寒意，现场的报告已经把她之前为罗东海设想的辩解之路全部堵死了。

首先，从现场提取的子弹看，这把射杀刘茂昌的手枪之前没有任何记录，来源不详。就是说不排除它被罗东海、刘茂昌或是其他任何人所持有的可能。

另外，从现场的痕迹看，刘茂昌中枪之后当场毙命，尸体没有任何被挪动过的痕迹。射中刘茂昌的那一枪是从前方近距离发射的，而同时在靠近窗户一侧的墙壁里发现了那颗射穿了刘茂昌心脏的子弹，由此可以推断出当时的状态：刘茂昌面向大门，子弹从门口方向射入，穿过躯干后嵌入了窗户一侧的墙壁中。所以赵芳倩原有的凶手攀爬在窗外射击的想法，由不大可能变为了彻底不可能。

同样，另一个赵芳倩努力想出来的解释——刘茂昌是自杀，并企图陷害罗东海，他自己开枪之后，拼尽全力把枪扔到了窗外——也被彻底否定。首先是法医认为刘茂昌不可能做到，更重要的是警队对窗外以及现场周围进行了地毯式搜查，并没有发现凶枪，基于警方对涉枪案的重视，可以肯定枪不在现场，而是已经被凶手转移了。

那么真的是罗东海杀的人吗？

"到了！"李青山的话打断了赵芳倩的思索。

她推门下车，眼前是滨海市著名的豪华小区牡丹园，小区的大门是一个雕着牡丹花的石制牌楼，约有六米高，十多米宽，气势不凡。片儿警老钱早已在门口等候，他和赵芳倩也是老相识，互相打了个招呼，一起走进了小区。

向小区里面走去，首先映入二人眼帘的是一个宽阔的广场，广场上散布着各种运动器材，有几个悠闲的老人正有板有眼地做着运动；广场中间有一个直径六七米的喷水池，四周绿树掩映，在树影的后方隐约可见几栋高大的楼房。

"小赵，这地方环境真不错啊！"老钱感慨道。

"是啊！你可以在这里买房子，等退休了可以和嫂子在这里跳个广场舞什么的。"赵芳倩笑着答道。

"嘿，我是别想了，这房子一百万都不够呢，你年轻漂亮，将来找个……"说到这里，老钱忽然想起赵芳倩至今单身，听说还和这次涉案的罗东海有点过往，赶忙闭了嘴。

气氛略显尴尬，李青山问道："赵姐，咱们来找谁呢？"

"陆蜜儿，一个过气的明星。"

"为什么找她？她能和罗东海有什么关系？"李青山显然无法理解。

"我也想知道。"赵芳倩淡淡地说道，"但罗东海近期的几个联系人中，除了刘茂昌以外，只有她了。"

他们在陆蜜儿家门前敲了五六分钟，门里才传来一个不耐烦的女声："谁啊？大清早的！"

大清早？赵芳倩看了一眼手表，苦笑了一下，已经是十一点二十了。昨夜她几乎一夜未眠，才查到了陆蜜儿这条线索，一早就针对电话的主人做了调查。按照地方派出所的同志和居委会大妈提供的情况，上午正是陆蜜儿休息的时间，基本能确保把她堵在家里，于是他们就匆匆赶来了。

"警察！开下门。"老钱答道。

"等一下。"屋里窸窸窣窣地响了一会儿，随后防盗门被打开了，站在门口的陆蜜儿披着头发，穿着粉色的低胸睡衣，没化妆也很迷人的脸上还带着起床气。

"进来吧！"陆蜜儿打了个哈欠，趿拉着拖鞋转身进了屋。

三个警察紧随其后走了进去，分别在沙发上坐下。

"说吧，什么事情？一大早的，也没什么可以招待你们的。"陆蜜儿往沙发上一靠，跷起了二郎腿，短睡衣下白皙修长的美腿顿时展露无遗。

赵芳倩鄙夷地看了两个男同事一眼，咳嗽了一声，大声道："你认识罗东海吗？"

"不认识！"

"不认识？他最近和你联系过好几次，要我提醒你吗？最近一次是四天前，再往前一周还有两次。"

"啊……啊！你说那个高个子的猛男啊？他叫罗东海啊！那认识啊！"陆蜜儿一脸恍然大悟的样子。

"你们是什么关系？"

"就是朋友啊！"

"你们两个身份地位这么悬殊，怎么可能成为朋友？是什么样的朋友？"

"情人行了吧！非得说这么直白。你和情人上床前还非得先问问身份吗？"陆蜜儿开始撒泼。

"对不起，那他现在在哪里？"赵芳倩脸色很难看。

"我不知道！新鲜两次就得了，没打算再联系。他怎么了？"陆蜜儿一脸无辜。

"没怎么。如果他再找你，马上联系我。否则你会有危险。"赵芳倩铁青着脸扔下一张名片离开了。

5

从窗户里看着三个警察越走越远了，陆蜜儿转身回来，大声道："喂，出来吧，别把我的衣服弄皱了，很贵的。"

罗东海从衣柜里钻了出来，说："他们果然找到这里来了，比我想象的还快了一两天。"

"没事儿，那女警察被我耍得整个脸都红了，嘿嘿！这下她不敢再来问我了。"陆蜜儿得意地说道。

罗东海的脸色很严峻："我得马上离开了，虽然你当时把她气昏了，但估计她很快会琢磨出不对劲来的。"

"哪里不对劲儿了？"

"你表演得有点过火了，仔细一想就知道是故意的。"

"我的表演过火？我可是专业演员，你有什么资格说我，当你是好莱坞大导演呢？"陆蜜儿不满地嘟囔了一句，随后问道，"你现在准备去哪里？"

"我……"罗东海答不上来了，眼下的情况，车站、码头、机场、路口等都会有警察盘查，离开滨海市不可能，自己熟人的家也不能去，否则也不会躲到陆蜜儿家里。他本计划在城市某个角落里，比如烂尾楼或废弃工厂之类的地方躲起来，等警察解除封锁之后再离开。

陆蜜儿好像早料到了，她打了个响指，得意地说道："没地方去了吧？没关系，姐安排你离开滨海市。"

"什么？"罗东海吃了一惊，以至于完全忽略了陆蜜儿擅自改了称呼。

"准备走吧！"陆蜜儿是个行动派，说走就要走。

"等等，怎么走？别说你开车带我从高速路口冲出去，那不可能。"

"知道！你当我傻吗？相信我跟我走就行了。不相信你就自己走，去找个下水道猫着。"

罗东海只犹豫了几秒钟，就同意了。目前他没有太好的选择，虽然不至于真的猫在下水道里，但也好不了多少，无非是躲在废弃建筑里，或是干脆住到荒郊野外，待在这些地方受苦不说，也不能确保不被发现。最好的选择当然是离开滨海市一段时间。

然而走并没有这么容易，陆蜜儿先拿出了裙子、假发给罗东海打扮了一番，完了还美滋滋地欣赏了半天。罗东海的内心是崩溃的，他想象着自己这样一副打扮被许多昔日同事抓获后的情景，想死的心都有了。

"我的化妆术，那可不是吹，没出名的时候，我还兼职干过化妆师呢！"陆蜜儿引着罗东海从消防通道一路去了车库，路上还忍不住沾沾自喜。

罗东海隐在出口处一根柱子后面，避开了监控，等陆蜜儿把车开过来，迅速上了车。

车子出了小区，来到了大路上，很快混入了车流之中。

罗东海这才松了一口气，从后座上直起身子，此时他已经把命运交给了陆蜜儿。而开车的陆蜜儿轻松惬意得很，口中哼着小调，仿佛要去旅行一般。

迎面一辆警车闪着红灯呼啸而过，罗东海心中忽地一颤，平生第一次体会到了当逃犯的感觉。

陆蜜儿从后视镜里注意到罗东海的变化，带着戏谑的口气道："是找你的吧。"

"也不一定，警察忙得很。"罗东海不想让自己显得过于紧张，调侃道，"你刚才在家里说的是真的还是假的？"

"什么？"陆蜜儿没明白。

"和警察说的咱们的关系啊。"

陆蜜儿扑哧一声笑了："你这是刚离了虎口，又起了色心。就你？嗯……这么说吧，情人就是你在我这里能混到的最高级别，反正正经男友你是没戏了，我的男友怎么也得有几个亿。"

"你这么年轻漂亮，也有才华，不能总盯着钱啊。"罗东海苦口婆心，想要把陆蜜儿扭曲的三观扳过来。

"拉倒吧，说这话的，都是没见过钱的。"陆蜜儿用下巴指了指眼前的路口，"人的命运就像我们眼前的这条十字街，在路口处或许你彷徨过，不知道该如何选择。本来你想往前直走，然而拐个弯就有能彻底改变自己命运的一大笔钱，怎么办？最终大家都会选择拐弯，没人能拒绝的。怎么，你不信？那是因为你从来没有面对过那样一笔足以改变你一生的钱。"

"我曾经还真面对过那样一笔钱。"罗东海脸上的肌肉抽动了一下。

"哦，那后来呢？"陆蜜儿饶有兴致地问。

"被我拒绝了。"罗东海淡淡地说。

"你现在一定后悔了吧？"

"我不知道，也许吧。"罗东海也无法回答这个问题。

"哼！一看你那一脸晦气就知道了，不承认也没用。"陆蜜儿的语气里带着一丝不屑。

也许是真的！当年的那一天，他面对张乐川的钱，也犹豫过。如果他选择了另一条路，拿了那一笔钱，他的人生肯定会不一样了。也许，他现在正在监狱里，可那又怎么样呢？如果能换回昔日的一切，他根本不在乎。只是……只是他无法面对自己内心中一直坚持的信念。

这是罗东海不愿意去思考、一直在回避的问题，他得不出答案，或者说得出答案来又能如何……他有些懊恼，甚至因此有些恨眼前这个心思敏锐的女子。

汽车在一个小饭店前停了下来。

"下车！"陆蜜儿说着，率先下了车，把副驾驶位置上一个沉重的大背包扔给了罗东海，自己背起了另一个。

两人拐进一个不到两米宽的小巷，步行了二三百米，罗东海一路留心，发现这一带并没有监控。最后，陆蜜儿在一个旧仓库前停了下来。

"这里倒是挺隐蔽的，是什么地方？"

"当然了，一个大明星想要躲过媒体和粉丝的视线，享受点自由也不容易啊。"陆蜜儿煞有介事地叹了一口气。

"这地方有什么？"

"你猜！"眼看罗东海云里雾里的，陆蜜儿笑嘻嘻地说，"是我的宝贝。"

卷帘门缓缓升起，出现在罗东海面前的是一辆霸气十足的黑色大马力摩托，一眼看去就知道是来路不正的走私货。

"咱们换这个，不能让警察通过我的车找到你。"

相对于汽车，罗东海更熟悉和喜爱摩托车，他上前一步骑了上去，轻轻扭动着车把，那感觉与骑自己破旧的雅马哈完全不一样，仿佛胯下是一匹身披铁甲随时准备出击的洪荒怪兽。半晌，他说道："换车的道理我明白，可我还是不知道你有什么办法让我离开滨海市，这样就能冲出去吗？"

"其实很简单，到时候你就知道了，现在只不过是贫穷限制了你的想象力。"陆蜜儿笑了笑，关上了仓库的卷帘门。"现在和我说说那笔钱的事情吧，我们要先等到天黑呢。"偏偏这个心思敏锐的女子对此兴趣极大。

"我不想说。"罗东海淡淡地说道。

于是,两人坐在漫长的黑暗中,静静等待,只有关闭的卷帘门的缝隙里透过几点光芒。陆蜜儿掏出烟盒,自己点上了一支,吸了两口,转而把烟盒递给了罗东海,罗东海也拿出一支点上了,暗室里又多了忽明忽暗的两点火光。

天色不知何时已经完全暗了下来,打开门,借着朦胧的月色,他们可以看到彼此的脸。

"该出发了!"罗东海淡淡地说。

"这个给你。"陆蜜儿把一个背包扔了过来。

从车上带来的两个背包里各有一个头盔和一套黑色的薄皮衣。罗东海犹豫之间,陆蜜儿已经把上衣脱了,里面只是一件白色的紧身背心,火辣的身材顿时展露无遗。罗东海慌忙转过头,开始换衣服。

"幸亏有这个。"罗东海有些嘲弄地把头盔扣在脑袋上,这一身装扮一看就是喜欢飙车的不法分子,作为一个前警察真有点无法适应。

"不是为了隐藏自己我可不想戴这个。"陆蜜儿也套上头盔,一转眼发现罗东海已经坐到了车前座,于是挥挥手道,"你下来,别以为你骑过摩托,这车你未必能搞定。"

"放心吧!没问题!"

"你知道去哪里？"

"你说去哪儿就去哪儿好了。"罗东海不肯下来，他从没有骑过这么拉风的摩托，心里早就痒痒了。另外他始终不放心，不知道陆蜜儿会把他带到哪里去，希望自己能掌握主动权。

"那好，沿着滨海路往东。"

"往东？那边倒是不会有警察盘查，不过东面是一片海，不可能从那离开的。"

"别废话，走吧！"陆蜜儿说着已经骑上了摩托车后座，一股淡淡的幽香传入了罗东海的鼻孔，他不再说话，缓缓地发动了摩托车。

夜色中的滨海路寂静无人，摩托车飞驰在漆黑的柏油路面上，带着海水咸腥味道的风扑面而来。刚刚骑出了两三公里，后座上陆蜜儿就大声叫道："停车！停车！"

"到了？"罗东海放慢速度，看到这里前不着村后不着店，不解地问。

"到什么到？你到后边来，我说你不行吧。你骑的是乌龟吗？"陆蜜儿不满地抱怨着。

"大小姐，挺快了，再快就超速了。"罗东海无奈地说。

"废话，不超速，我弄这个车干什么？真没用！你给我靠边停下。"陆蜜儿说着，不住地拉扯罗东海。

"那你小心坐好了。"陆蜜儿的态度似乎激起了罗东海内心深处埋藏的某些东西,他深吸一口气,加足马力,摩托车发出一声低沉的嘶吼,猛地跳动了一下,向前冲去。

飞驰在午夜的滨海路上,风更加猛烈了,裸露的肌肤似乎要被割裂,那痛楚让人兴奋。后座的陆蜜儿紧紧抱住了罗东海,发出兴奋的尖叫。罗东海也被感染了,对着远方空旷的天幕发出了一阵低沉的吼声,这吼声似乎要把几年来他心中的郁闷之气驱赶一空。

驶出约莫二十公里,已经到了一片空旷的海滨,罗东海按陆蜜儿的指引缓缓地把车停在路边。两人走向了海滩,四下里空无一人,只有陆蜜儿爽朗的声音在飘荡:"以前心情不好的时候,我会一个人骑车在公路上狂飙,真的很刺激,很快心情也会跟着好起来。你喜欢吗?"

"我……不喜欢……以后还是别了,注意安全。"罗东海摇摇头,又恢复了冷静严肃的面孔。

"切,就知道你是个特别没劲的人。"陆蜜儿用手向前一指,"看,你坐着它离开滨海市,想去哪里都行。"

罗东海明白了,不远处是一个小码头,零零星星停了几艘游艇。他笑了笑:"我明白了,从海上离开,这主意不错。客运码头应该也被控制了,但警察还真想不到我罗东海能有这么高端的装备。不过,有个问题——我不会开。"

"我早知道啊,我送佛送到西啊!"陆蜜儿带着嘲弄的口气说道。

"这话听着不是很吉利啊。"罗东海自嘲道。

此时码头上空无一人,陆蜜儿带着罗东海上了一艘小艇,开始发动船上的柴油发动机。

罗东海在一旁看着,感慨道:"想不到你这样一个看上去娇滴滴的女人居然会飙车,还会开船。"

"开船是孙建华教我的。这船也不是我的,是孙建华的。他爱钓鱼,以前我们两个时常一起出海……有些日子没来了,船上都落了挺厚一层灰了。"陆蜜儿的语气很平静,仿佛说的是与自己完全不相干的人。

罗东海却一下子有些尴尬,不知道说什么好了。

月色下,游艇在海面上疾行,眼前是一片幽暗的雾气,看不见远方,耳边只有翻涌的浪声和马达的轰鸣声。

再过一个海湾,就能到滨海市下辖的黑山县,从而悄无声息地把追捕设卡的警察甩在身后,以后要去哪里都好说了。

罗东海来到驾船的陆蜜儿身旁,沉声说:"我来吧!你歇一会儿。我觉得我也能开。"

陆蜜儿看着前方的黑夜,冷静地说道:"你看着以为很简单,是吧?开船也有航道的,不然,那么大的海怎么能撞船?乱开一气?撞上暗礁,咱们的命可就交代在海里了。"

听陆蜜儿说得有理,罗东海嘿嘿一笑道:"你忙着,我闲着,这样我有些过意不去。"

"要好几个小时呢,多无聊!还是和我说说你以前的事儿吧。"陆蜜儿一脸八卦地看着罗东海,"我可是帮了你大忙啊!"

罗东海终于还是说了,不知道是经不住陆蜜儿的纠缠,还是等待过程过于无聊,抑或是他其实早想和别人说一说了。

第三章　往事

1

面对张乐川手中的三百万美金的那一瞬间，罗东海真的动心了，他确实需要钱。尽管他不爱财，从来就不，但此时他最爱的女人正躺在病床之上，眼看着生命一点点流逝，他却无能为力。如果有了这一笔钱，一切或许都会不一样，有机会治病，至少能多活几年……

罗东海犹豫了，在他走到人生的这个十字路口时，他迷失了方向，或许拐个弯，路会更好走……然而最终他还是选择了继续前行，朝着这么多年来从来没有改变的方向走了下去。很多年后他也没有想明白，到底是什么让他做出了选择，因为他就是媒体报道中那个一身正气的英雄？不，他知道自己不是，或许那只是仓促中习惯的力量使他做出了选择……

只不过结果很明了——罗东海成了英雄,而后不久,他心爱的女人死在了病床上。

然而,悲剧还只是刚刚开始!

那天从会场出来,罗东海掏出手机,调回了正常模式,他瞥见手机上有两个未接电话,都是上高中的女儿罗平平的班主任刘老师打来的。罗东海心中微微紧张了一下,刘老师要管五十多名学生,也不是那种婆婆妈妈的人,通常没事是不会给家长打电话的。

"这是怎么了?"罗东海满腹疑惑地嘀咕着回拨刘老师的电话。

"是罗平平的爸爸啊!"刘老师清亮的声音从电话里传出。

"是我,是我。什么事啊,刘老师?"罗东海连声答应。

"哦,我也没什么事情,就是问问罗平平的病好了没有。"

"啊!什么?罗平平病了?"罗东海雳了一下。

"你不知道吗?这样的家长啊……"话筒另一端,刘老师的语气带上几分责怪的意思。

和刘老师客气了几句,罗东海就和同事打了个招呼,提前回家了。他心里有些不太好的预感,并不是担心女儿的身体——按照刘老师的说法，罗平平因病没有上学，然而早晨出门的时候罗平平好像和往常一样，甚至比平常的状态更好……或许问题就出于这个比平常更好上！

回到那狭小陈旧的家中，罗东海的担心成了现实：罗平平不在家。家中陈设和早晨他离开时一模一样，没有丝毫女儿回来过的痕迹。他打了女儿的电话，不出所料关机了，如果是平时，这算是正常，因为学校里不允许开手机，然而这天罗平平并没有去上学。

罗东海长出了一口气，在土黄色的旧沙发上坐下，慢悠悠地点起了一支烟。他的正对面挂的是一个陈旧的相框，那是他和罗平平妈妈的结婚照。照片里的两人年轻漂亮，一脸的幸福。如今他一脸沧桑疲惫，鬓角已经有了几丝白发，而罗平平的妈妈则离世数月了。

罗平平像她妈妈，长得挺漂亮，但不怎么聪明。也多亏如此，否则她妈妈当年也不至于在众多追求者里选了罗东海这个一无所有的小警察。

罗平平已经是第二次参加高考了，她本来不想去考，第一次高考结束不久，她就匆匆找了个大酒店打工，凭着不错的外貌做了前台。罗东海硬是把她拉了回来，在他苦口婆心的劝说下，罗平平开始补习。

罗东海知道她不是读书的料，可是想起她妈妈去世时不舍的眼神，只得硬下心肠把她送进了补习班，这算是她妈妈唯一放心不下的事情了。平民百姓的孩子就算读了大学，也不一定能有好的未来，然而不读，几乎就等于放弃了这本来就渺茫的希望！

天色渐渐黑透了，罗东海没有开灯，坐在黑暗中的沙发上吸烟。当他手中的烟盒瘪了的时候，他听到一阵摩托车马达的轰鸣声，他心里一震，站起来走到了窗前。

罗东海从窗口望下去，借着路灯的光影，他看见楼下停着一辆很拉风的红色大型摩托车，那辆大摩托车的后面坐的果然是罗平平，她正摘下头盔交给坐在前面的青年。前面的青年身材瘦小，头发隐约染成了浅色，他接过头盔戴上，然后两人挥手道别，摩托车又发出一阵轰鸣，飞驰而去。罗平平整理了一下书包，脚步轻盈地向楼前走来，不一会儿，"叮咚"一声，门铃响了起来。

"平平，今天过得怎么样？"罗东海低声问道，眼睛却盯着罗平平的脸。

"还能怎么样？和往常一样呗。"罗平平的神色很坦然。

罗东海的心猛地一紧，说出这谎言的时候罗平平面不改色，这会是第一次吗？他压抑住愤怒，又问道："上了一天的课累了吧？"

"当然了！简直累死了！"罗平平用撒娇的语气说道。

"你撒谎!"罗东海爆发了,他又从沙发上跳了起来,"你……你居然学会了撒谎。你以为我不知道你一天没上学?你说,去了哪里?那个染了头发的小流氓是什么人?!"

罗平平吃了一惊,随后却一脸愤怒地反击:"什么?小流氓?不许你侮辱我的朋友!你……你居然跟踪我?你才是流氓!"

罗东海只觉得胸中气血翻涌,用颤抖的手指着罗平平说道:"你旷课!你撒谎!你竟然还对自己的爸爸这么说话,你能对得起你妈妈吗?"

罗平平忽然平静了,换上一副讥讽的口吻说道:"哦,你能对得起妈妈?你眼睁睁地看着她死,也不去动那已经要到手的钱。"

"什么?你在说什么?"罗东海无数次想过这个问题,但当它真正从罗平平口中说出时,他还是有些震惊,"那……那不是我们的钱,我本就不该拿的。"罗东海的声音有些颤抖。

"哼,别说得那么好听了,你不过是胆小、自私、没有责任感……"罗平平的话像一支支利箭射向了罗东海那本已伤痕累累的心。

"闭嘴!"罗东海一巴掌打在了罗平平的脸上,不知道是因为愤怒,还是因为害怕罗平平继续说下去。

罗平平捂着脸颊呆住了，罗东海自己也吃了一惊，女儿长这么大，他这是第一次打她，以前她母亲有时候生气要打骂她，都是罗东海拦住了，他从来舍不得动女儿一根手指。

两人愣愣地对峙了几秒钟，罗平平忍着泪水转身进了自己的房间，"砰"的一声关上了房门。

随后的两天，好像什么都没有发生过一样，只是父女俩刻意互相躲避着。

罗东海忽然觉得，最近这一段时间本来他们就已经很少交流了，他工作很忙，女儿上补习班也一样，其实是自己忽略了女儿，应该说自己也是有错误的。那该怎么办？想到这里，他心中如同被猫抓一般难受。

同事赵芳倩是个细心的女子，很快发现了罗东海的异常，追问之下，罗东海把那天的情形说了出来。

"什么？你竟然……竟然打人？"赵芳倩很是震惊，果然她最关注的地方与他有些不同。

"我也有些后悔，当时气昏了，可你说这孩子这样怎么办？逃学、撒谎，和不三不四的青年混在一起。"

"平平是有错误，可这不是你打人的借口。无论如何不能用这样简单粗暴的方式。"

"那我怎么办？"

"教育啊！"赵芳倩双眼圆睁，仿佛对罗东海的愚钝感到不可思议。

"怎么教育？说得倒是容易。"罗东海很是头疼，教育孩子这件事说起来容易，真轮到自己的时候就要抓狂了。

"多沟通，多交流。当然，首先你要放下面子，承认打人的错误。"

"我哪还需要什么面子？"罗东海苦笑了一下，"不过我是想，这次我要认了错，这孩子会不会觉得自己是对的了，以后还这样呢？"

"当然也要指出孩子的错误啊，不过前提是先缓和关系，两人能交流再说。"

罗东海叹了口气，赵芳倩说的都对，但要做起来并不容易。

罗平平的母亲去世以后，罗东海一直想调到一个轻松些的部门工作，尽管自己喜欢也擅长做一线刑警的工作，不过为了方便照顾罗平平，他还是向上级提出了申请，至少等女儿考上大学以后再说。然而作为刑警队的核心成员，又刚刚在"南屏山特大贩毒案"中立下大功，想离开一线找个地方喝茶水看报纸，领导怎么也不可能答应。这一拖就出了这样的事情。

罗东海在犹豫中度过了两天，终于决定这个星期天抽时间带女儿去她一直想去的海上乐园玩玩，顺便好好谈谈。

然而，他最终没能等来那一天。星期五那天，也就是两人发生冲突之后的第八天，罗平平没有回来，而且从此消失在了他的生活中。

2

"什么?! 你女儿……"这个故事令陆蜜儿有些意外，"那现在……?"

罗东海摇摇头，声音有些落寞："没有，我再也没有见过她。如果她妈妈还在，一定不会出现这种事的，所以我想，如果那时候我拿了那笔钱，结局可能真的会不一样，哪怕我蹲了监狱，也比现在好！或者真的像你说的，我没拿那一笔钱，可我后悔了。"

陆蜜儿沉默半晌，低声说道："其实你也不应该太自责，你是个警察，当然不能动那一笔钱的。"

罗东海揶揄道："别安慰我了，这句话怎么也不像你内心真实的想法。"

陆蜜儿尴尬地咳嗽了两声："那这么说好了，其实有了那一笔钱也未必能救你的妻子。"

不知为什么，眼前这个美艳且看上去又有些蛮横的女子却令罗东海很放松，他长出一口气，说出了一直压在心底未对人说出的话："我一直怀疑，她是自己放弃了治疗，那几年我们为给她治病欠了一些债，她一直也看不到希望，她不想拖累我和平平……"

陆蜜儿拍了拍罗东海的肩背："好了，别胡思乱想了，这只是你自己想象的而已。"

"不，不光是我。"罗东海叹了一口气，"平平也这么想。那次我们之间的冲突只是一个导火索，一直以来，她都认为我是个不称职的丈夫和父亲，所以才会出走。"

"你确定是出走吗？"

"我……基本可以确定。本来我也怀疑是我得罪了的罪犯干的，但我和同事们调查了很久，当时她最后出现的地方是放学回家的路上，没有发生任何意外或出现丝毫的犯罪迹象，不可能有交通事故，也不可能被绑架。我们查过监控中所有过往的车辆，也找了很多目击证人，没有任何异常。"

"她在街面上凭空消失了？开什么玩笑？！"陆蜜儿惊讶地问。

"当然不是，那时候街上的监控没有现在这么密集——即便现在，死角依然很多。我们从学校门口的监控处看见她走过，但在下一个路口她始终没有出现过，而回家的话她就应该出现在下一个路口，那条街没有岔路，街面上都是商铺。"

"那过往的人没有看见她的吗?"

"那天,天色有点黑,路人不多,基本都是下了班往家里赶的,都行色匆匆。穿着这种校服的女孩也不止一个,没有人注意到她,也没有发现什么异常情况。"

"这样说来街上没有突发意外,她很可能是坐上某一辆车走了。"

"那个可疑的时段,路上一共有二十六辆车路过,从通过时间上看,大部分完全没有停下来过。仅有四五辆不能排除停过车或是低速行驶过一段,这些细节我们都查过了。"

"没问题?"陆蜜儿觉得自己问得很多余。

"没有。"罗东海叹了一口气,"但这些年来,这几辆车我一直牢牢记在心中,其中就有海王星集团的那辆红色的保时捷卡宴。"

"啊!"陆蜜儿吃了一惊。

3

罗东海意识到罗平平失踪的时候已经是下半夜了。

作为高三学生,罗平平在学校自习到很晚也是寻常的事情,一开始罗东海也没有在意,然而直到临近十一点还不见罗平平的身影,他开始有些着急了。电话联系不上,他只好把已经入睡的班主任刘老师吵醒，得知由于是周末，当晚不要求上晚自习，罗平平当晚七点多就离开学校了。

罗东海紧张起来，父女间刚刚发生了一次冲突，按说罗平平再次跑出去玩的可能性很小，那就是出了意外……从家到学校只有不到二十分钟的路程，也没有偏僻路段，所以罗东海一般不会去接女儿，同时他的工作也导致他不能总是做到这一点。此时，他懊悔得几乎抓狂，至少在有时间的日子，比如今天，他应该去接女儿。

罗东海匆匆出了门，他沿着罗平平上下学的路线去了学校。虽然已是深夜，但在城市中心地段，明亮的路灯照得几近白天，这让罗东海稍稍放心了一些，然而他一路仔细观察，并没有发现任何与自己女儿相关的蛛丝马迹。

走到学校门口时，高大的铁门已经上了锁。这时，罗东海的手机响起，是班主任刘老师来电。刘老师刚刚给班上几个和罗平平熟悉的同学打了电话，但是没有人知道罗平平现在在哪里，不过有人曾经看见她在当晚离开了学校。

罗东海谢过刘老师，转身迅速回了家，他希望回去的时候，家中的灯已经亮起，女儿就在家里等他。这一次无论她去做什么了，罗东海都不会发火，更不会打人。

然而事实并不像罗东海期望的一样，家中还是和他离去时一样，黑暗而空寂。他在昏黄的灯光下度过了一个难熬的夜晚，几次拨打女儿手机，始终联系不上。

不能再耽搁了，天蒙蒙亮的时候，罗东海果断报了警。作为一个老刑警，罗东海不知道得罪了多少罪犯，尤其是近来刚刚打击了一批极其残忍的毒贩，所以警方对这件事相当重视，尽管离罗平平失踪还不到二十四小时，还是马上开始了调查。同时，罗平平就读的学校也发动了全校师生在校园内以及周边进行了搜寻。罗东海自己也沿着罗平平走过的路线，对沿途商铺和居民进行了排查，并再一次仔细搜索了罗平平放学要走的路线。

一整天下来，一无所获，唯一值得庆幸的是也没有出现罗东海最为担心的一幕——在某个树丛或是小屋里发现女儿的尸体。

当天深夜，已经疲惫不堪的罗东海被马队长和赵芳倩劝回家休息，他只睡了三四个小时，就匆匆爬起来赶去了警局，希望负责此案的同事能有新的发现。

除了罗东海等走访排查的一组，很多人也寄希望于查看监控的几个人，那时候滨海市的监控不是特别密集，但在罗平平走的路段上还是有好几处很有价值的监控影像。

罗东海走进资料室时，却发现两个年轻警察正趴在桌子上呼呼大睡，那监视器屏幕上的画面兀自慢悠悠地变幻着。罗东海不由得心头火起，抓住就近的一个警察的衣领把他从桌子上拉起。那警察迷迷糊糊地还在揉眼，胸膛上已经挨了一拳，他一下子清醒过来，怒气冲冲地抓住罗东海不放，两人厮打起来。旁边的警察也惊醒了，急忙过来拉架，也被罗东海打了一拳。

过了好一阵子，三人才被闻声赶来的其他同事拉开了，事情的结果是罗东海受了处分：其实两个负责查监控的同事很认真负责，接手之后，几乎一动不动地看了二十四小时录像，直到天亮时，两人实在坚持不住了，才趴在桌子上睡了。

冷静下来的罗东海给两个年轻同事道了歉，三人也互相谅解了，不过罗东海还是被暂时停职了。实际上，本来他就要回避这个案子，不工作反倒有利于他自己寻找女儿，罗东海也明白这道理，坦然接受了处理结果。

第二天，罗东海抱着一丝希望来到了刑警队，他听说案子已经有了初步的结论，主要的线索还是来自监控系统。可以肯定的是罗平平离开了学校，学校附近的监控清楚地记录下来这一点：画面中的罗平平背着书包，走得很快，看上去有些匆忙，然而她的脸上并没有紧张或慌乱的表情，不像是后面有人追赶的样子，更像是急于去做什么事情。之后，她却再没有出现在下一个路口。

很显然，现在有两种可能：一种是罗平平没有离开这条街；另一种是她借用了某种交通工具离开了，目前看只能是汽车。罗东海在对街上的商铺进行了逐户调查以后，基本确定罗平平是上了当晚路过的某一辆汽车，至于她是主动上车还是被诱拐或绑架就无从知道了。

罗东海确定了问题的关键，负责的同事向他详细讲了调查的情况：

当天晚上路过的车辆并不多，按照正常的行走速度，罗平平走到下一个有监控的路口大约需要五分钟。警方把这个时间段放宽到十分钟以上，这期间通过的车辆一共有二十六辆。由于当时路上车辆、行人都很稀少，大多数车辆都开得很快，通过的时间不足两分钟，根本来不及停车接人。只有五辆通过时间稍长的车，才有可能把罗平平接走。

这五辆汽车里，停留时间最长的两辆车分别是一辆本田和一辆奔驰，两车在路上发生了轻微的刮擦，由于没有大问题，两个司机互相留了联系方式之后就先后离开了。

其次停留时间较长的是一辆出租车，出租车司机说自己在路边拉了一个客人，所以时间长了一些。调查时，那个出租车司机记起那个客人是个女学生，这消息一度让警方很振奋。很快那个女学生就被找到了，她是罗平平隔壁班的女生，出来的时间比罗平平晚几分钟，监控录像上也有显示。

通过时间第四长的是一辆宝马私家车，开车的是一个新手女司机，车上还坐着她的老公和六岁的女儿，开得慢仅仅是因为开车技术生疏。"

"那还有最后一辆时间长一些的车找到了吗？"罗东海长出了一口气。

"不用找，那辆红色的保时捷卡宴是海王星集团的车，滨海市只有这一辆。"

"谁的？"

"废话，还能是谁的？这车少说也一百多万，能是员工的？当晚这辆车去机场接孙建华，因为平时开这辆车的司机病了，开车的是秘书，他从来没开过这车，所以开车的时候也很小心。他这个说法基本没有问题，因为他的平均车速明显比那个女司机还快了一些，已经接近正常速度了。另外，他马上要去接老板，怎么也不能私自拉上别人，更别说还涉及犯罪，除非是孙建华和你之间……"

罗东海摇摇头，他从来没有想过自己会和海王星集团的孙建华扯上什么关系。那是一个身家上百亿的富豪，而自己只是个不名一文的小警察。不，不光是不名一文，还欠着一身债……按说罗平平也不该和孙建华有什么关系，一丝阴云从罗东海心中掠过，不过一瞬间他就否定了自己——罗平平虽然是个挺漂亮的姑娘，但远够不上倾城倾国的水准，即使在自己的学校做校花也不够资格。孙建华不大可能看上她，因为近几年时不时有流言传出，说他和一些三线明星关系暧昧，可见他喜欢的女人是什么样的。

然而，另外的几个人也都和他以及罗平平素不相识，完全没有交集，从履历上看也都是普通百姓，谁都没有动机。

4

"我想说两句，关于孙建华的。"陆蜜儿忍不住插嘴。

"很好，我正想听听你怎么说。"罗东海诚恳地说。

几年过去了，罗平平就像从空气中蒸发了一样，没有留下任何蛛丝马迹。罗东海慢慢失望了，开始自暴自弃，所以当他听赵芳倩说海王星集团的人似乎与某些毒贩有瓜葛时，他立刻振作起来，义无反顾地开始了调查，此刻一个了解孙建华的人的意见对他来说非常有用。

陆蜜儿一脸严肃地开始发言："首先，孙建华和三线小明星的事情纯属扯淡，他因为广告代言方面的事务认识了几个演艺圈的人，数量很少，真正交往过的只有我一个。什么三线小明星？是说我吗？那时的我至少也得是准一线的吧。"

罗东海没想到陆蜜儿最先关注的是这一点，苦笑着连连道歉，他现在可不想得罪眼前的陆蜜儿。

"说起来孙建华这人是个工作狂，基本上不怎么好色，更没有喜欢小萝莉的癖好。至于被我的魅力征服，那是我的原因，所以我保证他不可能和你女儿有什么特殊关系。另外，涉及毒品的事情也不可能，谁几十亿的身家还去贩毒？至于吸毒，更不可能，他是那种很自律的人，他连烟酒都不沾，你说他会去吸毒？"

罗东海点点头，这些说法之前他也想到了，不过毕竟只是猜测，有了陆蜜儿的话作为佐证，他心里便笃定了很多。

"你这样一说，这件事与孙建华完全无关，现在又回到了原来没有头绪的状态。"

"有没有可能是发生车祸，之后司机为了逃避责任，把人拉到野外……？"陆蜜儿小心翼翼地问。

"不，当时所有的车辆都检查过，包括那些通过时间正常的车辆。除了发生刮擦的两辆车，其余车辆肯定没有撞击的痕迹，就是那两辆车的痕迹也经过了仔细检验，结果证明确实是它们之间发生了轻微刮擦。"罗东海叹了一口气，"另外，还有个问题，正常说来，平平回家根本不需要穿过马路，应该一直沿着人行道走，不可能被撞。"

两人都沉默了。过了片刻，陆蜜儿似乎要打破这尴尬的气氛，又问："你为什么不做警察了？是为了找孩子辞职了吗？"

"和这件事有关系，但我并不是辞职。"罗东海叹了一口气，"那一段时间，我疯了。"

5

接连多日一无所获，案件只能暂时被搁置了，罗东海自己也渐渐失望了。日子还要一天天地过下去，只是他变了，性格变得孤僻，不爱和任何人说话，动辄会发怒，工作也有些漫不经心。周围的人也注意到了他的变化，只是大家都理解这个在半年内先后失去了妻子和女儿的人，没有人说什么。但最终事情还是变得无法收场了。

一个多月之后的一个晚上，罗东海从街边的一家小饭店走了出来——他刚刚吃过晚饭，还喝了点酒。从女儿失踪开始，罗东海就喜欢上了酒精，虽然当时酒瘾还没有后来那么大。他沿着马路缓步往家走，忽然间，他的视线被牢牢吸引住了。那是一辆停靠在某KTV门口的摩托车，他认得这辆车，那是一辆很拉风的红色大型摩托车，和罗平平起冲突的那晚，她就是坐着这辆摩托车回家的。这款摩托车是走私货，在滨海市很不常见，几乎可以确定就是同一辆。

罗平平到底是离家出走还是被绑架挟持，至今没有定论。罗东海更加倾向于罗平平是离家出走了。或许是因为一番调查之后，当晚路过的人都是普通百姓，没有发现疑点；或许只是因为必须是这样，如此女儿才可能在某一天重新回来；抑或是这样能让他更加深刻地谴责自己的过失。

如果罗平平是离家出走,那么那个开摩托车的少年会不会知情甚至参与了呢?这很有可能。在学校里,罗东海没有得到任何线索,那些努力准备考大学的孩子都是乖乖仔和乖乖女,不可能参与到这样的事情中。不过这个少年不一样,这种在社会的灰色地带混迹的少年,胆子比成年人更大,一言不合,连伤人都不会皱一下眉头,从他身上很有可能挖出些线索。

罗东海看了看四周,有几个游荡的少男少女,但没有发现和那个少年有些相似的人,想必少年是在KTV里面唱歌。罗东海不想进去找人,那晚他也没有看清那个少年的正脸。于是借着几分酒意,他猛地踹了摩托车一脚,接着又是一脚,没几下,车子就翻倒在地上。

不到一分钟的时间,就有五六个少年从KTV里面冲了出来,有男有女,都打扮得花里胡哨的,有些扎眼。

"你××找死啊!"最前面的青年身材瘦小,头发是红蓝相间的,虽然发色变了,但看身形举止,无疑就是那晚的少年。

看到罗东海一脸凶相,少年先是愣了一下,后来觉得自己这一方人多,还是张牙舞爪地扑了过来,结果罗东海把他的胳膊扭到背后,直接摁在了地下。身后一个光头的壮实少年正要冲上来,罗东海低声喝道:"警察办案,都老实点儿。"

后面的几个少年都犹豫不前,但也迟迟不肯离去。罗东海沉声道:"我找他问点儿事儿,没关系的都走远点儿。"说着手上加了一把劲。

那少年吃痛,急忙道:"没事,没事。你们先走,我什么也没干。"

几个少年迟疑着散去了,罗东海也松了手,那少年哼哼唧唧地站起身,罗东海一把揽过少年的肩膀,推着他走到楼旁夹道的阴影中。

"警察同志,什么事儿啊?"那少年斜了罗东海一眼,一脸不屑地说道。

罗东海紧盯着那少年,沉声道:"我不光是警察,还是罗平平的父亲。准确地说,现在我是以后者的身份来找你的。"

"啊!"少年脸上闪过一丝慌乱,只一瞬间,却被罗东海敏锐地捕捉到了。

"叔叔……平平的事儿我不知道啊!"少年抢先说道。

"平平"这个称呼激起了罗东海莫名的反感,他忍着怒气问道:"你是什么人?怎么认识罗平平的?"

"我叫吴云飞,我们是高中同学啊!"少年答道。

"高中同学?"罗东海看着少年吴云飞花里胡哨的头发质

疑道。

"是真的。不过我高二就不去学校了。"吴云飞说着,脸上却是一副得意扬扬的神情,仿佛辍学是一件极为骄傲的事情。

"罗平平去哪里了?"

"不知道。我就是知道也不可能告诉你的。"

罗东海耐着性子说道:"我是她父亲,现在很担心她,要找她回家。"

"担心?有什么好担心的?平平人可贼了,上哪儿也吃不了亏。"

"别废话,你到底知不知道平平在哪儿?"

"我真的不知道。"吴云飞看上去倒是一脸真诚。

罗东海有些失望:"不管怎样,你以后离罗平平远点。"

"那不可能,我喜欢平平,谁也别想阻拦我们。"

罗东海吃了一惊:"什么?你……你喜欢……呸!就你这熊样?你他×再说一句试试,信不信老子揍死你?!"

"有种你揍吧!警察了不起啊?来啊!"吴云飞毫不畏惧地迎了上去。

本来已经满怀失望的罗东海在酒精和吴云飞的双重刺激下挥起了拳头。

"哈，两个被姑娘撇下的老爷们儿还打起来了，真是蠢爆了。"陆蜜儿尖刻地评价道。

"现在想想的确是挺蠢的，人都找不着了，还管她和谁在一块儿？再说，那小子十有八九就是单相思。不过主要就是那一阵子我有些不正常，有点……狂躁吧。"

"后来你把小伙子打坏了，你就被开除了，是这样吧？"

"其实也没打坏，我也是有分寸的。按专业词儿说，就是个轻微伤，那小子也没怎么追究。不过当时他的朋友有不放心的，悄悄跟来给拍下来了，然后就发到了网上，警察打人的消息一下子传开了。局里本来还想保我，给个处分就过去了。我不想给警察抹黑，当时也没心情继续上班了，干脆就在局长面前把警服一脱，扔桌子上了。说到底，还是那一阵子有点狂躁。"

"你还想穿回警服吗？"陆蜜儿轻声问道。

罗东海沉默了半晌，摇摇头道："不可能了。"

6

天色微明，借着天边的曙光可以看到不远处的海岸线了，看来几分钟后就可以靠岸了。

陆蜜儿活动了一下有些僵硬的四肢，问道："上了岸，你准备逃到哪里？"

"逃？不，我只是找个地方待一段时间，就是俗话说的避避风头。我还会回去把这件事情查清楚的。"

"回去？自投罗网吗？警察不会抓你吗？"

"不会，警察的事情我了解，他们有很多案子要办，不可能一直盯着我，没有那么多的人手，大案子也最多几个月而已，何况我只是个嫌疑犯。"

"如果只是待一段时间，我在黑山这里有个空的住所，没有人知道。"

"有钱人真是不一样啊。你能确定这个住所不会被查到吗？"

"能，因为房子根本不在我的名下。不过去了你就知道了，那房子也不算很值钱。"

什么叫有钱人啊？现在是个房子还有不值钱的啊？罗东海暗暗感叹着人和人的差距。

陆蜜儿不知道罗东海在想什么，她从船上翻出一张宣传单，翻翻包里没有笔，就拿口红在上面写了一个地址给罗东海。

"我身上没钥匙，不过屋子那里有，在……"

"门口的垫子下面。"罗东海抢先道。

陆蜜儿白了罗东海一眼："那你去垫子下面找好了。我不说了。"

罗东海也摸透了陆蜜儿的脾气，不慌不忙地笑道："你不说，那我哪能找到？"

陆蜜儿哼了一声："就你聪明，这又不是单元楼房，门口哪来的垫子？在门边花盆下面呢。"

罗东海笑了笑："好了，真的谢谢你了。"

陆蜜儿哼了一声："说这些有屁用！这次老娘真是赔大了，给了你钱让你给我办事，你什么也没给我查出来，我倒是跟着你一通忙活。到底谁雇谁啊？"

罗东海尴尬地咳嗽了两声："其实我要查的事情和你息息相关。"

"是吗？我的事和你女儿失踪有关系？"

"很有可能！"罗东海点点头，"我一直有一个疑问，刘茂昌为什么会被杀？"

"看上去像是杀人灭口吧。"

"不错，看上去是这样，但凶手怕别人知道的是什么事情呢？"

"他找人对付我，你以为我会跟他客气？老娘是好惹的？黑白两道上……"陆蜜儿说着说着就没了声音，连自己也觉得不大对头，因为害怕自己而杀人，好像真不至于，黑白两道，哪一道她也没多大能量，就算知道了是谁，她能怎样？最多报警把他关几天或反过来把他暴打一顿，何必杀人灭口？

"那你说为什么？"

"凶手怕人知道的不是他找人打了你，而是在这背后有更重大的案子。"

"那是什么案子？"

"我要知道就好了。你是个聪明人，难道不知道谁想对付你吗？"

陆蜜儿第一次沉默了，半晌说道："我知道，就是那个小贱人。"

"谁？孙建华新的女人吗？"

"不是。我想孙建华没有新的女人，他不是那种很容易开始一段感情的人。我说的是他女儿孙雅欣。当然，她不用亲自干什么，总有人帮她做。"

"为什么？怕你成为她的继母？至于吗？"

陆蜜儿一脸愤然："怎么不至于？这不是普通老百姓家庭，可是涉及几十亿家产的。最主要的是那丫头从小被她爹惯坏了，典型的人渣。"

"这说得有点过了吧，毕竟还是个小孩子。"

"什么小孩子！差不多二十岁了吧。在国外读书，说是读书，鬼知道都干了些什么。"

"你确定是她吗？"

"我确定。利益相关的人只有她，孙建华没有别的亲人了。而且我们从来就不对付，能在孙建华面前挑拨离间的也只能是她，只是我没有证据。"

罗东海默默地点点头，如果将来自己能重返滨海市，或许可以从这个大小姐查起。

天边隐隐透出了一线霞光，船缓缓地靠了岸。陆蜜儿低声道："你下去吧，从这里往东走几公里，可以到市区。我要开船回去，我也不能失踪太久。"

罗东海跳下船，朝陆蜜儿竖起了大拇指："你真厉害，这么长的航行路线都能记得。"

陆蜜儿不屑地说："鬼才会记得那些东西。就算记得，黑灯瞎火的，我也看不清，就是按着大致方向开的。"

"啊！那……那咱们不是一直很危险？没撞到暗礁上还真走运啊。"罗东海擦了一把汗。

"哦，这海湾里好像没什么暗礁。"陆蜜儿好像刚刚想起来。

"你……你一直骗我！"

"我要是不这样，你是不是还不告诉我你的事情啊！"陆蜜儿狡黠地笑了。

罗东海无言以对了。

第四章　白沙岬

1

夏日的第一缕阳光来得早，罗东海迎着晨曦一路前行，走了半个多小时，前方出现了一个方圆足有一千平方米的大广场，这是黑山市市中心广场。

此时，竖立在广场中心的大钟的指针刚刚指向六点半，三五成群的晨练的大爷大妈还没有散去，路边已经有了背着大书包、行色匆匆的学生。广场西边的一排大柳树下有三两个早点摊，看上去生意还不错，边上都围着不少食客。

因为隔得太远，罗东海看不清早点摊卖的是什么，不过摊点上空那一股股热腾腾的白气一下子勾起了他的食欲，他忽然想起来自己已经快一天没顾上吃饭了。

坐在喷水池的边沿，罗东海狼吞虎咽地把几个韭菜盒子塞进了肚子里，腹部传来的温暖与饱胀感让他有些困倦。他迷茫地望着眼前往来的车辆与行人，恍惚间觉得自己又回到了往日的平静生活。直到一辆警车从视野里掠过，他才猛然惊醒——自己是一个逃犯。

这时候，罗东海发现了一个小小的麻烦——他没带手机。当然，这不是失误，是为了避免被警方追踪，而他也没有什么人可以联系了。

罗东海只在好多年前来过一次黑山市，本来就不大熟悉，加上这几年当地变化很大，他完全找不到方向。于是，他掏出陆蜜儿写的地址，默记下来，开始向在广场上锻炼的大妈大爷打听，好在这些老人大多是本地人，也都挺热心。不多时，罗东海就搞清了自己要去的地方原来并不在市里，而在一个叫白沙岬的偏僻乡镇。陆蜜儿要他到城里是为了乘车。

不过罗东海倒是很高兴，如今越偏僻的地方对他来说越安全。

罗东海去了车站，先在外面的路边摊吃了一屉包子，然后叫了一个拉活的黑车——虽然他不认为警察会追到这里，但谨慎起见，他没有选择容易留下行踪的公交车或出租车。

开黑车的是一个五十岁上下的黑胖子，和罗东海谈好了价钱之后，便发动了汽车。

"您这是去疗养的吧!"黑胖子热情而健谈。

"哦,什么?"罗东海一时摸不着头脑。

黑胖子一副先知先觉的样子:"外地人去白沙岬都是冲着望海国际医院去的,不是疗养就是整容,您这年纪不能是整容吧!哈哈哈!"

罗东海也"嘿嘿"笑了两声:"我去看个朋友而已!"

"哦哦!那倒也是,白沙岬那地方老住户不多了,外来人可不少……"黑胖子说错了也不觉尴尬,两人继续有一搭没一搭地聊着。

一夜未眠的罗东海就在这絮叨声中睡着了,直到车身猛地一震,他睁开眼,发现车停在一个透着粗陋的繁华小街上,透过车窗射进来的阳光灿烂得让人睁不开眼。

白沙岬是一个半开发的地方,公路旁是一片两三层的低矮楼房,都是各种商铺,此时已近中午,各家门前开始陆陆续续地有了客人。罗东海向北面望去,那是一片广袤的海滩,不知道为什么陆蜜儿没有把船直接开过来,或许是对航道不熟悉的原因,估计她是不会想到走迂回路线以避开追踪的警察这么复杂的事情的。

这一带方圆数里内,唯一的高大建筑就是占地广阔的望海国际医院,醒目得如同鸡窝里站着的一只白鹤,罗东海一下子理解了黑胖子的话。

陆蜜儿留下的地址就在医院南面不到二百米的地方，很容易找到。不过看到房子时，罗东海还是吃了一惊。陆蜜儿的话让他会错了意，他以为不是楼房也应该是乡间别墅，没想到是一个带着小院的很旧的平房。

这房子狭小陈旧得出乎罗东海的意料，不过这都算不了什么，毕竟这些年来他也没过过什么好日子。本来这次还打算找个烂尾楼什么的蹲一段时间，如今的条件算很不错了，唯一的不足是这里没什么生活用品。罗东海摸了摸自己的口袋，钱也不多，陆蜜儿给的钱给了刘茂昌一半，另一半被他存了。由于事发突然，逃跑之前他身上没有带多少钱，但逃跑之后肯定更没办法取了，不能因为这个暴露行踪，现在警察恐怕还在滨海市挖地三尺找他。

长期潜伏在这里会有生活问题，不过十天半个月的还能混过去，罗东海想到这里就安心了，随他去吧！在床上补了个觉之后，他便去邻近的小超市买了些便宜的食物、洗漱用品，以及一本杂志和两张报纸，开始安心潜伏在这里了。

2

接下来的几天中，无聊的罗东海对这个房子感兴趣起来，陆蜜儿为什么会有这样一所房子？这是一所旧房子，没有什么投资价值，更没有作为约会地点的浪漫氛围。房子里除了一些必备的家具和电器之外，没有留下太多前主人的生活痕迹，但无论如何也不是陆蜜儿这样一个人生活的地方，因为这里虽然看上去很久没有人住，但房子还是显得干净整洁，明显前主人是个自律俭朴的人。

这是陆蜜儿小时候的家？罗东海脑海中忽然冒出一个念头，不过随后又否定了自己。他以前对陆蜜儿有所了解，陆蜜儿具体是哪里人他已经不记得了，但绝不是滨海市附近的人。她如今定居在滨海市，应该是因为前两年和孙建华在一起的关系。

接下来的日子里，这个疑问一直盘旋在罗东海的脑海中，不过他无法想出答案，因为线索实在太少了，几乎没有。

好在他蛰伏在这里一个星期了，什么事情也没发生，渐渐地，他的心情平稳下来，也不再去想这个问题了，只是偶尔会走出屋子在周围转一转。

一个燥热的午后，罗东海信步走出了小院，他没有什么可去之处，只是像平常一样去了望海国际医院附近的海滩转悠。虽然海景对于同样在海滨城市长大的罗东海而言并没有多大的吸引力，但总比憋在小屋子里要好很多。

虽然正是炎夏，但海滩上的人不算多，毕竟这里地理位置偏僻，不是有名的旅游景区，海滩上的人看上去大多是附近居民和在医院里疗养的病人。

罗东海在一个简陋的凉亭里坐了下来，舒爽的海风很快驱散了身上的燥热，只是坐了没多久，他的目光就被二十多米开外的一个人吸引住了。

那是一个二十五六岁的青年男子，身材瘦削结实，中等个子，相貌平平，穿着一件黑T恤衫，看似漫无目的地在海滩上游荡。

这个看上去平凡无奇的青年之所以能吸引罗东海，原因很简单——他是个小偷，一直在寻找目标下手。最终他盯上了一个六十岁上下、穿着紫色短袖衫的老太太——她看上去是个生活优裕的游客，而且这个年纪的人身上往往有比较多的现金。

罗东海一直盯着那黑T恤青年，只见他两次试图下手都没有好机会，不过老太太也没有发现他，在海边坐了一会儿就离开了。那黑T恤青年不肯放弃目标，尾随着老太太离开了，罗东海的目光一刻也没有离开两人。

走了十几米，黑T恤青年突然加快了脚步，一下子追到了老太太的身后，伸手去抢她手里的包，老太太和他奋力争夺，死抓住包不肯松手。那青年想不到老太太如此顽强，一时间竟不能得手，他顿时焦躁起来，从腰间掏出一把弹簧刀。

罗东海见状大喊一声，冲了上去。黑T恤青年趁老太太分神，一把抢走手包，把她推倒在地，拿着包拔腿就跑。

老太太倒在地上大声呼喊起来，后面赶来几个热心的路人，有的扶起老太太，有的也跟着罗东海追去。

罗东海和那黑T恤青年沿着公路一口气跑出了一里多远，后面的人都被远远甩开了。眼看到了望海国际医院门口，黑T恤青年有点跑不动了，他挥动着手里的弹簧刀，厉声喝道："站住！这位兄弟，没你的事儿，别自找麻烦。"

罗东海冷笑道："我还就是爱自找麻烦。"说罢纵身扑去。

黑T恤青年骂了句脏话，一刀向罗东海胸口扎去。罗东海早有防备，闪身避过，反手一拳打中对方肩窝。黑T恤青年疼得一龇牙，又是一刀刺来，罗东海伸臂一隔，反手抓住对方的手腕，两人扭作一团。那青年到底不是罗东海的对手，几回合下来被罗东海打掉了刀子按在了地上。

这时候，医院里跑出来两个保安，跑在后面的一个气喘吁吁的中年胖子大声喊道："干什么？！谁在医院门口闹事？"

罗东海正要解释，背后一阵脚步声响，有人喊道："那穿黑衣服的是个抢包的贼！"他回头一看，后面追赶的人也来了，那丢包的老太太居然也在其中。罗东海吃了一惊，随后发觉是一个骑电动车的热心路人把她带了过来。

中年胖子是医院的保安队队长,他叫来几个手下帮助罗东海按住了抢包的青年。有人报了警,又有不少人陆续围了过来看热闹,很多人拿起手机拍照,罗东海见状急忙低下头,转身离开。

老太太一把拉住罗东海,正要说感激的话,忽然惊道:"啊!小伙子,你的手怎么了?"罗东海低头一看,原来夺刀的时候,手臂不小心被划了一道口子,虽然不算多严重,但也一直在流血。

"走,跟我去医院包扎一下!"胖子保安队队长大手一挥道。

罗东海正要赶快离开这里,于是也不客气,跟着保安队队长进了医院。

路上,那胖保安队队长一脸笑容地说道:"兄弟,你可帮了我老袁大忙了。"

罗东海有些摸不着头脑,不知道这事儿和医院姓袁的保安队队长有什么干系,只好"嘿嘿"地干笑了两声。

老袁是个健谈的人,也不在意罗东海的反应,接着道:"他们这一伙人,是个偷盗团伙,全是同乡,时常在这镇上偷鸡摸狗的,有时候还到医院偷病人的钱,真是丧尽天良啊!我们抓到过好几回,都是关几天就放了。这下可好了,当街抢劫，还动刀子，估计再想出来可不容易了。不过，你也要小心了，他们可是有同伙的。"

"放心吧！"罗东海点点头。

简单处理了伤口之后，罗东海婉言拒绝了老袁吃饭的邀请，独自迎着清凉的晚风向住所走去。他知道麻烦来了，但此时他的内心充满了很久以来未曾有过的愉悦感，口中还不由自主地哼起了跑调的曲子。

今天罗东海插手了这件事，在白沙岬这个小地方是隐瞒不住的，这一点儿他在出手前就想到了。本来出于保护自己的考虑，他对小偷的行为一再忍耐，然而当那个小偷掏出弹簧刀的时候，他不能不管了。尽管他已经脱下警服好几年了，但近二十年的刑警生涯养成的思维习惯已经融入了他的血液里——面对一个正要行凶的罪犯和一个可能被杀害的老人，他一定会义无反顾地冲上去，无论结果如何。

此后的一段时间，罗东海蜗居在小屋里不再出门，想等着抓小偷一事慢慢平息下来再说。到了第三天的傍晚，罗东海正仰卧在床上，翻弄着看了几遍的杂志，忽然一阵敲门声传来。

罗东海猛地扔下杂志，从床上一跃而起。他到了这里之后，从来没有人来找过他。这次来的会是谁？他的心狂跳不已，疾步走到了院子里，顺着门缝向外张望。

门外站着两个人，一个是医院保安队队长老袁，另一个是个富态慈祥的老太太，看身形大概是丢包的那一位——那天匆忙间罗东海没看清楚她的面孔。

罗东海松了一口气，拉开了门闩。老袁见门开了，抢先上前一步，一把拉住罗东海，大声道："兄弟，可找到你了。你那天走那么急做什么？"

罗东海一笑道："你找我做什么？"

老袁道："不是我要找你，是这位张阿姨说什么也要见你，当面道谢，好不容易打听着来了。"

罗东海只得把两个人让进屋里，口中说道："小事一桩，不用客气！"

张老太太和老袁把手里的两大包水果、点心之类的礼品放到了桌上，说道："可不是小事，现在哪里找这样肯见义勇为的好人？何况你还为我受了伤。"

罗东海请两人坐下，屋子里也没什么可以招待客人的，只倒了两杯水，把张阿姨带来的水果洗了两样，便一起坐下聊天。

三人在屋中有一搭没一搭地闲聊了片刻，张老太太就告辞了，她每天要定时做理疗。送张阿姨出了门，老袁却不走，硬拉着罗东海去了附近一家小饭店吃饭。

罗东海见老袁是个实在人，客气几句也就去了，这一段时间他不敢取钱,手头局促,好多日子没沾荤腥了。坐下之后,两人推杯换盏,酒肉一下肚子,关系又近了不少。

老袁两瓶啤酒下肚,大圆脸涨得红红的,像切开的西瓜,他松了松腰带说道:"我当过十多年的炮兵啊!后来退伍了,又干了保安这行,看兄弟你的样子,以前也是部队的吧?!"

"是啊!"罗东海也看出来这个老袁虽然身材已经走了形,但举止行动间颇有些军人气质,但他不想透露自己曾是刑警的真实身份,于是说道,"我是武警,也退役好多年了。"

"怪不得,怪不得,一般人的身手哪有那么好!"

"不行了!"罗东海笑了笑,"要早几年,哪能叫个小瘪三的刀子划了?"

老袁也笑了起来,随后又道:"兄弟,有句话我想问你,从你住的那个地方看,怎么说呢?看上去实在不像个家的样子啊!"

"是啊!这是亲戚的房子,给我暂住的。我本来在滨海市一家工厂的保卫科工作了一段时间,前一阵厂子倒了,来亲戚这里散散心,顺带看看有没有合适的工作。"罗东海这套说辞早就想好了。

"到我医院保安队来干啊!"老袁急忙说,似乎是怕罗东海不愿意，又补充道，"虽说钱不多，不过活也不累，这工作你也在行，先干着，以后再找好地方。"

"袁哥，医院能要我吗？"罗东海小心地问。

"放心，这事儿我说了算！你就说愿不愿意吧？"老袁拍着胸脯大包大揽地说道。

罗东海想了想就答应了，如今他生活上已经捉襟见肘，唯一能求助的就是陆蜜儿。但他不确定陆蜜儿是否在警方的监视之下，不敢贸然和她联系，找个工作是唯一的出路了，有这个热心的老袁帮助，总比自己找好。

3

第二天一早，罗东海便去了医院报到。到了保安队之后，他一下子明白了老袁为什么急着叫他来：小镇上本来就没有太多的青年，肯做保安工作的就更少了，他见到的几个同事头发都花白了，怎么看也至少都有五六十岁了。唯一一个年轻人看上去至少有二百多斤，真要捉贼怕还不如那几个老家伙呢。

老袁大约九点才到医院，见了罗东海十分高兴，笑呵呵地领着他去人事科办手续。

医院零零落落散布着五六栋楼，只有主楼有八层，其余的都只有三四层，人事科在大院东面的一个三层楼里。老袁领着罗东海走进去，里面只坐着一个圆脸大眼的年轻姑娘。

"哦，小王，好几天没看见，你又漂亮了。"老袁一进门就打趣道。

小王"咯咯"一笑："袁哥，你也又胖了！"

两人笑了起来，老袁说道："这是我们新来的保安，你登记一下，我刚刚跟院长说过了。"

小王麻利地拿出一张表格和一支碳素笔，对罗东海说："登记一下，拿你的身份证来。"

罗东海先是摸了下口袋，然后一拍脑袋："哎呀！我这脑子，没拿！"

"那号码还记得吧？"小王问道。果然和罗东海预想的一样，有老袁做引荐人，没有人认真查他。

"记得，我自己来填下吧！"罗东海拿过表格和笔，在姓名的一栏写下了三个字：刘茂昌。

随后的一切很顺利，罗东海对于保安工作并不陌生，医院里来来往往的人虽多，但对于一个普通保安，绝大多数的人都是视而不见，这种忽略罗东海很喜欢。

平静地度过了几天后，罗东海开始值夜班，他提着手电筒独自在医院巡逻。虽说来白沙岬不久就遇到了抢包的事情，但总的来说这里的治安是相当好的，连之前老袁说到的盗窃团伙，近期也在警方打击下销声匿迹了。

医院里最近一直没发生过什么事情，罗东海心情很放松，他顺着碎石路缓缓前行，脚下发出了悦耳的沙沙声。走过一个小花园，罗东海停住了脚步。前面是一个小院，大约四百平方米，红砖砌成的围墙不高，只有两米。老袁曾经嘱咐过他，这里是医院的禁区，谁都不许进去。

罗东海当时随口答应了，今天他第一次来到了这里，一个警察的职业素养——或者说"疑神疑鬼"的职业病让他产生了一丝忧虑：一个医院有什么禁区？如果是财务室或者存放重要资料的地方，再或者是等级极高的病房都可以理解。然而这样一个简陋的地方，不应该是作这些用的。那么这是什么地方？多年的刑警生涯让他第一时间想到了犯罪。

罗东海走到小院大门前，那是两扇铁皮做的大门，约莫两米高，中间挂着一把很结实的大铜锁，两扇门之间有不足一指的缝隙。罗东海顺着缝隙向里面看去，暗影中只能看见院子的中间是一个三间的平房，四周似乎影影绰绰地堆了些不明物件。他四顾无人，就用手中的手电筒向院子里照去，顺着光线他再次向院子里看去，那四周堆放的东西看上去只是些报废了的医疗设备。小屋的大门紧闭，没有一丝光线透出，从窗玻璃上看去，里面似乎空荡荡的。

这有什么要紧的？罗东海疑惑起来，可是没什么的话为什么特别规定不准人进去，难道是那些设备里面有文章？想到这里，他再次把目光投向堆放在院子里的设备，然而对于这方面他一无所知，所谓的医疗设备也只是他自己的猜测而已。

罗东海正百思不得其解时，冷不丁地，一只手从背后搭在了他的肩上。罗东海没有防备，吓了一哆嗦，手电筒差点儿掉在地上。

他回过头，背后站着一个表情阴沉的中年男子，这个男子比罗东海矮了半头，身材瘦削，穿着整洁的浅色衬衣、笔挺的西裤，脸上戴着一副金丝眼镜，看上去文质彬彬。

罗东海第一次见到这个男人，但他认识这是谁，因为在医院的很多地方都有这个男人的照片，他就是望海国际医院院长刘博学，也是国内著名的整形外科专家。

刘博学冷冷地看了罗东海一眼："新来的保安？"

罗东海急忙答道："是，刚来了不到一星期。"

"叫什么名字？"

"刘茂昌。"

"老袁没和你说过这里不能随便来吗？"刘博学的语气里完全听不出喜怒哀乐。

"说过……"罗东海有些尴尬，但无论如何不能坑了老袁这个热心人，"我在附近听到院子里有动静，就过来看看。"

"那你看到什么了?"

"没什么,好像是一只猫。"罗东海回答道。

"没事就好!"刘博学点点头,迈着方步走了。

罗东海抹了一把额头的汗水,也离开了。

小院门前和院长的意外相遇只是个小插曲,虽然依旧有些困惑,但毕竟罗东海没有发现什么问题,也不至于大惊小怪地翻墙进去察看。接下来又是白天班,他不需要四下巡逻,也没机会去察看了,于是心中小小的疑惑很快就被放下了。说到底这个世界上奇怪的人和事太多太多,他不可能一一前去探寻真相。现在一直萦绕在他脑海中的自然是眼下自己陷入的杀人案,和几年前女儿的失踪事件。

4

"咣当"一声,罗东海从睡梦中惊醒了。这声音不算响亮,但自从女儿失踪之后,他就很少能睡得深沉了,稍有响动就会从浅睡中醒来。

罗东海知道这声音来自院子里,有人进来了!他瞄了一眼床头柜上的闹钟,已经是凌晨两点多了。

自从抓了抢包的青年,罗东海听了老袁的告诫,担心青年的同党来报复,夜里十分小心。刚才的响声是水桶倒了,那是罗东海特意放的,如果夜里拨开门闩推门的话,水桶一定会被碰倒。如果是有人翻墙进来,则另有机关等候。

罗东海从床上一跃而起,蹑手蹑脚地来到窗前,把窗帘掀起一个小缝,向院子里看去。此时正值午夜,一轮圆月把院子照得雪亮,罗东海很轻易地发现墙脚处蹲着一个人,显然他因为刚才的声音暂时隐蔽起来,观察屋内的动静。

只有一个人!罗东海松了一口气,对自己的身手他还是很自信的,不过心中也有些疑惑:这不像来报复的盗窃团伙,他们有大的举动时往往三五成群,单独行动的不多。

墙脚处的黑影蹲了足有十分钟,才缓缓站起身来,小心翼翼地向窗户处走来,罗东海看清了此人是一个穿着黑衣、中等身材的壮汉,只是背着月光看不清面孔。

黑衣壮汉在窗前停下来,伸手从怀中掏出一个黑黝黝的东西,本来蓄势待发的罗东海浑身猛地一震,额头冒出了冷汗——他没想到此人居然带着枪!

窗户发出一阵轻微的刮擦声,被缓缓地拉开了,黑衣壮汉迅速翻窗而入,那看似粗壮的身形却异常敏捷。他双手持枪,锁定了床上躺着的人,悄无声息地靠近,在离床还有三四米处,他停住了脚步,毫不犹豫地扣动了扳机。

"啪啪"两声枪响,床上的人却没有丝毫动静。黑衣壮汉一惊,意识到出了岔子。就在此时,一道白光闪过,他的手腕一阵剧痛，把持不住，手枪掉到了地上。原来罗东海看到此人有枪，知道不能硬来，趁对方撬窗的时机，用衣物被褥堆了个假人，自己拿着菜刀，藏在了桌子下面。黑衣壮汉乍一进到黑暗的屋子里，匆忙间看不清楚，因此着了罗东海的道儿。

罗东海一击得手，心中狂喜，稍微松了一口气。不料黑衣壮汉很是凶悍，不顾手腕上的刀伤，一脚踢飞了罗东海手中的刀，随后如猛虎般扑来，和罗东海扭打在一起。几个回合下来，罗东海大为意外，本以为此人没了枪，很容易被拿下，没想到对方不但身手很是敏捷，力气更是大得惊人。两个人在地下打了几个滚，罗东海被压在身下，黑衣壮汉那一双铁钳般的手死死地掐住了他的脖子。罗东海掰不开对方的手，不一会儿便呼吸困难，眼前金星乱冒。

危急之际，罗东海忽然感到手上湿乎乎的，顿时有了主意，用力抓扯对方受了刀伤的手腕处。黑衣壮汉疼得惨叫了两声，双手加力，想坚持把罗东海掐昏，不过终归抵不住伤处的疼痛，他松开了手，被罗东海掀翻在地。

罗东海一跃而起，狠狠一脚踢向了对手，那黑衣壮汉骂骂咧咧地刚刚起身，来不及躲闪，便伸出手臂一挡。这一脚正踢在了小臂上，伴着骨头断裂的声音，黑衣壮汉闷哼一声，捂着手臂倒退好几步。

罗东海顾不上追击，捂着自己的脖子喘息不已，缓过一口气之后，抄起一个水壶扔了过去。那黑衣汉子一低头躲了过去，低吼一声冲了过来，罗东海全神戒备，不料对手只是虚晃一枪——他两条手臂都带了伤，估计讨不到好，一转头从窗户处跳了出去，三步并作两步蹿出了大门。

罗东海无心追赶，他抹了一把汗，开了灯，在桌子下面找到了那支手枪。

罗东海小心地用枕巾包着手，把地上的枪捡了起来。黑衣壮汉不会想到今晚会把吃饭的家当丢下，否则绝不会出手，所以这枪上很有可能留着凶手的指纹，罗东海不想破坏痕迹。

这是一支当前全世界都很常见的格洛克手枪——当然，在国内任何枪都不常见。这比罗东海以前用过的92式手枪好太多，他一瞬间产生了强烈的把它留下的冲动，不过最终还是忍住了。

罗东海关了灯，坐在黑暗中，闪着幽光的手枪让他陷入了沉思。在杀手来袭的时刻，他顾不得多想，此时冷静下来，才意识到事情远比最初想象的更可怕。

以盗抢为主的小团伙很少涉枪，就算有往往也是东南亚一带粗制滥造的货色，很难搞到这样的正规欧美货，也完全没有必要。今晚来的人身手不错，好像受过训练，不像小偷小摸的贼。当然他们更不至于去雇一个专业杀手来报复自己，毕竟没有太大的仇。另外，在两人打斗的时候，黑衣壮汉曾经不经意地骂了几句粗话，是纯正的滨海市一带的口音，而老袁曾经提过，那个团伙的人都是同乡，来自北方某省的一个小县城。

罗东海明白了，这不是来自盗窃团伙的报复，这是来自滨海市的追杀。

躲得过初一，躲不过十五，该来的终于还是来了。罗东海被激怒了，刘茂昌的死让他陷入了杀人的嫌疑，被迫逃亡，然而暗影中的那个人并不罢休，专程派来杀手要置他于死地。此时，作为一个曾经的刑警，一个自认为极其优秀的刑警，居然还不知道对手是谁。

不过罗东海知道，这一切的根源都在滨海市。此刻离他逃离那里还不到一个月，离原定的待满三个月之后再返回还有很长一段时间。只是他等不及了，尽管此时回去前途极为凶险：除了隐藏在暗影中的杀手，警察也在等他，落到警察手中，结局也不会好多少。刘茂昌一案的嫌疑全都指向他，他无可辩驳，一旦被认定为杀人犯，就算能侥幸免死，下半生也只能在监狱中度过了。

现在罗东海管不了那么多了，刚刚脑海中新冒出的一个疑点更像一根扎在他心口的钢针，让他一刻也不能忍受，他要去查个清楚。

5

周一的早晨，李建章如往常一样，早早地来到了刑警队。自从接手刘茂昌被杀一案，他便没有真正地休息过一天。然而拼尽全力，他仍然找不到罗东海的蛛丝马迹，这让他有些懊恼，难道自己真的不如罗东海吗？他不服气。

眼看快一个月了，所有的人都对找到罗东海不抱希望了，他也只能准备承认失败，唯一让他觉得欣慰的是赵芳倩那方面也没有收获。

门卫小钱和李建章打了个招呼，把一个沉甸甸的快递箱子给了他。他皱了皱眉头，有些疑惑，印象中这几天不应该有他的邮件，但箱子上分明写着自己的名字，大约是那个败家的老婆买了什么东西又嫌太沉，让他带回去吧。

李建章拿着箱子回到自己的办公室，撕开包装看了看里面的箱子，是一个玩具车。他更加疑惑了，他的女儿早过了玩玩具的年龄，而且身为女孩子，她也从不喜欢汽车……作为一个玩具车，这个箱子也有些沉，还有些旧。

李建章明白这个箱子有些问题，但并不怎么紧张，类似邮件炸弹这类事情只是国外电影里的桥段，在现实中，从警这么多年了，他从没听说过类似的事。他几下撕开了箱子，里面倒真是一个半旧的玩具车，他拿在手里颇觉沉重，轻轻活动了两下，那车盖子就掉了下来。车里面是一个深色的塑料袋，上面贴着一张白纸，纸上那龙飞凤舞的几个大字看上去有些眼熟：

有人用这把枪袭击了我，这很可能就是杀刘茂昌的凶器。

李建章猛地从椅子上跳了起来。

会议室里鸦雀无声，只有王局长翻动手中报告的沙沙声。

"不是同一把枪！枪柄上的指纹，档案里也没有记录。"王局长叹了一口气，把报告扔下来。

李建章似乎松了一口气，赶忙道："王局，我早就这么想，根本不可能存在这样一个杀手的。"

"那罗东海为什么要把这支枪寄过来？"马队长摸着肉乎乎的下巴问道。

"挑衅！或者说是嘲讽！"李建章咬牙切齿地说道。

"不可能！罗东海这么做有什么意义？"赵芳倩忍不住大声说道，"这件事的真实情况应该是，罗东海被枪手袭击，他认为枪手就是杀死刘茂昌的人，这枪就是凶器。当然，最后检验的结果证明他错了。这和墙上留下的字一样，他是在告诉我们凶手另有其人。"

"哪个凶手会自己站出来承认？"李建章冷笑道，"小赵，我觉得你还是不适合参与这个案子，你在这里掺杂了太多的个人感情。"

"掺杂了太多个人感情的是你，你讨厌罗东海，所以从一开始就认定了他是凶手。"赵芳倩针锋相对。

"清醒一点吧，刘茂昌的案子从现场看，除了罗东海没有人进入房间，这怎么解释？"

赵芳倩沉吟道："没有人进去的房间，却发生了杀人事件，这就是通常说的'密室杀人'吧！"

"得了吧！你是看电视剧看多了吧。我干了二十年的刑警，所有的案子都很正常，根本没有那么离奇。"李建章一脸的讥讽。

"我承认这说法很离奇，听上去不太现实，但不能因此就否定这种可能性。我们应该努力去查找真相。"

"那我换个问题。如果没有杀人，罗东海为什么要逃走？"李建章紧追不舍。

赵芳倩咬着嘴唇，冷冷地道："因为他不信任你。"

"当然了，他信任你。"李建章阴阳怪气地说。

"你什么意思?!"赵芳倩拍案而起。

"行了!别说这些没有用的了!接下来怎么办?"马队长赶紧出来打圆场。

"已经联系黑山市警方了……"

"没用了!"王局长摇摇头,"快递从寄出到收到至少是一天多的时间,这个时间他足以逃到任何地方了,要出国都来得及。——小赵,你觉得他会去哪里?"

赵芳倩摇摇头:"不好说!罗东海是独子,没有什么来往特别密切的亲人、朋友。之前我注意过案发前和他联系较多的一些人,也没有收获。"

会议室里又安静了下来。

片刻,王局长总结道:"好!下面我总结一下,以后咱们兵分两路,李建章继续找罗东海,小赵就换个方向从刘茂昌这里继续查,就是还从之前的贩毒的案子查,或许会有收获……"王局长又叹了口气说,"其实我也希望凶手不是罗东海。"

第五章　重返滨海市

1

陆蜜儿猛地摔上屋门，抬腿甩飞了脚上的高跟鞋，因为喝得有点多，这个本来熟练至极的动作差点让她一头栽倒。她好容易稳住身形，一扬手把手里昂贵的包包扔向了几米外的沙发上，猛然间发现沙发上坐着一个男人。

"你的钥匙还在脚垫下面。"罗东海接住飞来的包包，无奈地摇摇头。

陆蜜儿放下刚刚抓在手里的空酒瓶，惊喜地问道："是你！你怎么回来了？你这么快就没事儿啦？"

"怎么可能那么快？"罗东海淡淡地说道。

"那你为什么要回滨海市？可别说是想我了。"陆蜜儿说着在沙发上坐下了，抓起一瓶矿泉水，拧开瓶盖就往嘴里灌。

"我没那个闲心!行踪被发现了能怎么样?"罗东海冷笑道,"你那个房子是什么来历?"

"这有什么关系?"

"当然有关系。"

陆蜜儿笑了笑,脸上露出了少有的温柔表情:"那是我小时候住过的地方,是我姨妈的家。我姨夫死得早,她又没有子女,特别疼我,比我亲妈还好。每年暑假,我都会去那里避暑。我有钱以后,给我母亲在南方买了大房子,姨妈她身体不大好,怕冷,我就请她去和我妈一起住,正好我父亲也不在了,两人做个伴。如今她们已经去南方生活很多年了,那房子就一直空置着,反正也不值钱。有时候,我会回去看看,回忆一下童年。"

罗东海点点头:"我之前也是这么猜测的。那么这样说来,房子在你姨妈名下,和你的关系转了几个圈,很难有人能查到那里的。于是问题来了,昨夜有杀手去那里追杀我。如果是报警还好说,可能是有心人认出我了,然而不是,是有人上门追杀我。谁知道我在那里?现在连警察都不知道,知道的只有你。那么是谁告诉杀手的?"

"你是说是我找杀手杀你吗?"陆蜜儿终于听明白罗东海的意思了,她皱起了眉头。

罗东海淡淡地说："我觉得认识你以后,我一步步地落入了一个陷阱中,而你就是把我诱入陷阱的诱饵。"

"呸!"陆蜜儿勃然大怒,跳起来指着罗东海的鼻子大骂,"罗东海,放你娘的屁!你自己撒泡尿照一照,就你那模样,也值得老娘当诱饵来坑你?你配吗?"

"那你怎么解释我刚才的问题?"罗东海真的对着穿衣镜照了照,"我照过镜子,我看上去也不是很帅,钱更是一点儿没有,所以你这样一个上档次的女子对我这么热心,这事怎么也解释不通。"

"解释个屁!我什么都不知道!"陆蜜儿怒气冲冲地往沙发上一坐,"我帮你是因为这件事本身和我有很大的关联,更主要的是……这些年我闲得难受,不自在,我要找点儿刺激。"

罗东海一时说不出话,这个答案让他始料未及,不过世界上也真有这样的人,陆蜜儿看上去也像这种人。他心中的疑问无法释怀,但陆蜜儿的话也有道理,此前他完全没想过,对付一个落魄的前警察需要请陆蜜儿这样的人吗?好歹人家不大不小是个明星。此前认定被陆蜜儿出卖的想法顿时烟消云散了。

两人都不再说话,沉默了几分钟,空气好像凝固了一般。

罗东海尴尬地咳嗽了两声说:"真是想不通,你钱多得花不完,人又漂亮,还是明星,怎么还活得不自在?"

陆蜜儿从鼻孔里哼了一声,气呼呼地说:"跟你说不着,你这种人……就知道吃饱了不饿,你知道什么是梦想吗?"

罗东海见陆蜜儿搭话了,赶忙又道:"这几天,我遇到了不少奇怪的事情,脑子一时不够用了,你既然闲得慌,帮我一起捋捋。"

"不帮!省得告诉我以后再出了事儿,你疑心我出卖你!"陆蜜儿又哼了一声,不过脸上的好奇已经显露无遗。

"哪能啊!我刚刚就是那么一说。你一解释,我就想明白了。"罗东海赶紧说起在白沙岬这几天发生的事情。陆蜜儿听罗东海说着,渐渐忘了生气,果然勾起好奇心是哄女人的不二法宝。

"哦,你刚刚说,那支枪是哪国来的?"陆蜜儿的关注点又有些不一样。

"我也不确定,只是有些怀疑是美国来的,这种枪在美国很常见。"

"那就对了!"陆蜜儿兴奋地打了个响指,"我早说了,那个孙雅欣可不是盏省油的灯,她不就是在美国留学吗?"

"可这……不大合理吧,想带枪出入境可不是容易的事!她一个大小姐,图什么啊?!"罗东海连连摇头。

"我也没说是她带的,只不过是说她和美国有联系,没准认识什么纽约黑帮,什么黑手党的……接下来你就去查她好了。"陆蜜儿不耐烦地一挥手,做了决定。

"什么?去美国?"罗东海有点头大,早些年学的两句英语早还给老师了,真要去了美国,连吃饭、住宿、出行都成问题了,还能调查什么?再说自己现在这情况怎么出境?难道要偷渡吗?

"去什么美国?现在她在国内度暑假呢。最近出了这么多事儿,肯定是因为她回来了。"

"现在到哪里找她?"罗东海松了一口气。

"她啊,每天在练舞呢,说是将来想进军演艺圈。哼!演艺圈是什么阿猫阿狗都能进的啊?就她那素质!做梦呢!"陆蜜儿说起来还有些愤愤不平。

女儿已经失踪几年了,完全没头绪。这一次事情的起因还是在陆蜜儿身上,从她身上查起怕是唯一的选择了,况且自己也算欠了陆蜜儿不少人情,就从孙建华的女儿孙雅欣入手吧。想到这里,罗东海答应了:"好啊!这样就算是我继续为你做调查吧!"

"到了这时候,为你调查和为我调查有什么区别?"陆蜜儿有些不解。

罗东海尴尬地一笑:"还是有一些区别的呀。你看,这个……最近我手头有点儿紧……"

2

"都搞定了!"陆蜜儿提着一个白色的塑料袋子钻进汽车里,一屁股在副驾驶位置上坐下。

这辆二手的白色本田车是陆蜜儿提供的,是她的一个高尔夫球友公司的,朋友听说陆蜜儿的亲戚要用车,第二天就派人送来了,说是用多久都行。罗东海眼红得想打人,恨不得自己也能有一大票儿这样的朋友。

罗东海拿过袋子一看,里面是刚刚发售的新款苹果手机,他一乐,自己从来没用过一千块以上的手机,有钱人就是不一样。

"其实也不用这么好的,我随便有个手机,只要能用就行。"罗东海笑嘻嘻地客气着。

"想什么呢!"陆蜜儿一把夺过手机,从包里拿出了自己的手机,三下两下把卡换了,"我也觉得你用不着。我早想换个新手机了,一直没空,这下就顺便换了。这个旧的给你,这张卡是以前我的保姆赵姐的,手机是我用过一年多的,其实这样反倒更值钱了,以后你卖给我的粉丝,怎么也值两万三万的。"

"拉倒吧!你哪儿还有粉丝?"罗东海心里想,不过他对陆蜜儿的安排还是很满意的，汽车和手机都解决了，而且方式很安全，和陆蜜儿没有直接关联。自己也在城郊租了房子，身份证也只是报了个号码，用的还是死了的刘茂昌的。虽说据他观察，警方似乎已经不再留意陆蜜儿了，不过到底还是有风险，自己能离她远点儿就尽量离她远点儿。

"好吧，接下来就看我的吧！"罗东海信心满满地说道。

两个小时之后，罗东海倚在白色本田的驾驶座位上注视着第九空间的大门口，一个大墨镜遮住了他半张脸，他看上去就像一个在等着接人的司机。

第九空间是栋九层楼，就坐落在滨海市市中心的十字街上，与周边其他雄伟的高楼大厦相比，显得颇为精致。楼的造型看上去有些怪异，应该是罗东海完全无法理解的某种现代派艺术品。

这里正是滨海市最有文化氛围的地方。楼内活跃着一些艺术方面的工作室，还有些教授乐器、舞蹈、声乐、表演等的培训班。孙雅欣就在一个叫"小白杨"的舞蹈班练舞，这个舞蹈班名字听上去有点幼稚，不过在滨海市名气可不小，据说指导老师当年曾经上过央视的节目。

罗东海并没有见过孙雅欣，只是听陆蜜儿说了大致的模样，于是只好在这里守株待兔。不过好在这里来往的人并不多，大约有几分希望能找到孙雅欣。

罗东海在第九空间门前待了一个多小时，正不耐烦的时候，一辆黑色的沃尔沃汽车开了过来。他顿时打起了精神，孙雅欣的座驾起码该是一辆还不错的车吧，至于是哪一辆他也没法说，毕竟海王星集团的车多得很。

黑色的沃尔沃停在了离第九空间大门十多米远的地方，一个二十八九岁的男子从车子副驾驶位置开门走下来。这男子中等个子，身材瘦削，脸庞白皙，戴着一副黑框眼镜，尽管天气有点热，但仍然穿着整洁的浅色衬衣和笔挺的西裤，看举止打扮，像是一个商界的精英人物。

男子走到车子后方，拉开了车门，一个穿着牛仔短裙的少女从车上走下来，两人一起走进了第九空间的大门。

看着从车上下来的少女的背影，罗东海的脑袋如同被一道闪电击中，他在车里愣了几秒钟，随即拉开车门不顾一切地冲了出去，大喊道："平平！平平！"

罗东海冲进大厦左右张望，发现那对男女已经到了一楼小白杨舞蹈工作室的门口，他几步跑过去，一把拉住了那少女的手臂，大声叫道："平平！"

那对男女惊愕地转过头，少女看着罗东海激动的神色，脸上露出几分害怕的表情，结结巴巴地说道："你……你认错人了吧，我……我不叫平平。"

男子拦住了罗东海，怒气冲冲地吼道："你是什么人啊？快放手！不然我叫警察了！"

罗东海愣住了，心中被一种失落感塞得满满的，全然听不到男子的怒吼。眼前这女子只是背影看上去很像，但容貌、声音都和罗平平有些差别，说话的口音也不同，带着点儿外国味儿，那种见过世面的大家闺秀的气质更不是自己女儿能有的。

男子见罗东海愣愣的仍然不放手，一把抓住领口将他推到了墙角，怒喝道："耍流氓吗？你小子瞎了眼了！老子今天揍死你……"

这时候，小白杨舞蹈工作室的门被推开了，一个穿着白色舞蹈服的女子走了出来，大声朝那男子喊道："怎么了，阿全？"

那个叫阿全的男子一听这声音，立刻松开了手，低声嘟囔道："不知道哪来的混蛋，居然敢对孙小姐动手动脚的。"

罗东海清醒过来，眼前这个女子果然和陆蜜儿说的孙雅欣的相貌很相似，只是他之前没留意，陆蜜儿描述的人其实和罗平平也有些类似。其实看到那辆车的时候，他已经意识到来的有可能是孙雅欣，只不过看到这个和失踪的女儿相似的身影后，他脑袋一热，一下子把什么都忘了。

"只是认错人了吧！他看起来不像坏人啊……"白衣女

子上前几步，打量了罗东海两眼。她的声音很好听，温润中带着一丝女性的妩媚，有种让人心绪宁静的力量。

孙雅欣似乎也很信赖这个白衣女子，一见她到来，赶忙拉住她，躲在了她身后，偷偷打量罗东海。

罗东海的注意力也被这个白衣女子吸引住了，她身材匀称健美，大概是长期练习舞蹈的缘故。罗东海也无法判断她的年纪，她的脸上有着三十岁女子的成熟风韵，皮肤却如少女般光滑紧致，最引人瞩目的是那双黑宝石般的眼睛——明亮、温和，有种难以抗拒的力量。

罗东海觉得自己的心被猛地撞了一下，这感觉已经有二十年没有过了。他的脑袋一片空白，口中嗫嚅着："我……我认错人了，我不是坏人。"

"以后要留神啊！冒冒失失地吓到人家小姑娘可不好！"白衣女子的语气很温和，像是在谆谆教导一个青涩的少年。

"是的，是的！我看错了。"罗东海尴尬地答应两声。

"好了，好了，他看上去不像一个坏人，阿全你放了他吧！"

似乎在这个温润如水的女子面前，所有人都失去了反驳的欲望，孙雅欣和阿全都没有表示异议。

罗东海苦笑着转身走了。自从女儿失踪后，他已经多次误认为街上的少女是罗平平，有一次还被打了。这些他都不怕,只是如今这个低级的错误一犯下,恐怕再要跟踪孙雅欣就难了。

罗东海没有离开,他站在第九空间门口的一棵大树下,点起一支烟,深深地吸了两口,借此平静自己如同乱麻般的心情,顺便思考一下后面的计划。

第二支烟也吸完了,却还是没有半点头绪,他正犹豫着要不要再点上第三支的时候,一个有些熟悉的声音在耳边响起。

"哎,小刘啊!你怎么在这里?"

罗东海回头一看,原来是在白沙岬认识的张老太太,她只知道罗东海的假身份"刘茂昌"。张阿姨有着同龄老太太热情的特性,罗东海在医院干保安的时候,两人也遇到过几次,每一次老太太都会拉着他絮叨半天,还硬塞些吃的给他,只是在罗东海遇到杀手的前两天,张老太太就出院了。

罗东海急忙站起来,一时间找不到合适的理由,就打个哈哈反问道:"真巧啊!张阿姨,你怎么也在这里啊?"

张老太太还是那么热情,当场打开了话匣子。

"我就是滨海人啊,每年会去白沙岬医院住一段时间,我的孩子给我安排的,说那里环境好,对身体好。其实有什么好?滨海市的环境哪里差了?"

"孩子的心意嘛,也不要辜负了。这是您老人家的福气啊!"罗东海笑着说。

"是啊!是啊!所以我这两年都去了啊!哎,医院那边你不做了吗?"

"是的,不做了。我只是临时在那里做了一段,保安工作毕竟钱少,也没前途。滨海市的机会总比白沙岬多一些。"

"说得是,你这么好的小伙子,怎么也不会找不到好工作的。不管怎么说,在这里遇上了,怎么也得请你吃了饭再走。"张老太太拉住了罗东海。

"谢谢阿姨,不用麻烦了。"罗东海赶忙推辞。

"不麻烦,不麻烦。本来也是要请人吃饭的。"

两人正拉拉扯扯之际,张老太太的手机响了。她接起电话,听了几秒钟,欢快地说道:"小雨啊,我已经到门口了,遇到一个熟人了,马上就过去了。"

罗东海见状,赶忙又道:"阿姨,你还有事情,咱们改天有时间再一起吃饭好了!"

"嘿!有什么关系,打电话的是我女儿,在这里教跳舞,我们一起去啊!"张老太太放下了电话。

教跳舞!罗东海听了这话,本来迈出的腿一下子僵在了半空。

不多时,那个刚才见过的白衣美女走了出来,看到罗东海她先是微微愣了一下,听张老太太介绍之后,她笑吟吟地伸出手："你好！刘大哥，我叫张若雨。妈妈这几天可没少提到你，说你是少见的好人呢。"她的态度很自然，仿佛之前的事情根本没有发生过一样。

"谢谢！谢谢！"罗东海话里有话，他握住张若雨的手，那手白皙柔软，却很有力度。

"先进来坐一会儿吧！"张若雨说道。罗东海没有拒绝，和张老太太一起走进了大楼里。

三人一路走进小白杨舞蹈工作室，远远看去，练习大厅里零零散散的有十几个姑娘，有的在聊天，有的在喝水，孙雅欣也在其中，看上去是到了休息时间。

张若雨领着两人进了门口的一个房间，请两人在沙发上坐下，给两人倒了茶，自己也拉了一张椅子在对面坐下，对张老太太说道："妈妈，你来得晚了些，刚才阿全还来了，不过公司要开会，没等坐下就急急忙忙地走了。"

"没什么，阿全有事情就去忙好了，反正都在滨海市，时不时能看见。"张老太太浑不在意。

张若雨怕冷落了罗东海，转头问道："刘大哥怎么来了滨海市？是来玩的吗？"

罗东海还没张口，张老太太就抢先说道："是为了工作的事情啊，我这么大年纪帮不上忙，你们谁有门路帮着看看，这么好的小伙子难得呢。"

"这……还是别麻烦了。"罗东海有些不好意思地说道。

"没关系，能帮就帮一把，也不勉强。"张若雨微笑着说道，"正好我记得阿全说他那里有个司机出了车祸，在家休假，正要招人呢。刘大哥会开车吗？"

阿全？应该就是海王星集团的人吧，虽然有些风险，但这次错过了恐怕再没有机会进入海王星集团了。只是一瞬间的犹豫，罗东海便回答道："没问题，我有十多年的驾龄呢。"

张若雨是个爽利的女子，听了这话便起身去门口打电话，不一会儿就面带微笑地回来了，对张老太太说道："阿全说了，您推荐的人一定行的，他肯定同意。不过是给总裁大小姐当司机，行不行还得问问她。"

罗东海听了更加吃惊，一时说不出话来。张老太太有些担心地嘀咕道："这……这怎么办？谁知道那姑娘会怎么想？年轻人没准喜欢年轻人呢？"

张若雨笑道："没事，妈妈。这姑娘在我这里练舞呢，我给她说说，估计八成可以的。"

不多时，张若雨领着孙雅欣走了进来，两人在外边已经说明白了，不过孙雅欣一看是罗东海还是吃了一惊："啊！是……是……是他？"说着倒退了两步，半个身子隐在张若雨身后，一双大眼睛骨碌碌地转着打量着罗东海。

张若雨笑着拉出孙雅欣:"放心吧,这位刘大哥我一眼就能看出来不是坏人。"

罗东海赶忙站起身,赔笑说道:"对不起,孙小姐,刚才真的是个误会,我不是坏人。"

孙雅欣连忙摆手道:"不能叫小姐,我家里可不许这么叫。我在美国叫朱莉,身边的人一般都这么叫我,或者叫我的中文名字孙雅欣也好。你……你怎么称呼?"

"你们叫我老刘好了。那我就跟着别人叫你朱莉吧。你这算是同意了?"

"放心吧,姑娘!"张老太太见孙雅欣还有些犹豫,拍着胸脯打包票,"这个小刘不光是见义勇为的英雄,脾气也好,在医院那会儿对我们老头老太太可耐心了,一般年轻人哪里做得到?"

"我这人性格古怪,脾气也不好,我的司机可不好当。"孙雅欣看上去还不是很想要罗东海。

罗东海听出了这话里的意思,若是平时早就不再理会这个工作机会了,不过这一次事关重大,连忙赔笑道:"没问题,我这个人脾气好得很,老板怎么要求都行。"

"哦!真看不出来,你是这样的一个人吗?"孙雅欣忽然展颜一笑,"那好吧!既然这么说,从今天开始你就先干干看,如果你让我不满意,我可不要啊!"

"好！好！那是应该的。"罗东海连连点头答应。

张若雨在一旁说道："有这么急吗？"

"是啊！原来都是爸爸的司机给我开车，前一阵他父亲病了，他回家探望，结果在老家的时候自己又出了车祸，他们又不愿意让我自己开车，可不方便了。"

"那就明天吧，我妈妈为了感谢刘大哥，要请他一起吃饭呢！"张若雨在一旁说。

孙雅欣愉快地说："啊！没关系，张老师给我找了人，我也要感谢一下啊！我请客，大家一起去吧！"

接下来，张若雨和孙雅欣又出去练了一阵舞蹈，罗东海便和张老太太一起在屋子里闲坐聊天。

等到中午，练舞的姑娘们都散了，四人一起去了不远处的一家叫"西蜀情"的火锅店。

火锅店的生意不错，此时大堂已经坐满了人，不过孙雅欣似乎是这里的熟客，领班直接把四人带进了一个包间。坐下后，孙雅欣点了鸳鸯火锅。

张老太太和张若雨吃的是清汤，孙雅欣和罗东海吃的是红汤。不一会儿，罗东海有些后悔，这红汤实在太辣了，他偷眼看看身边的孙雅欣，她却毫不在意，吃得很欢，完全不像是个大家闺秀。罗东海心中一动，不由得愣愣地出了神。

张若雨心思细腻，看罗东海吃了几口就不怎么吃东西了，就笑着说："刘大哥，我和妈妈吃得不多，这边锅里的你也帮着吃一些吧，不然都浪费了。"

罗东海回过神来，顿时明白张若雨注意到了他怕辣，于是答应一声，在清汤锅里捞了些菜吃，刚刚已经麻木了的嘴感觉得到了解放。

孙雅欣一边剥虾往嘴里送，一边说道："真不错！美国根本吃不到像样的麻辣火锅。"

张若雨笑吟吟地说："那就多吃点吧，估计再过一个多月，你也该回美国了吧。"

"不是啊！"孙雅欣停下来，擦了擦嘴，"这次我不准备回去了，都已经毕业了。那里人生地不熟的，有什么好？"

张若雨略感意外，问道："那你接下来有什么打算呢？是要准备进军演艺圈吗？"

孙雅欣叹了口气，装出几分老成的样子："唉，就是想想而已，还是留在自己家的公司工作吧！"

这一顿饭吃得很是舒心，张老太太是个热心人，张若雨人很文静，极其善解人意，就连孙雅欣这位大小姐也没什么架子，让罗东海觉得一见如故。

几人吃饱之后，各自起身，孙雅欣去付了账。罗东海站在一旁问道："那什么……朱莉，我要去公司里上班吗？"

"你也不用每天去上班，跟着我就好，你是我的专职司机。不过公司里也会安排你的位置的，有时候我也会过去的。"

大小姐的专职司机？不还是个马仔吗？看来这一阵子是摆脱不了这样的命运了。罗东海暗暗嘀咕着。

3

罗东海站在西海码头，一遍遍地看表。今天一早接到孙雅欣的电话，要他在这里等着接车，本来约定的时间是上午十点，可现在已经快十二点了，孙雅欣和车都不见影子。偏偏她选择的见面地点也很奇怪，这里是个废弃了的码头，除了远处偶有几个在海滩上闲逛的人之外，几乎不见人影。罗东海在太阳地里被晒了整整两个小时，早已口干舌燥，浑身冒汗，想买点冷饮什么的，周围又没有商家，要去最近的小卖部至少要走到三四里之外。更糟糕的是这码头上光秃秃的，想要找个阴凉地也没有。

终于这一次电话被接起了，罗东海如同被特赦一样长出了一口气："大小姐，你在哪里啊？"

"哦，马上就到了啊！不要着急啊！"电话里传来孙雅欣不紧不慢的声音。

"我不着急，可是……大小姐，我已经等了快两个小时了。"

"哦，没关系啊！从今天开始你是我的司机，这都算是工作时间，我给你发工资的。"

听着对方满不在乎的语气，罗东海忍不住大声道："发工资是不假，可你看看这天气、这大日头、这地方……我在这里差一点儿晒焦了。"

"喂喂，人家一个女孩子出门，要化妆、找衣服，很麻烦的，晚一点儿是难免的啊！这点儿耐心都没有吗？你自己可是说自己性格好得很，我看着怎么不像啊！"电话另一头，孙雅欣也不客气。

"啊……"这话说得倒是也合情合理，罗东海竟无法反驳，他抬头看了看天空中的烈日，无奈地叹了一口气。

就在罗东海觉得自己要中暑倒下的时候，一辆黑色的沃尔沃缓缓地开了过来，在罗东海面前停下。司机打开车窗露出了脑袋，虽然被一副大号墨镜遮挡了大半个脸，罗东海还是能认出来，正是孙雅欣。

罗东海上车，坐到了司机的位子上，孙雅欣到了后排。车内的冷气很足，罗东海感觉自己的命总算是捡回来了。他喘息了几秒钟，发现副驾驶的位置上有半瓶矿泉水，顿时眼冒绿光，一把抓在手里。

"这个我能喝两口吗？"罗东海顾不上面子，举着水瓶向后排的孙雅欣说道。

"不能!"孙雅欣说道,"那是刚才小李子喝剩下的,扔了吧!"

"嘿,没关系!"现在的罗东海哪里还顾得那么多,举起瓶子"咕咚咕咚"地灌进了肚子里。

"喂,喂,不卫生啊!"孙雅欣急忙叫道。

"这是有钱人的想法,普通老百姓没那么讲究,渴急了顾不得那么多。"罗东海放下瓶子,满足地抹抹嘴。

"可是……"孙雅欣犹豫地说,"小李子是我的狗啊!我刚刚顺路送它去美容了。"

"……我喜欢小动物。"罗东海一肚子郁闷地发动了汽车,从反光镜里,他似乎看见孙雅欣的脸上闪过一丝笑意。

之后的事情比罗东海想象的更为顺利。在成为孙雅欣的专职司机或者说马仔之后,又经过了平常的几天,罗东海每天主要的事情是接送她练舞,有时候会去购物、吃饭,等等。第一天,孙雅欣练舞的时候,罗东海是坐在车上等她的;第二天再去就被张若雨发现了,一定要他去自己的办公室里等,罗东海几番推辞之后便答应了,以后便每日坐在屋里等候。

或是这一批学生跟的时间久了,练习的时候,张若雨布置好任务之后也不是总在一旁指导，只是时不时从窗口看看学生们的状况，大部分时间倒是和罗东海在屋里品茶闲聊。

罗东海每天坐在清幽雅致的屋子里，品着回味悠长的香茗，不知不觉地喜欢上了这样的日子，悠闲又舒适，这是他这些年来最好的日子了。

虽然他在和陆蜜儿相处的时候也很愉快，但感觉截然不同，那女子虽然美艳豪爽，却如同一杯烈酒一样火热，有时候会让人忘却她是个女子。而眼前的女子如这杯中的茶一般，那幽香淡淡的，令人心醉，让人慢慢地沉溺其中。

一个多星期之后的一个晚上，罗东海正开车，准备送在街上买了一大包衣服的孙雅欣回家的时候，她接到了一个电话。

"去海王星集团总部。"孙雅欣撂下手机，一脸的不悦，"真是烦人，这么晚了开什么会！"

罗东海笑了笑，掉转了方向："好事情，朱莉，多锻炼锻炼，你老爸的公司将来还等着你接手呢。"

孙雅欣叹了一口气，默默地在后座上皱起了眉头。

罗东海也不说话了，专心开车。大约二十分钟之后，他们来到了滨海市市中心的十字街，海王星集团十八层的大厦虎踞龙盘，坐落在十字街口的西南侧。

罗东海把车停在海王星大厦前的广场上,抬眼看去,巍峨的大厦迎面而来,那巨大的玻璃幕墙在都市霓虹灯的辉映下闪耀着斑驳的光芒,仿佛一个披着五彩铠甲的巨人。

也许我将要和这个巨人作战!罗东海想到这里,胸中涌起一股莫名的悲愤。

孙雅欣的高跟鞋在台阶上敲出一串轻快的音响,罗东海紧随其后。两人进入大厦的时候,门口两个高大的警卫用标准的姿势给他们敬了一个礼。

进入一楼,这是一个华丽而空旷的大厅,正中是一个类似五星级酒店的巨大前台,此外有两处由沙发围成的会客空间。虽然已经是晚上七点多了,但仍有几个员工和客户模样的人在谈话。

孙雅欣径直走向了前台,两个值班的年轻美貌的前台小姐微笑着鞠躬问候:"孙总好!"

罗东海吃了一惊,孙雅欣看来习以为常,面无表情地点点头,指着罗东海说:"我新来的司机,领他去行政部,找人给他安排个位置。"

一个高个子的前台小姐答应一声,走了出来。孙雅欣回头对罗东海说道:"你去休息吧,我开完会叫你。"

罗东海点点头,正要和前台小姐离开,忽然听到有人叫道:"朱莉,你来了!"他回头看去,原来是在第九空间门口见过一面的阿全，也就是海王星集团的总裁助理周大全，他刚刚从电梯里走出来。

周大全这才注意到罗东海，顿时惊讶得合不拢嘴，指着罗东海道："他？怎么是他？"

罗东海嘿嘿一笑道："周助理，那天是个误会，以后请您多多关照！"

"不行，不能用这个人！马上让他离开！"周大全暴躁地吼道。

"为什么不行？"孙雅欣不悦地反问道。

"这……这个人不是好人，他别有用心，肯定会做出对你不利的事情。总之……不行！"周大全语无伦次地解释着。

"周先生，我不是什么坏人，那天只是个误会。"罗东海平静地说道。

"没有你说话的份儿！"周大全愤愤地一挥手。

"那我来说好了，这件事就这么决定了，这个人以后就是我的司机。"孙雅欣冷冷地说了一句，转身向电梯走去。

"你……你……"周大全脸涨得通红，犹豫了几秒，转身追去，大声叫道，"朱莉，朱莉，等等我！"

罗东海看得有些愣了。前台小姐似乎司空见惯，面带职业的微笑向他一招手，说道："先生，跟我走吧！"

接下来的几天里，罗东海正式成了孙雅欣的司机。他大部分时间是闲着的,有时候会带着孙雅欣去逛街、吃饭,间或会去海王星集团。周大全没有再找罗东海的麻烦,不过偶尔在公司里遇到时,他那阴沉的目光还是让罗东海很不舒服。

4

孙雅欣去公司的时间不多,每当这时候罗东海都会在公司司机的休息室里等她。开始的时候,他会找借口在公司里转转,然而看着各部门职员往来忙碌的身影,调查工作却完全无处下手,他意识到是自己想得太简单了。之前他是警察,可以大大方方地问任何人有关的问题,以而今的身份,却只能暗中调查。暗中调查又该怎么查?这对昔日的老刑警罗东海来说是一个新课题。

之后的日子,罗东海也就老实地待在司机休息室里,和其他人一样,喝喝茶水,聊聊天。公司的司机不少,不过大多数的时候都在跑车,真正闲坐着的时候不多。除了罗东海只有两个司机常在——一个姓刘的中年胖子和一个表情阴沉的青年小王,他们是开职工班车的司机。

罗东海想认识一下给孙建华开车的司机,小心地打听了一下,才从老刘嘴里得知,原来司机也有三六九等,老板的司机是不和他们在一起的。在这里,给总裁女儿兼副总的孙雅欣开车的罗东海也就算是地位最高的司机了。和沉默孤僻的小王相比，老刘显而易见是个话痨。不知道是因为嫌弃小王话少，还是因为更愿意和地位更高的罗东海交朋友，他每天抱着自己的大茶缸子，对着罗东海聊得唾沫横飞。

罗东海经验丰富，知道很多案件的突破口就在那些日常看着不起眼的小事上，于是也很乐意和老刘等人聊天。一段时间下来，正经有用的消息一件没有，花边新闻他倒是了解了一大堆，比如人事部的某某和企划部的某某被人看见从宾馆出来，销售部的某某和某某加班到深夜，紧锁着门，里面有奇怪的声音传出来，等等。

这天，罗东海正听老刘唾沫横飞地说到公司某中层领导不慎得了梅毒的八卦，他口袋里的电话响了起来，拿出来一看是孙雅欣来电，估计时间，是该走了，就起身向老刘摆摆手，接起了电话。

"朱莉，要出发了吗？"

"是啊。不过你先上来一趟，我有个箱子很沉，你来拿一下。"

"哦，好说。我马上去你办公室。"

"不，不用来办公室。你在更衣室那里等着。"

罗东海答应一声，转身出了门。司机给领导打杂干活是天经地义的事，孙雅欣是个单身的姑娘，这一点已经很不错了，没太多的事情。这些天除了开车，她还是第一次使唤罗东海。

罗东海站在更衣室门口等了许久，时不时有女职员进进出出，对站在门口的罗东海都露出了疑惑甚至警惕的目光。罗东海也有些尴尬，于是稍微远离了门口几步，心里祈祷着大小姐早点出来。

好在这次只等了五六分钟——这对孙雅欣而言已经很快了——手机便再次响起了，是孙雅欣打来的。

"到了吗？"

"我在门口了。"

"那进来吧。"

"这……不好吧！"罗东海一下子犹豫了，他在门口可是看见女更衣室有人进去了的。

"那算了，我自己先搬出去。"孙雅欣倒是很通情达理。

罗东海正要客气几句，电话里忽然传来一声尖叫，声音里透出无限的恐惧。

"怎么了？"罗东海急忙问道。

"救命……救命……"孙雅欣的声音颤抖着，随后又是一声凄厉的尖叫，电话被挂断了。

出事了！罗东海的脑袋"嗡"的一声，再也顾不得许多，猛地冲过去，一下子推开女更衣室的门，闯了进去。

更衣室里又传出了接连不断的尖叫声，这是里面的三个女职员被罗东海惊到发出的。罗东海顾不得许多，迅速扫视了更衣室一眼，里面都是一排排的衣柜，上下层，每层不足一米高、半米宽，根本不能藏人。惊呆了的三个女职员之前他都曾见过几面，也不是很熟悉，却没有孙雅欣的身影。

糟了！罗东海顿时额头冒汗，还没等他做出下一步反应，离他最近的一个女职员就怒吼着冲了过来。罗东海只知道这个三十多岁的女职员的外号叫"胖姐"，刚才她正在换衣服，上身只有一件黑色的蕾丝文胸，白花花的肥胖肉体被罗东海尽收眼底，她感觉格外吃了亏，所以比另外两个人更加恼怒。

"臭流氓！"胖姐一把抓住罗东海的衣领，"你想干什么？"

"那个，胖姐……"

"你说什么？！"罗东海慌乱之中口不择言叫出了对方的绰号，这让胖姐本来八分的恼怒一下子涨到了十二分，"你这个死变态，你……你还我清白！"说罢手脚并用，对着罗东海打起来。

"对不起，我……我新来的，一不小心走错了，我什么也没看见……"罗东海说着慌忙退出了女更衣室。

"你别跑……"胖姐拉住罗东海不放，其余两个女职员也跟了出来，吵闹声又引来了一大群看热闹的人。

"我真是不小心走错的，对不起啊！"罗东海越发窘迫。

"不行，光对不起就完了？"胖姐不依不饶。

"那……那怎么办？"罗东海无奈，自己打也挨了，还要怎样呢？

"你……你要负责任……"胖姐气呼呼地说。

啊？！这怎么负责？罗东海吓了一跳，这个胖姐不至于从此赖上自己了吧！

旁边看热闹的知道了事情的原委，几个言语轻薄的跟着起哄。

"对，对！要负责到底！"

"是啊！必须对胖姐的终身负责！"

"不负责不行了，胖姐这下子走光了，更没人要了。"

"你们都闭嘴！"胖姐更加恼羞成怒了，对着罗东海骂起了一连串的脏话，完全没给罗东海辩解的机会。

"住口，不要骂人了。"正闹得不可开交时，孙雅欣从人群里走了出来。一看是副总来了，那些机灵的职员转身就溜了，只剩下少数迟钝点的和当事的三个女职员。

"什么？我骂他还不行？公司领导也要讲道理啊！"胖姐气哼哼地说道。

"好了，别骂了，就算他是变态，你也要注意自己的举止,这样粗俗的话说出来会影响公司的形象的。而且老刘这个人我知道,人有些稀里糊涂的,可并不是变态。"孙雅欣一番话说得冠冕堂皇,令罗东海大跌眼镜,看不出平时那么幼稚的一个人,正经起来也像模像样的。

"算了!算了!"其他两个女职员过来拉走了不依不饶的胖姐。胖姐还是不服气,临走的时候,满怀幽怨地狠狠剜了罗东海一眼。

眼看众人散去,孙雅欣对罗东海嫣然一笑:"哦,对了,我自己有一个单独的更衣室,在楼上。没想到你竟然走错了,惹出了这么大的麻烦。"

"大小姐,我并不知道啊!"罗东海也很郁闷。

"哦,可我也不知道你不知道啊!"孙雅欣无奈地摊摊手。

"哦,这么说,其实是我自己的责任啊!"

"当然了。"孙雅欣坦然道。

"好吧!"罗东海长出了一口气,"那……那你说说,刚刚喊救命是怎么回事啊?别说你遇到了危险,你明明好好的啊!"

"啊!说起来刚才可真把我吓坏了,我看到了一只老鼠,这么大个儿。没办法,我最怕老鼠了。"孙雅欣边说边比画,一点儿也不像刚刚受过惊吓的样子。

"好吧,这也解释得通!"罗东海苦笑着摇摇头,按照海王星集团的卫生情况,连苍蝇都很难看见一只,高层之上哪里有什么老鼠?另外,当时孙雅欣似乎说的是去女更衣室,如果是自己单独的更衣室,还分什么男女?然而电话没有录音,他也没有十足的把握没有听错,何况就算有证据证明是孙雅欣说错了,跟这个大小姐又有什么道理好讲?

5

误闯女更衣室的事情过去了好几天,这几天孙雅欣没有去海王星集团,这正合罗东海的心意——免得被公司里的人在背后指指点点的。本来他准备如果孙雅欣再到公司去,他就待在车里不上楼了,或是在周围的咖啡馆里坐坐,这下倒省了心。

孙雅欣看上去没什么正事,每天四处游玩,生活得十分惬意。不过感觉她也没什么朋友,基本都是一个人,确实如她所说,这些年一直待在美国,与以前的同学之类的关系早淡了。

这一天,两人驾车去黑石滩公园玩。说是公园,其实只是一个没开发好的海滩,自然风光倒是不错,只是离市区有十多里,名气也不大,去的人并不多。

孙雅欣玩得倒是蛮开心的,罗东海没多大兴致,自己待在车上琢磨自己的案子,太阳晒得车里暖烘烘的,没多大一会儿,他竟睡着了。

不知过了多久,罗东海被孙雅欣摇醒了。他揉了揉眼睛,坐直了身体:"要回去了吗?"

"不是啦!"孙雅欣一脸不开心,"我的手机掉到水里了,麻烦你帮我捞一下。"

"哦,是那个平时你用的红色手机吗?"

"是的!是的!一个手机也不值什么钱,可是里面存的东西很重要啊!"孙雅欣看上去很着急。

"好的,我这就过去。"罗东海知道眼前这片地方是一片礁石,下面的水至少到大腿根。他刚刚准备脱下长裤,一低头瞥见孙雅欣的嘴角隐约有一丝笑意,他忽然心里一动,拿起手机拨了一个号码,一阵音乐声从孙雅欣的衣袋里传出。

"你的手机不是在身上吗?"罗东海沉着脸说。

"哦,开玩笑的,竟然被发现了!嘿嘿嘿!你好聪明啊!"孙雅欣被抓了包,有些尴尬地笑着。

"我下了水,八成你会开车跑吧?到时候我穿着短裤,身上什么都没穿,估计会很狼狈、很有趣吧!"

"呵呵,怎么会呢?就是想让你下水玩会儿。看你来了就坐车上,怪没意思的。"孙雅欣笑得有点假。

"大小姐!就算我早先曾经有过得罪你的地方,也不能没完没了地报复我啊！这都三回了，而且一回比一回折腾得厉害。"罗东海哭笑不得。

"哦，啧啧啧，原来你还知道得罪我了！"孙雅欣一脸恍然大悟的样子。

"我知道！"罗东海点点头。

"知道？可你并没有给我道过歉！"孙雅欣很认真地说。

"没有吗？好像当时道过歉的。"罗东海有些记不清了。

"没有！"孙雅欣斩钉截铁地说。

罗东海无奈道："好吧！那现在补上。对不起了，大小姐，我以后做事情一定不会那么鲁莽了。你也不要再捉弄我了。"

"这还差不多，好吧，到此为止！我们算扯平了。以后谁都不要提这些事情了。"孙雅欣笑嘻嘻地说。

"好吧。"罗东海答道。

"还有，不是说过不要叫我大小姐什么的，好像我很有架子一样。"

罗东海长叹一声："要是你让我省点心，别说什么大小姐，以后叫你姑奶奶也行！"

"喂，我好几次这样对你，你生气了吗？"

"没有啊！"

"怎么可能？"

"有什么不可能？你那些是顽皮小孩子的游戏而已，我不会当真的。"

"那你愿意一直给我当司机吗？"

"愿意啊！如果能这样一直给你开车，我也就很开心了，几年、几十年都可以，只是我怕不能够的。"罗东海叹了一口气，又想起自己的一身麻烦。

"能的，一定能的。"孙雅欣说这话的时候态度很认真。

6

又一个寻常的午后，罗东海坐在车里等候大小姐练舞回来。这一段时间过得很是自在，只不过虽然进入了海王星集团，想起来要调查的事情，却又完全无从下手，罗东海心里不由得有些疙疙瘩瘩的。

孙雅欣在和平常差不多的时间上了车，不过上了车后却说："今天你送我一次，以后这两天我自己开车回家，不用你送了。"

"什么？这不行吧。"罗东海有些意外，也不大放心孙雅欣，她的车技要是好，公司方面就不会一直非要安排司机给她了。

孙雅欣哼了一声："怎么不行？我有驾照的，熟悉熟悉就好了。"

罗东海笑嘻嘻地说:"别,反正我闲着也是闲着,还是我来开吧。"

"你不闲着,我有重要事情安排给你。"孙雅欣神情很郑重。

"哦,什么事?"

"听说你以前干过警察!"

罗东海愣了一下,才想起曾经骗老袁说自己干过武警,这难免又传到张老太太那里,无论是谁听说了也都不奇怪,于是点点头:"是啊,怎么了?"

"我要你给我查一件事。"

罗东海一阵兴奋,心想,孙雅欣小小年纪,能有什么要查的正经事情?应该与海王星集团或者她父亲有关,这或许会揭开海王星集团的一些秘密,表面上却满不在乎地问道:"什么事情?你这样一个富豪家的大小姐,能有什么正经事情要查?说得还挺严肃的。"

孙雅欣很神秘地说:"我刚刚听张老师和人打电话,说这几天晚上好像有人跟踪她,我估计十有八九是个喜欢张老师的变态,你悄悄去查一下是什么人跟踪她。"

什么?!罗东海想不到会是张若雨的事情,大为意外,一时心中像是翻倒了五味瓶,有点失望,却还隐约有点期待……

孙雅欣看罗东海不说话,有些生气地说:"怎么,不想去?"

罗东海回过神来:"不是不想去,我听你这意思,人家张老师也没主动找你,你让我去查合适吗?"

孙雅欣一瞪眼,大声说:"怎么不合适?!这样的事情女孩子能到处和人说吗?张老师待我可好了,我就不能主动帮她一点儿忙吗?"

罗东海心中一动,恍然大悟,问道:"啊!等一下,你这次不是又拿我开涮吧?"

孙雅欣哼了一声,不屑地说:"你这人真磨叽,我说咱们扯平了,就是扯平了。我哪有那么闲,总拿你寻开心?我可告诉你,张老师人特好,又那么漂亮,还有本事,多少人想拍她的马屁都没机会,让你去这是照顾你。"

罗东海脸一红,赶忙说:"我去我去,我什么时候说不去了?我拿你的工资,听你安排,再说我和张老师也认识,遇上这样的事情,我能不帮忙吗?至于拍马屁的话就别说了,我这样的人拍了也白拍。"

"那可未必,张老师对你评价可挺高的。"孙雅欣笑嘻嘻地说。

"嘿,人家那是客气,我一个穷光蛋,谁瞧得起我?"罗东海嘴上这样说着,心里却也有些美滋滋的。

"哈，你知道什么？张老师才不会这么想呢！不信……也难怪，你要是知道张奶奶以前的事情，就知道张老师是什么样的人了！"

"张奶奶？她有什么事情？"罗东海好奇起来，张老太太看上去就是个再普通不过的热心肠大妈，难道还有什么故事？

"张老师和她妈妈一个姓，你不觉得奇怪吗？"

"啊，我以为……只是巧合吧！毕竟张是大姓。"

"不是啊！因为张老师是张奶奶捡来的孤儿啊！周大全也是，就是差点和你打起来的那个助理。张奶奶以前在孤儿院当了许多年院长，抚养大的孩子还有好多呢！张老师自己挣的钱不少也都花在这上面了呢！也就是这两年，张奶奶老了，没精力再干，孤儿院现在由政府接手了。"

"这样啊！"说话间已经到了目的地，罗东海沉思着停下了汽车，心中对张老太太产生了一种由衷的敬意。

7

罗东海接受了新的任务，一扫这几天的放松状态，人一下子又紧张起来。孙雅欣自己开车去了郊外的住所——从海外回来以后，习惯了独立生活的孙雅欣并不和父亲住在一起，而是独自住一套一百三十多平方米的房子。对于这个年纪的女孩和父亲来说，这样各自都方便，这一点钱对于他们而言根本不是问题。

罗东海独自坐在第九空间对面的咖啡厅里消磨时间。晚间还有几个学生来张若雨那上课，他们大多是年轻的白领。罗东海盘算着如何在张若雨下班后悄悄地跟踪她，虽说这对于刑警而言也算是驾轻就熟了，不过万一被发现，她会不会把自己也当成变态？万一那样就尴尬了。

正百无聊赖之际，罗东海的手机忽然振动起来，他心中一动，这个手机号是不久前陆蜜儿给他的，知道的人很少。他拿出来一看，果然是陆蜜儿打来的。

他接起电话，里面传来陆蜜儿的声音："今晚八点，你请我吃东海湾渔家乐的海鲜套餐。"

"我时间有点紧，今晚怕是不能吃了。"罗东海望了一眼对面，犹豫道。

"不行，今晚我必须要吃。"陆蜜儿说完就挂了电话。

因为担心陆蜜儿的电话被监听，罗东海要求两人尽量不用电话联系，而且在调查过程中他也不想被陆蜜儿干扰，或许这原因还占了大头。

这次通话是按之前约定的，以吃饭为借口，见面的时间、地点就都有了。

罗东海看了一眼时间，此时离张若雨平时离开的时间还有两个多小时，去一趟东海湾渔家乐，只要不耽误太久，完全来得及。

二十分钟后，罗东海到了东海湾渔家乐门前的停车场，他把车熄了火，却没有下车。停车场上没有陆蜜儿的车，时间离八点也还有近半小时，陆蜜儿不可能来这么早。

坐在车上等候的这段时间里，罗东海开始梳理起眼下让他困惑的那些问题：

所有事情的缘起都是赵芳倩那日的到访，不过他对赵芳倩有绝对的信任，正如赵芳倩对他的信任一样。这种信任建立的基础是多次一起出生入死的战斗友情，还夹杂着一些说不清道不明的情愫。

如果忽略掉赵芳倩，接下来的关键人物有两个。首先是刘茂昌，也就是他现在用的身份。刘茂昌已经死了，不可能再危及他了，然而刘茂昌的死却让罗东海陷入了一个很尴尬的境地——他成了唯一的杀人嫌疑犯，要摆脱这个嫌疑，唯一的解释就是刘茂昌死于一个难以破解的密室，凶手从中消失了。

然而，连罗东海自己也觉得可笑，这种在小说和电影中常见的桥段有什么意义？陷害自己？他现在只是一个普通百姓，和刘茂昌没有区别，要对付自己何必如此费心？对方手里有枪，开一枪自己早死了，简单而高效。

想到这里，罗东海苦笑着摇摇头。不过黑十字酒吧的杀人案已经过去很久了，那里应该已经被人忘在脑后了。有时间应该去看看，或许能找出密室的答案，让自己尽早摆脱杀人犯的嫌疑。罗东海不怎么喜欢自己现在的状态——见了警察就远远地绕路走，以前他从来没想到自己也有这么一天。

还有一个关键人物就是陆蜜儿，想到这个美丽而另类的女子，他的心仿佛被刺了一下。在陆蜜儿面前，他总是可以卸下多年来身上一直披着的那无比厚重的铠甲，那种轻松愉悦的心情让他如同换了一个人一般。然而陆蜜儿真的这么值得他信任吗？在白沙岬被暗杀之后，他怀疑陆蜜儿——他也只能怀疑陆蜜儿，因为没有其他任何人知道自己的去向。然而真的见了陆蜜儿，只三两分钟，怀疑就被一扫而空了。是真的错怪了陆蜜儿？还是自己有些被她蛊惑了？罗东海自己也说不清！

"不合适，这真的不合适！"罗东海喃喃自语，两个人之间的差距实在太大了。

"什么不合适啊？"车门一响，陆蜜儿一屁股坐到了副驾驶位置上。

罗东海吃了一惊，自己太过入神，完全没有注意到周边情况，幸亏来的是陆蜜儿，要是来了杀手，自己已经死十次了。

"你说什么呢？什么合适不合适！"陆蜜儿还是喜欢刨根问底。

罗东海好像被抓到的贼，脸一下子红了，支支吾吾说不出话来。陆蜜儿更加好奇，早忘了来的目的，审贼一般追问个不停。

罗东海无奈，嘿嘿一笑道："正想着一个姑娘呢！人不错，不过和我不合适。"

"是那个女警察是吧！其实我觉得你们还算合适，都挺假正经的。"陆蜜儿自以为是地说道。

"算了，这是哪儿跟哪儿啊？那人你根本没见过。"罗东海狡猾地撒了个谎。

"哦，那你领我看看去！"陆蜜儿兴致勃勃地说。

"嘿，你把我找来，到底有没有正事儿啊？"罗东海赶忙打岔。

"哈！"陆蜜儿好像也刚刚想起来，顿时来了气，"你还有脸说，拿着我的钱，开着我的车，连手机都是我配的，这么些日子了，你给我干活干得怎么样？不知道主动汇报吗？！"

"嘿嘿！"听陆蜜儿也没有闹什么新的幺蛾子，罗东海松了一口气，得意地说道，"大有进展啊，按说该发点儿奖金了。"

"什么?"陆蜜儿一听来了兴致,"干得好奖金少不了,你说说。"

"总待在这里太显眼!咱们出去兜兜风!"罗东海发动了汽车,向滨海公路缓缓驶去。

汽车行驶在空旷的滨海公路上,风从半开的车窗灌进来,带着淡淡的海水的味道,令人心旷神怡。

罗东海讲述了这几天发生的事情,不过并没有提张若雨被跟踪的事,因为这和陆蜜儿毫无关系。说到自己意外进入了海王星集团时,他心中颇为得意,瞥一眼却见副驾驶座位上的陆蜜儿一脸严肃的样子。

"这么说,如今你跟着那个小王八蛋混了?"

"什么?嘿,你别那么说,人家还是个小孩子,什么小王八蛋?说得这么难听。"

"难听?这是好听的,那小丫头片子从小死了妈,被她爹惯得不像人样,一肚子坏水,什么坏事都干得出来。"

"哪有啊!我觉得她最多就是顽皮点儿,可不像你说的那么坏。"

"啊?你居然还替她说话!"陆蜜儿皱着眉头上下打量着罗东海,"罗东海,说实话,你小子是不是背叛革命了?"

"嘿!这都说的什么啊?再怎么说咱们也是一条战线上

的，还得调查海王星集团的事情呢！我就是……就是觉得吧，你对孙雅欣的看法有些捕风捉影的……"

"呵呵，真给新主子卖力啊！她害人的事情先不说，小小年纪吸毒、乱搞、打架斗殴，这总不是我编的吧！"

"什么？她还……"罗东海吃了一惊，手一哆嗦，险些把车开到海里。

"当然了，我什么时候造过谣？"陆蜜儿得意扬扬地散布着八卦，"看着很清纯的一个姑娘吧？那作风比演艺圈里最烂的人还烂呢！这些事情慢慢你就知道了。"

"这……这都是什么时候的事情？"罗东海小心地开着车，低声问道。

"好几年前，我刚刚认识孙建华的时候她就是这个样子。"

"如今还这个样子吗？"

"当然了，虽说这一两年没接触她，但我们两个从一开始就不对付，那丫头以为我要抢她爹的财产，处处针对我。不过这样的人没个好，你见过几个吸毒的戒了？何况她是个没人管的富家大小姐。"

"说的也是。"罗东海沉吟着点点头。

8

给陆蜜儿汇报完"工作"，罗东海急匆匆地开车回到了第九空间的楼下,他也不确定这个时间张若雨走没走,好在那个跟踪狂的存在应该不是一两天的事情,否则也不会被发现,短时间内张若雨不会有太大的危险。

大约过了十分钟,大厦的门口闪过一个窈窕的身影,罗东海一眼就认出那是张若雨。他松了一口气,尽管是孙雅欣托付他的事情,但其实他内心也很想保护好张若雨。是因为她是个少见的善良而美丽的女子,还是因为别的?或者都有一些?罗东海也搞不清。

张若雨一路走出大厦,徒步离开了大厦前的广场,或许她的目的地不远,因此并没有乘坐交通工具。罗东海赶忙从车里出来,远远地跟在后面,离她相当远,倒不是怕被张若雨发现,主要是因为还要给那个潜在的变态一个空间。只是如此一来,很容易丢失目标,即便是罗东海这样有经验的追踪者,也要打起十二分精神。

罗东海跟在张若雨后面走了接近二十分钟,一路上很警惕地四下寻找目标,但并没有可疑的人出现,最后张若雨走进了一个叫芳华园的小区。罗东海想,认识了张若雨的住所,还算成功,这为以后的工作提供了很多方便,目前看来跟踪狂也不是天天都会出现的。

罗东海稍等了两分钟,估计张若雨已经进了楼里,他又跟进去,想看看会不会有进一步的收获。

这是个老小区，门口的看门大爷自顾自地坐在保安室看着电视剧，连看也没看罗东海一眼。可一进入小区，罗东海就后悔了，虽然天色已晚，但小区的广场上还是有几个人，张若雨没有回家，正在大门口不远处和一个遛狗的大妈聊着什么。

罗东海正犹豫着要不要退出去，可已经来不及了，大妈牵着的吉娃娃犬朝着他这个陌生人大声吼叫起来，张若雨和遛狗大妈的目光一下子都转移到了罗东海的身上。

"刘大哥，这么巧啊！"张若雨和遛狗大妈挥挥手打个招呼，笑盈盈地走了过来。大妈牵着狗走了出去，路过身边时，那小家伙还满怀敌意地朝着罗东海狂吠。

罗东海也不知道张若雨是否有所察觉，尴尬地一笑，"是啊！滨海市就这么小！哈哈！"

"既然遇到了，一起坐坐吧，时间还早呢！"张若雨微笑着发出了邀请。

"那好！那好！"罗东海慌乱地答道，"你总请我喝茶，我也该请请你了。"

"好啊！这附近就有一家不错的茶馆。"张若雨一口答应了。

两人走出小区，在小区对面不远处有一个茶馆，门面虽不大，但环境幽雅，里面的客人不多，只有稀稀拉拉的三桌客人。这三桌客人都是一男一女，他们默契地彼此远离，各自围桌低语，空气中弥漫着一股淡淡的暧昧气息。

两人也在一个角落坐下，要了一壶绿茶。

张若雨忽然笑了笑："我疏忽了，一个人习惯了。时间这么晚了，会耽误了刘大哥回家吧！"

罗东海苦笑道："没什么。我也是一个人，太太去世好几年了，女儿也不知道去了哪里。"

"啊！对不起！我失言了。"张若雨赶忙说道。

"没什么，都已经过去这么久了。"罗东海故作镇静，眼神中却掠过一丝哀伤，"有些事情我早就忘记了。"

"我了解这种感觉！"张若雨捕捉到罗东海心底的伤痛，轻轻地说道，"我曾经深爱过的一个男人，在多年前就去世了。这些年来，我每天忙忙碌碌地生活，连我自己都觉得我早就忘记了他，只是……只是有时候午夜从梦中醒来，忽然想起时，还会隐隐地心痛。"

罗东海抬起头，张若雨正默默地注视着他，与他的目光一接触，便低下了头，轻轻地呷了一口茶。

茶水有些浓，喝到嘴里有些苦涩。

坐在张若雨的对面，罗东海不知不觉地说起了过往，从与妻女往日的幸福生活，说到——失去了她们。

罗东海絮絮叨叨地说着，张若雨静静地听着，没有插话，沉静的眼神里满是温柔。

接下来的几天，罗东海依旧在"跟踪"张若雨，只是为了防止被发现，他拿出了当年对付罪犯的精神。送孙雅欣去上课的时候，张若雨还是会请罗东海去屋里坐坐，那天的"偶遇"，谁也没有再提起。闲下来时，她仍然会和他一起喝茶，有一句没一句地拉家常。这时候罗东海的心中总是泛起一阵暖意，同样是美丽的女子，张若雨不同于英姿飒爽的赵芳倩，也不同于热情火辣的陆蜜儿，她就像她的名字一样，如同一场春雨，温润而细腻，慢慢地渗入到一个人心中……她的眉目有些像罗东海病逝的妻子，那个他最爱的女人。尤其她听罗东海说话的时候，她总是静静地注视着他，那眼神里有一种熟悉的东西，令罗东海的心中有些期待，也有些紧张。

然后，每个晚上罗东海还是例行地"跟踪"。张若雨的生活也很规律，每天教完舞蹈课都会步行回到自己居住的芳华园小区。

好多日子下来，罗东海都没有发现跟踪狂。他想起陆蜜儿的评价和之前孙雅欣对自己的捉弄，心中开始怀疑她说的"到此为止"的话是不是真的。如果还是恶俗的玩笑，这次就更加过分了，毕竟有可能影响到张若雨的生活……然而确实也可能是真的，毕竟现代社会变态者屡见不鲜，张若雨这样的女子吸引了其中的一个实属正常。而且变态者也一样要工作生活，也未必天天出来干坏事。

罗东海有些焦躁，如此下去自己早晚会露馅，自己倒真的成了跟踪狂了。而且更重要的是他好像开始享受这种生活了，每天暗暗保护着张若雨那样一个女子回家，竟然让他想起了少年时代刚刚恋上平平妈妈时的情景，这样下去……

9

罗东海再一次看着面前那个小楼的四楼的窗户亮起了橘色的灯光，随后一个窈窕而熟悉的身影来到了窗前，拉上了窗帘。窗户上晃动着的剪影有一种莫名的温馨，悄悄地渗入到罗东海身体的每一个细胞中。

正在出神之时，忽然他的肩头被人轻轻地拍了一下，罗东海大吃一惊，猛地转过身来，发现赵芳倩正似笑非笑地看着他。她没有穿警服，身上是一套洛杉矶湖人队的 24 号球衣，脚下是一双耐克运动鞋，看上去像是夜跑归来的样子。

罗东海愣住了，想不到再一次和赵芳倩见面居然会是在这种情况下。

"怎么样？想不到吧！"赵芳倩的脸上带着几分得意。

"你要抓我吗？"罗东海表面上波澜不惊，心中却如惊涛骇浪。

赵芳倩摇摇头说:"我一直是相信你的,你不知道?"

"我知道,可是我还知道你是一个有原则的警察,如果你面对的是一个通缉犯的话……"

"你曾经是通缉犯,如今不是了,只是一个嫌疑人,我不负责你的案子,就不会管你,不过别人恐怕未必这么客气。"

"曾经是通缉犯?什么意思?现在为什么变了?找到凶手了?不可能,如果那样我就没嫌疑了。"

"想知道吗?"赵芳倩的脸上露出一丝顽皮的笑容。

"想,当然想!"罗东海赶忙回答。

"那你先说说,你为什么会在这里?"

罗东海感觉自己落入了圈套,几年下来,以前那个单纯执拗的小姑娘已经不可小觑了,她抛出一个自己无法拒绝的问题,然后以此为诱饵来得到自己想要的东西。

"这……这和你关系不大。"罗东海有些犹豫。

"不,关系很大——和我正在查的案子有关。"

"什么?!你在查什么案子?"

"以前和你提过,滨海市新发生的贩毒案。"

罗东海一下子记起了几个月前的那个炎热的中午,正是赵芳倩的到来,打破了他本来已经平静了的生活,自此他仿佛卷入了一个巨大的黑洞中……但他不后悔当时的选择!

"有什么新的进展吗?"罗东海急忙问道。

"现在是我在问你。你先告诉我你为什么会在这里?你是如何逃到了白沙岬?"

"其实很简单,我自己开船去的。"罗东海含糊其词地说。

"可你根本没有船。"赵芳倩抓住疑点不放。

"哦,是的,船是我一个朋友的。"罗东海含糊地说道,他不想说出陆蜜儿。

赵芳倩没再追问,她沉默了几秒钟,声音里透着一丝隐约的失望:"我明白了,那说说后来的事情吧。"

两人一边说着,一边在马路上信步前行,夜风徐徐吹散了夏末的燥热,令人无比惬意。

后面在白沙岬和进入海王星集团的经历,罗东海并没有隐瞒太多,除了陆蜜儿的部分。赵芳倩也没有就此提出质疑,只是静静地听着。

等罗东海说完,她微微皱了皱眉头:"我有些意外,难道会是巧合吗?"

"你说什么?"

"所谓的变态应该只是你和孙雅欣的猜测,这几天跟踪她的其实是我和我的手下。"赵芳倩的表情很严峻,"但我们没有什么失误……好强的反侦查能力!"

罗东海一想,确实,"变态"一说是孙雅欣和自己想当然的看法,张若雨其实只是说跟踪,自己没有发现跟踪者也说明这一点。警方跟踪会时不时换人,而且方便起见,跟踪一个女人,很多时候会是女警察,而街上的女性完全被自己忽略了,但张若雨怎么了?想到这里,他急忙说道:"可是你们为什么要跟踪张若雨?她不可能干坏事的。"

"是吗?"赵芳倩脸上露出意味深长的笑意,却没有回答,又走了几步,忽然低声说,"我到了!"

罗东海猛一抬头,发现已经到了赵芳倩住的公寓楼下。于是笑了笑,说道:"好多年了,你还住在这里?"

"是啊!好多年了,还是一个人住在这里。"赵芳倩的语气平淡中却有着些许期待。

"那……那你也该回去休息了,我们想说的也说得差不多了。"罗东海慌张得语无伦次。

"要不,你上去坐一会儿吧?"赵芳倩像是在说客套话。

"这……这不合适!太晚了!还是……还是改天吧!"罗东海慌乱地避开了赵芳倩的目光,犹犹豫豫地说道。

一丝失望从赵芳倩脸上一闪而过,罗东海刚刚要开口解释,赵芳倩忽然一笑说:"明天给我打电话吧!我想让你变成一个清白的人,没有一点嫌疑。我和你一起去调查,有你在，我觉得没什么案子是解决不了的。"

"去哪里调查？"

"当然是刘茂昌死亡的案发现场，你教过我的。"

"不，如果你要帮我，现在有一件更要紧的事情。"

"什么事情？比你的清白还重要？"

"是的！你帮我查孙雅欣这几年的情况，就是海王星集团董事长孙建华的女儿。"

赵芳倩皱了皱眉头："那好，这件事等我有结果了会再联系你。小心，别人可不会像我这么客气，尤其是李建章。"

"其实他没那么坏！我也不会被他找到。"罗东海笑了笑。

10

罗东海做了一夜的梦，赵芳倩、陆蜜儿和张若雨三个女子轮番在梦中出现，最后三个人的脸互相重合在一起，分不清到底谁是谁。惊疑之时，孙雅欣来了，挥舞着大棒将几个女子全打跑了。罗东海吃了一惊，猛地惊醒，忆起梦境中的事，觉得有些可笑，看看时间已经五点多了，于是起身洗漱。

几天前的偶遇，赵芳倩给罗东海留了一肚子疑问，他很想联系赵芳倩，无论是自己的事情还是张若雨的事情，他都放不下。不过他没有这么做，因为他了解赵芳倩，她是个雷厉风行的女子，一旦调查有了眉目，肯定会第一时间找自己的。

至于张若雨的事情，罗东海没有和孙雅欣说，晚上他依旧不管孙雅欣，也不去跟踪张若雨了，倒是就此落了清净。他早早回了家，补了个觉，醒来已经是八点多了，肚子早开始咕噜咕噜地叫，于是顺手给自己做了碗打卤面。

一碗面刚刚吃了两口，手机铃声响了起来，罗东海心中一震，现在的号码知道的人不多，除了陆蜜儿和孙雅欣，他只给了赵芳倩。这个时间，前面两位黑白颠倒的人十有八九已经开始安排今晚的夜生活了。

拿起手机，来电没有标记名字，但号码他能记得，是赵芳倩的。

"快点出来，你说的事情我帮你查过了。"手机里传来了赵芳倩的声音。

罗东海立刻丢下饭碗，换好衣服出了门。走出大门，远远看见赵芳倩一身便装，站在花坛附近朝他挥手。她什么时候知道自己的住处了？罗东海搞不清楚，但也丝毫不觉得意外。

两人走出二十多米，罗东海发现路旁停着一辆半新的比亚迪汽车，这是警局的车，他以前还开过。赵芳倩打开车门，两人一起坐到了前排。

"去哪里？"罗东海问道。

"哪里也不去，就在车里聊聊。"赵芳倩回答道。

"要不我请你吃夜宵吧？"罗东海说。

赵芳倩摇摇头说："人多不方便说话。再说我帮你这么大的忙，请一顿夜宵就想打发我？"

罗东海忙道："那好，到时候你说怎么谢咱就怎么谢。"

赵芳倩笑了笑，从车上拿起一个文件袋递了过去："可能要让你失望了，能查到的关于孙雅欣的资料不多，看不出有什么问题。"

"我看看！"罗东海急忙拿了过来。

文件袋里只有一张 A4 纸，上面印着简短的几行字：

孙雅欣，女，生于 1996 年 3 月 29 日，汉族。

无国内违法犯罪记录。

2013 年毕业于滨海市第一中学，在校期间成绩平平，无不良记录。毕业后赴美国宾夕法尼亚大学学习，在校期间曾多次因吸食毒品、成绩差、与教授和其他同学发生冲突等原因被校方警告，最后于 2015 年 1 月被大学开除。就读期间三次回国，有出入境记录。

被大学开除之后，孙雅欣依旧留在美国，同年 6 月回国，9月再次赴美国。一直到一年半之后，即今年1月才回国，之后一直没有出境记录。

在美国期间，孙雅欣有过两次酒驾记录，分别是在2014年1月和2015年3月。2014年10月孙雅欣还曾因涉嫌一起酒吧斗殴案件被警方逮捕，后来经调查，在冲突中动手的是与她同行的几个朋友，她并没有参与。

这份看似平淡的记录，在罗东海眼里却无比重要，看完之后，他的嘴角露出一丝微笑："谢谢你，芳倩。"

"有价值吗？"赵芳倩疑惑地问。

"有，这几乎让我想通了一切。"

"哦？说说看，都想到了什么？"

"你不觉得这孩子闹出来的事情很有规律吗？"

"是有规律，都是在美国。不过这很符合逻辑。你可以认为熊孩子离了家就像脱了缰的野马一样放飞了自我，也可以认为有孙建华那样一个爹，孙雅欣在国内根本不会留下不良记录，毕竟都不是大事。还有，你也可以认为这孩子是出国以后被万恶的资本主义社会给带坏了。"

罗东海笑了笑，说道："你说得都对，不过我指的是另一点——她几次犯事都是前几年的事情。"

赵芳倩不以为然地说："这也合情合理，人都会成长，会成熟，长大了以后，回头看小时候干的那些事情不都很幼稚吗？"

罗东海道："可现在我从她身上完全看不出任何吸毒的迹象，这也只是成长？"

赵芳倩皱了皱眉说道："成功戒毒的人也是有的，尤其发达国家的医疗水平更高……你在怀疑什么？"

罗东海沉思了片刻说道："现在我还不能完全确定自己的想法，或者说我想明白了，但因为结论看上去太荒谬，自己又不得不产生怀疑。所以还需要你帮我一个忙。"说着他从身上摸出一个纸袋递给了赵芳倩。

赵芳倩拿过来看了看，里面是两个透明的小袋，各装了几根十几厘米长的头发。

"这是……"

"帮我找个靠谱的鉴定机构做一下 DNA 对比。我猜这两袋头发是同一个人的。"

"那么这个人是谁？"

罗东海长出了一口气说："等有了结论再告诉你，我的心总悬着。帮我个忙，这比什么都重要。"

赵芳倩点点头："明白了。但是鉴定需要些日子。"罗东海也点点头。

两个人沉默了片刻，赵芳倩缓缓地发动了汽车。

"这件事交给我好了。现在跟我走，我们一起去案发现场看看。对我而言还你一个清白最重要。"

汽车在无人的道路上飞速行驶，车内的两人沉默无语，气氛有些尴尬。幸好去黑十字酒吧没用太多时间，只是下车后，罗东海发现这里死气沉沉的，早已经没有闪烁的霓虹灯招牌了。

"黑十字酒吧一直藏污纳垢，上面早就想整顿了，借上次命案的机会就直接查封了。"

"好像出事的楼层并不是酒吧的地方。"

"那又怎样？"赵芳倩摊摊手。罗东海会心一笑。

整栋楼都没有照明，只能依靠赵芳倩从车上拿的强力手电筒的光芒。

罗东海和赵芳倩一起踏入了二楼黑黑的走廊，他的心中产生了一种异样的感觉，仿佛时光倒流，又回到了多年前他和赵芳倩并肩查案的日子。他转头望了赵芳倩一眼，发现她也正望着自己，乌溜溜的大眼睛里正放射出兴奋的光芒。

两人目光一触，罗东海有些尴尬，忙转头道："对了，你还没有告诉我，为什么我的嫌疑会解除？"

"原因很简单，刘茂昌有了自杀的动机，后来我们找到了他的一份诊断报告，他已经患上了肺癌，根本治不起，只怕没有多少时间了。而且他死前给患了肾病的老妈一大笔钱，让她去医院住院治疗，这笔钱的来历也很可疑。"

罗东海一惊，说道："我当时看刘茂昌身手还很灵活，完全想不到他得了重病……"随即抱怨道，"这足以证明刘茂昌是被人收买了，我是被诬陷的。我没有动机，早该彻底洗清嫌疑了。"

"当然不行，只是有自杀动机还不够，如果现场没有凶器或凶手，自杀一说还是不能成立。你还是唯一的嫌疑人。"赵芳倩笑了笑，"所以我们最重要的任务是搞清楚凶器或凶手消失之谜。"

说话之间，已经到了案发的房间前，两人停住了脚步。赵芳倩用手电筒照着黑洞洞的房间："找到凶手消失的办法，或者找到那支被藏起来的枪。"

"如果真的有人收买了刘茂昌，这么久了，早就把手枪取走了。"

"那你有没有想到，也可能是因为刘茂昌恨你。因为当年是你把他送进了监狱，所以临死时报复你一下。"

"我想到过，然而事情过去好几年了，而且刘茂昌看上去是那种很现实的人，我觉得可能性不大。"

"但依然有可能，是不是？"

罗东海点点头："那么现在的目标就是尽力找到那支消失的枪，似乎藏一支枪比让一个人消失容易些。"

"可这也不可能,事发后警方在附近掘地三尺也没有找到,不要怀疑搜查的仔细程度,警方对涉枪的案子的重视程度,你也明白。"

罗东海沉吟着在空荡荡的屋子里转了几圈:"这里不会留下证据了,不过明白了刘茂昌有可能是自杀,我觉得眼前一下亮堂了,枪也许被收买他的人带走了。"

"然而还是同样的问题。你并没有看见有人在走廊上出现,窗外也没有攀爬的痕迹,也不可能从窗户扔出去。刘茂昌死的位置离窗户挺远,窗户也只开了一个拳头宽的狭窄的缝隙,他是被一枪致命的,可以肯定没有办法把枪扔出去。"

罗东海点点头:"不错,真要那么做,他站在窗口处或许还有一定可能,站在门口只能无端地给自己添麻烦。"

"还有,既然是动了枪,为什么不直接对你开枪,要拐这么大的一个弯?"

罗东海微微皱了一下眉头:"对这个问题我也曾感到疑惑,但如今隐约有了答案。"

"什么?"

"答案或许就在我给你的纸袋里。"

第六章　迷途

1

一个星期之后,赵芳倩顺利拿到了 DNA 鉴定报告,她走出办公室,来到空荡荡的走廊上,拨打了罗东海的电话。

"结果怎么样?"电话一端传来罗东海急切的声音。

"结果证明那是同一个人的头发!"

"哦,好,好。谢谢你,芳倩!"罗东海的声音有些激动。

"那么那是谁的头发?"赵芳倩问道。

电话另一端的罗东海沉默了几秒钟,恳切地说道:"芳倩,我很感激你,不只是这件事,还有一直以来你对我的关心和帮助……我也信任你。不过这件事我现在不能告诉你,告诉你只会让你为难。"

"我能理解你！"赵芳倩说完挂上了电话，虽然罗东海没有说，但凭着对罗东海的了解，她已经猜到了八九分，世界上能让罗东海如此关心的人本来就没有几个了。不过显然罗东海是不准备与警方合作的，但如此一来，他就把自己置于了一个极危险的处境上。想到这里，赵芳倩的心情一下子沉重起来。

接到电话的罗东海，心情很复杂，那颗一直悬着的心终于放下了，然而心中还是沉甸甸的，他犹豫了很久，决定和孙雅欣谈谈。

"我想带你去一个地方。"听了罗东海这句话，孙雅欣吃了一惊，一直以来，罗东海在她的面前都表现得像一个普通的雇来的司机，然而这一句突兀的话和说话时严峻的态度同以往大不相同。

"好吧！反正今天没什么事情。"孙雅欣的脸上露出一丝犹豫的神情，但还是答应了，也没有问去哪里。

汽车在滨海路上飞驰，车上的罗东海和孙雅欣都默默无语，仿佛两人对此行的目的地早已心有灵犀。

二十多分钟后，罗东海停好车，打开车门走了出去，眼前是一片沙滩，空阔而辽远，沙子细腻如雪，美得令人窒息。这里并不是滨海市有名的海水浴场，虽然也有些简单的游乐设施，但少有外地游客来玩。此时已是夏末秋初，这里的游人更是寥寥无几。

罗东海信步走向沙滩，孙雅欣跟在后面，神情飘忽不定，看不出是什么心情。

罗东海在离翻涌着白色泡沫的海水一米远的地方停下脚步，转头一脸凝重地望向孙雅欣。

孙雅欣的脸上闪过一丝慌乱，随后便恢复了平静，她轻声说道："为什么到这里来？"

"我挺喜欢这里，我有个女儿和你差不多大，以前她妈妈还在的时候，有时间的话，我们一家子会到这里来。"说到这里，罗东海叹了一口气，"如果早知道她们会早早离开我，那个时候就应该多陪陪她们，少忙一点工作，工作这件事……离了谁其实都一样。"

"离开？她们是怎么离开的？"孙雅欣的目光闪动。

罗东海看了孙雅欣一眼，很平静地说道："我的妻子是病死的，癌症，我女儿认为如果不是家里负债累累，或许她妈妈能多活些日子。是这样的！最后的日子她妈妈放弃了治疗。可是我也知道，其实她妈妈活着的每一天都痛苦极了，而且没有希望……我能理解她……"

孙雅欣回过头，用尽可能平静的语气说道："好了……说说你女儿吧。"

"我女儿……小的时候，我女儿和我的关系其实一直很亲密，记得她调皮捣蛋不好好上学的时候，妈妈打她骂她，她总是来找我。"罗东海笑了，"那时候我是她的保护伞，什么时候都护着她，她也总爱让我陪她玩……"

"那后来呢？"

"后来，孩子长大了，有了自己的世界观，特别是到了青春期之后，和父母难免就疏远了些。可是我们的关系真正变坏是在她母亲病了以后，她觉得我对家庭没有尽到责任，尤其没有照顾好她妈妈。是的，我不是一个好丈夫，也不是一个好爸爸。"

孙雅欣叹了一口气，说道："都是过去的事情了，你不必太在乎。人小的时候不会知道外面的世界有多艰难，长大了才会明白，不是每一个人都会成为成功者，大多数人都要庸庸碌碌地过一生。"

"可是她还是因为和我的一次冲突离开了我，这些年我一直不知道她的生死，每天都活在煎熬中。我活得毫无意义，之所以还一直苟延残喘地活着，只是因为我不敢死，我不敢去面对她地下的妈妈，我没法交代……"

孙雅欣低声道："也许……也许你不需要担心太多，年轻人有自己喜欢的生活方式，有时候他们和上一代格格不入，我和我父亲就是这样。她离开你可能是为了过自己想要的生活，或许她一直生活得很好。"

"如果真的很好，那我就放心了。可是我总觉得，她走得太远了，已经到了悬崖的边缘，那里很危险，我应该把她拉回来。"

"哦？你怎么会有这样的感觉呢？"

"很简单。当一个平凡的人非常快速地得到了太多不属于他的东西时，这背后很少是运气，更多的往往是隐藏着犯罪，这是我多年警察生涯的经验总结。而且，多数人会因此在犯罪的深渊永远地沉沦下去，因为比起靠努力争取自己想要的东西，通过犯罪来获得实在太容易了。"

孙雅欣沉吟道："其实你不必太过担心，有些事情你根本无法想象。如果你的女儿是个好孩子，她就不可能去做伤天害理的事情。"

"有时候好人和罪犯之间只有一步之遥。"罗东海盯着孙雅欣的眼睛，"这个问题她应该好好想想的。"

"不要管她了，随她去吧！"孙雅欣闪躲着罗东海的眼神。

罗东海摇摇头，坚定地说："不，我答应过她妈妈，要好好照顾她的。"

孙雅欣注视着罗东海，目光里满是温情："其实你已经为她做过很多了，我妈妈死的时候也叮嘱我要照顾好爸爸，但除了给他添麻烦，我什么也没做！"

深夜，一阵音乐声把罗东海从睡梦中惊醒，那是他设置的手机短信提示音。他迷迷糊糊地抓起手机一看，是银行来的短信，银行卡里多出了五万元。

没等罗东海回过神来，手机再次发出一阵音乐声，他看了看，是孙雅欣的短信：另找一份工作吧，照顾好自己！另外，张老师是个很好很好的人。

罗东海一下子清醒了，这不是他想要的结果，甚至可以说他所做的一切正好起了反作用。他急忙给孙雅欣打了过去，然而对方的手机已经关机了。

罗东海看了一眼时间，现在是凌晨一点半。等明天吧！他放下手机，重新躺下，但再也没有丝毫的睡意了。

好不容易熬到天亮，罗东海在七点的时候再次给孙雅欣打了电话，还是关机。他不甘心，草草吃了早饭，八点半、九点半、十点……孙雅欣的手机始终是关机状态，他终于明白这个电话不会再拨通了。

罗东海怀着一丝侥幸的心理，来到了孙雅欣居住的小区门口，一直等到了下午两点也没有看到孙雅欣的身影，连自己开过的那辆熟悉的汽车也不见踪影。他明白，对于孙雅欣这样的人物，换个房子就像换衣服一样简单，她肯定已经搬走了。

第二天一早,罗东海来到了海王星集团的总部,一进门,美丽端庄的前台小姐就告诉罗东海,他已经被解雇了,请他去人事部结算工资。罗东海点头答应着,顺便问起孙雅欣的情况。前台小姐笑容可掬地告诉他,孙雅欣好几天没来公司了,本来她也是三天打鱼两天晒网,从没有正经上过班。

这都在罗东海的意料之中,他答应一声,转头向电梯疾走。身后的前台小姐急忙追来,高跟鞋在大理石地面上敲打出一串清亮的音符。

"刘先生,您去哪里?人事部在一楼。"

"我找孙雅欣。"

"孙总真的不在啊。"

"那我就去见孙建华。"

"等一下,见董事长是要预约的。等一下……"穿着高跟鞋的前台美女追不上罗东海,只得气喘吁吁地回到前台打电话。

罗东海乘坐电梯一直上了十八楼,这里是海王星集团总部大楼的最高层,坐在里面的人也正是这个公司最顶端的人。罗东海只来过一次,是给孙雅欣搬东西。

罗东海走到孙雅欣的办公室门口,门不出意料地锁着,从玻璃门看进去,里面空无一人。他继续往前走,直接推门进了董事长的办公室。

在办公室外间,一个穿着黑色超短裙的二十五六岁的美貌女子跷着二郎腿慵懒地斜倚在沙发上,穿着黑色丝袜的美腿修长纤细,一直在有节奏地抖动着。她的手里拿着一面小镜子,正在往樱桃般的小嘴上抹口红。

这个女子是董事长的秘书王丽娜,不过据说只是个"花瓶"式的人物,真正给孙建华处理工作事务的是他的助理周大全。

王丽娜猛然看见罗东海闯入,吃了一惊,她放下手里的镜子,狠狠地白了罗东海一眼,没好气地大声问道:"喂!你找谁?"

"我找孙建华。"

"哦!"似乎是对罗东海直呼老板的名字有些不适应,王丽娜愣了一下才说,"不行,现在孙总在休息。"

"对不起,我有急事!"罗东海说着直接往里闯。

"不行!喂喂!"王丽娜一把拉住罗东海,"你出去,不然我叫保安了!"

两人正拉扯的时候,里屋的门一响,一个中等身材、年约五十的男子出现在门口,他的脸上波澜不惊:"丽娜,让他进来好了。"

这是罗东海第一次见到孙建华,他中等个子,体态就中年人来说还算匀称,穿着一件看似平常的白衬衫,肤色红润的脸上架着一副黑框眼镜,看上去很有几分书卷气。

孙建华转身进了里屋,罗东海也跟着他走进去,随手掩上了屋门。总裁的办公室,他也是第一次进来,房间大约四十平方米,迎面是一张宽大的办公桌,孙建华坐在桌子后面的老板椅上,他的背后是一个敞亮的落地窗,可以俯瞰滨海市最繁华的十字街口。房间的装修风格是欧式的,除了欧式的家具,房间里面还挂着几幅西洋油画,还有两个说不上名字的雕塑,罗东海也看不出这些东西是真品还是赝品。

孙建华看上去有些烦躁,屋里并不热,他却不停地扇着一把折扇。

罗东海在孙建华对面坐下来,孙建华没有说话,他在等着罗东海开口。罗东海也不说话,只是冷冷地盯着孙建华。

沉默了几分钟后,孙建华放弃了,他干咳了两声,打着官腔道:"你非要见我到底有什么事情啊?"

"你真的不知道?"罗东海轻蔑地说道。

"怎么?没给你补工资吗?这个人事部啊……"孙建华敷衍道。

"别来这一套,是你女儿的事情,或者说是我女儿的事情!"罗东海厉声打断了对方的话。

"啊!雅欣?她怎么了?"孙建华有些慌乱,"还有,你女儿？是谁？我认识吗？"

"那我就直接说了。你的女儿孙雅欣其实并不是你的女儿，她其实是我的女儿罗平平。"

"哈哈哈！太荒谬了！我连自己的女儿都会认错吗？你是丢了女儿之后得了精神病吗？"孙建华好像是听到了一个很好笑的笑话。

"你心里明白！"罗东海冷静地说道。

"真好笑！不是我的女儿我为什么要养她？你以为我培养她花的钱是个小数目？你以为海王星集团的副总位置随便能给外人？"

"这些问题都需要你来解释。"

"疯子！真是个疯子！你走吧，我不和你计较！"孙建华不耐烦地挥挥手，抓起桌子上的一份资料看了起来。

罗东海站起身，紧盯着孙建华的眼睛："走也可以，但你要把我女儿交出来！"

"滚出去！不然我报警了！"孙建华也拉下了脸。

罗东海终于忍耐不住，上前一步，一把抓住孙建华的衣领，把他从老板椅上拉了起来。孙建华挣扎无果，脸涨得通红，大声喊道："来人！来人！"

话音刚落，只听房门一响，几个壮汉冲了进来，大概是秘书王丽娜看情形不大对，早叫了人等在外面。走在最前的是一个黑脸膛男子，三十岁上下，面目凶狠、身体强壮，罗东海根本不认识；后面是总裁助理周大全和公司保卫科科长，两人身后跟着两个保安。

黑脸膛男子从身后一把勒住罗东海的脖子，罗东海奋力反抓对方的手臂，企图挣脱，两人纠缠之际，那男子一声痛呼，松了手。罗东海刚刚摆脱束缚，两个五大三粗的保安又从左右两边抱住了他的胳膊，一番挣扎后，罗东海终于被几人制服，拖出了总裁办公室。

撕扯中周大全的眼镜摔掉了，他一面捡起摔碎的眼镜，一面涨红着脸大声喊道："快滚！再来闹事就让警察把你抓起来！"

2

罗东海被一群人从海王星集团大厦里轰了出来，他也不准备再进去了，因为他的心中已经有了答案。很明显，孙建华今天从头到尾的态度已经证明他早知道自己的女儿有问题，否则以他这样一个大公司老板的身份，根本就犯不着搭理一个离了职的司机，一开始就会让保安把自己轰出去了，甚至报警把自己抓起来，目前他对自己的态度明显太过客气了。另外，虽然孙建华表面上看起来很平静，但他内心的那一丝慌乱还是不自觉地从一些细微的肢体动作中表现出来了。

不过罗东海还是不能理解为什么罗平平会成为孙雅欣，罗平平、孙建华两人不像是有什么见不得光的关系，因为他们并没有住在一起；而且虽然年纪差别巨大，当年的罗平平真要做单身富豪孙建华的情人，自己恐怕都无力反对，也未必一定会反对，何必这么遮遮掩掩？这种事情如今早已经不稀罕了。

如果孙建华真的是失去了女儿，收养了模样相似的罗平平，安慰他的心灵，恐怕自己虽然不情愿，但为了女儿的前途难免也会答应，更没有必要如此。

然而，事实上孙建华却毫不犹豫地否认了孙雅欣就是罗平平，这又是为什么？罗东海想了很久，心中隐约有了一个想法。只是这个想法实在太惊人，他不敢往下想。

罗东海抱着最后一丝希望来到了小白杨舞蹈工作室，在门口犹豫了一会儿还是走了进去。远远看去，张若雨正领着一群女孩子跳舞，他扫了一眼，这些女孩子里面果然没有孙雅欣，往常这个时候她应该在练舞。

罗东海正犹豫着要不要向张若雨打听一下，张若雨先看见了他，她向女孩子们喊了一声"继续"，然后迈着轻快的步伐向罗东海走了过来。

"好久没见了,刘大哥,今天怎么有空了?"张若雨微笑着招呼道,刚刚的运动让她微微有些喘,双颊也染上了几分娇艳的红,看上去比往日更加动人。

"哦,我找你有点事情。"罗东海低声道。

"哦,那进屋坐吧!"张若雨热情地说道。

进了屋子,张若雨请罗东海坐下,自己给罗东海倒茶。

"你不要忙了。"罗东海有些迫切,"我只是来打听点事情,马上就走。"

张若雨笑了笑:"哦,这么急?刘大哥是觉得我这里简陋吗?慢待了你,妈妈可会唠叨好久呢。"

"哪里啊!我是自己着急。"罗东海不知说什么好,"我来打听孙雅欣在不在。"

"她这几天没来。她说自己要回美国!"

"我记得她之前还说不想出国了。"

"我也问过,她支支吾吾的,大概意思是她父亲让她继续深造。她在国内待了些日子,也觉得没劲,就答应了。"

罗东海叹了口气,这结果在他的意料之中,然而他还是抱着万分之一的希望来了。

"你脸色怎么这么差?如果是工作的问题大可不必担忧,大家可以帮你想想办法!"张若雨注意到罗东海的神情,轻声地问道。

"不是，不是。"罗东海抬起头，发现张若雨正注视着他，温柔的眼眸里满是关切。

"我……"罗东海忽然有一种向张若雨倾诉的欲望，来之前完全没想过——因为两人并没有深交，关系不像与陆蜜儿，更别说共事多年的赵芳倩了。

"有什么难事，或许说出来就好了。"张若雨把一杯茶递到了罗东海的手上，那散发着清冽香气的茶水微微有些烫手，罗东海连胸口处似乎也感到了一丝暖意。

"有一个我最爱的人，她做了不该做的事情，她这样做无法避免地伤害了别人，我的良心无法原谅。我劝说她，她不肯听，我如果不插手，她可能会瞒过一时，但免不了一步步滑向深渊；我如果插手，却可能立刻毁了她……我很困惑，不知道如何是好。"罗东海一脸痛苦。

张若雨沉默了几秒钟，低声道："我不知道你说的话的准确含义，我只想说我自己的故事。"张若雨的眼神变得飘忽起来，"很多年前，我也曾为了那些对自己无比重要的人不惜一切，那时候觉得自己这样做是应该的，可是后来那段日子里所做的一切成了我一生最后悔的事情。我不后悔当时牺牲了自己，但这些年来，我始终无法原谅自己，因为我曾伤害了许多无辜的人，而且最终也害了对我很重要的人……"

"你?"罗东海吃惊地看着眼前这个温润如玉的女子。

"是的。我!"张若雨点点头。自从罗东海认识她以来,她的脸上第一次浮现出一丝痛苦之色。

"谢谢你告诉我这些!"罗东海喝光了杯里的茶水,站起身来说,"我觉得我知道自己该怎样做了。"

3

犹豫了许久,罗东海还是决定再找个人商量一下,目前这种状况下,能够给他提供意见的只有一个人。不过这个人并不是聪明又值得信赖的赵芳倩,而是看上去不很靠谱的陆蜜儿。

"嘿,还记得来找我呢!我以为你抱上粗腿了,早把我忘了!"陆蜜儿晃动着杯中的红酒,挖苦道。一个大号墨镜遮住了她的半张脸,尽管此时刚刚下午三点,酒吧里空空荡荡的,当然就算人很多,如今也很难有人能认出她来了。

罗东海对陆蜜儿的冷嘲热讽早已习惯了,笑了笑道:"我最近调查到一些情况,想和你一块儿合计一下。"

陆蜜儿得意地一笑,道:"我就知道,你查案子就需要我这个聪明人帮你参谋参谋!"

对于陆蜜儿一贯的迷之自信,罗东海苦笑了一下,接着说:"我查过了,孙雅欣果然有大问题。"

"看看，看看，我就知道！"陆蜜儿恨恨地说，"那个天杀的小王八蛋，暗中给老娘使绊子，我让她不得好死……"

"等等，等等。"罗东海听不下去了，急忙道，"你怎么骂得这么毒呢？人家还是个小姑娘，好歹你看在她爹的分儿上……"

"呸！她爹也不是好东西！好几年的感情，别人说两句坏话就信了，一脚把老娘踢出门。"陆蜜儿更加恼怒，"要是再让老娘看见他，先扇他几个大嘴巴子，解解恨！"

"先别急着骂，我正要和你说这件事儿呢！"罗东海略一迟疑，想到找陆蜜儿的目的，还是直说了，"孙雅欣其实是我的女儿，你……你就嘴下留情吧。"

"什么？！"陆蜜儿嘴巴张得老大，愣了好几秒钟来消化这突如其来的惊人消息，随后她"扑哧"一笑，狠狠捶了罗东海肩头一下，"大哥，看不出来啊！还真行啊，居然把孙建华给绿了！这是啥时候的事儿？你和他前妻怎么认识的？快给我说说！"

罗东海没想到引出的是这样一个结果，看着一脸好奇的陆蜜儿，一时间说不出话来。

花了十多分钟的时间，罗东海好不容易把事情说清楚了。

"哈哈哈，你女儿报复你！哈哈哈！活该！哎！那个换衣服的女职员身材好不好？哈哈哈……"陆蜜儿的关注点总是让罗东海很无语。

"行了！别扯这些乱七八糟的！"罗东海打断了陆蜜儿，"我就不明白了，为什么平平还要继续假扮孙雅欣？"

"你是真傻啊还是装傻啊？是我我也愿意啊！谁不想做富家千金？跟着你这么个又穷脾气又坏的爹有什么好处？"

"可是……就算她不想认我……其实我没你说的那么差，穷是穷，从小到大就打过那么一次孩子……好吧！就算是坏脾气的爹，那她连自己都不想要了吗？"

"有什么好要的？好像以前的她有多么成功似的。"陆蜜儿一脸的不屑。

就算不成功，也是自己的人生啊！亲人、朋友以及成长的点点滴滴……这些都是零吗？罗东海张口结舌，忽然觉得和陆蜜儿简直无法交流，不过或许这正是罗平平这样的年轻人的真实想法。他叹了口气，不再纠结这个问题："最关键的事情，我来找你是想了解一下，这个孙建华除了女儿，家里还有什么亲属？"

"据我所知，孙建华小学时一家子就移民美国了，他是独子，父母也都已经去世了。回国创业是近些年的事情。至于亲戚……我不知道，至少从来没听他提过，也没见有什么来往。这有什么关系？"

"有一些关系。我还想问你，你觉得孙建华是什么样的人?"罗东海又问，这正和他预想的很接近。

"人挺精明强干，脾气急，工作狂。爱好不多，喜欢大自然，比如爬山，开着船去海里垂钓。"

"可我了解到的孙建华不是这样，他早把公司事务都交给别人处理了，自己整天吃喝嫖赌。"

"什么?! 吃喝? 还嫖赌? 你没搞错吧!"

"没有，我知道他女秘书换过好几个，都是不干正经工作的那种花瓶。在外面他至少还有两个情人，这在海王星集团根本不是秘密。"

陆蜜儿显然没想到，她皱了皱眉头："以前他可不是这样，你说他是不是因为我受了情伤，变了一个人?"

"喂喂，我记得是孙建华把你扫地出门的。"罗东海毫不客气地说出了真相。

"那又怎么样?"陆蜜儿显然有些不满，嘟囔道，"可……可你刚刚说的完全不符合他的性格。"

"不符合他的性格就对了!"罗东海一脸严肃地抛出了自己的答案，"我认为这个孙建华不是真正的孙建华，就像孙雅欣不是真正的孙雅欣一样，他们将真正的两父女取而代之，目的不用说了，肯定是盯上了孙家惊人的财产。"

陆蜜儿吓了一跳："什么? 这……这太异想天开了吧!

虽然孙建华是个不容易接近的人，在国内也没有亲属，但掌管这么大的公司，总是有不少熟悉的人啊！"

"最熟悉他的人应该是他的女儿，其次是你。现在女儿是假的，你被扫地出门。而且这两件事发生的时间有点接近。"

"那……那公司的下属……总有几个熟悉的吧？！"

"当然有！不过如果这件事就是他们策划的呢？"

"这样说，孙建华岂不是……"

罗东海点点头，他明白陆蜜儿的意思，如果是这样，孙建华父女十有八九是不在人世了。

陆蜜儿沉默了，眼眶有些发红，从认识她以来，罗东海从未见她如此严肃。

过了许久，陆蜜儿长舒了一口气说道："也没什么，我和他的事情都过去了，已经过一两年了，孙建华就是还在，只怕我也厌倦了他了。"

罗东海拍拍陆蜜儿的肩膀，低声说道："别难过，或许……或许……"一时间他也找不出别的词儿，孙建华还能有什么"或许"呢？

陆蜜儿勉强笑了笑："真没事儿，这不是说明孙建华没甩了我吗？我就一直为这点儿不服气……"她擦了擦眼睛，"不过要是这样说回来，孙建华其实对我一直不错，我不能就这样放过那群浑蛋。"

罗东海赶忙点头道:"说得是,我们一起对付他们!"

陆蜜儿振作精神说道:"对了,你有他的照片吗?要最近的。"

"有!我正想要你看看。"罗东海掏出手机,里面有他去孙建华办公室时偷拍的照片,虽然照片质量不高,但勉强还能看清楚。

陆蜜儿看了半天,摇摇头:"这照片可看不出有什么不同,太像了。"

"外表肯定看不出,我女儿整过容,他应该也整过。"

陆蜜儿点点头:"不错,不过这对他们来说不算什么。白沙岬那家医院就是海王星集团的产业,整形水平很厉害的。"

"什么?你说什么?!"仿佛一个炸雷在头顶响起,罗东海的脑袋"嗡"的一声,一些之前令他疑惑的地方一下子明白了。

"我说,白沙岬那家医院就是海王星集团的产业,整形水平很厉害的。这有什么可奇怪的?海王星集团旗下的产业多了去了。我就是在姨妈家度假的时候,顺便给那家医院做了个代言,才和孙建华认识的。"

"医院是海王星集团的?"罗东海恨得直捶自己的脑袋,

"你倒是早说啊!"

"你问过我吗?真是奇怪!这怎么了?"陆蜜儿一脸的不满。

"我刚刚明白为什么杀手会知道我在白沙岬了。因为我在医院里工作,就像进了海王星集团一样,他们慌了,以为我查到了什么东西,其实那时候我什么都不知道,就是单纯的没钱了。"

"那你觉得白沙岬的医院里有什么?"

"你代言的医院,你不知道那里有什么吗?整容专科啊!说起来我女儿和假孙建华应该都整过容,如果是这样,很可能就是在海王星集团自己家的白沙岬的医院,所以医院里面应该有证据。"

"可是到哪里找去啊?"

"你不熟悉流程吗?有什么记录之类的?"

"我还真不熟悉,就是拍了些照片,连医院的大门都没有进。"

"没进门?那你当时是谁给整的?不是在白沙岬吗?"

"什么!罗东海,你瞎吗?老娘明明是百分之百纯天然的脸,我做代言就等于说我整过容的吗?啊……怪不得当时给了老娘那么多钱,原来这些王八蛋是请不到人。"

"好了,好了,都过去好几年了,反正钱也拿到了。咱们现在说正事。"罗东海眼看话题跑偏,急忙拉回来。

"什么正事?这不就是正事吗?"陆蜜儿气呼呼地说。

"正事是去白沙岬医院找我女儿和孙建华整过容的证据,至于你,我绝对相信你是天然的美女。"

"可你到底想做什么?"

"现在我女儿躲起来了,找不到人,我真的很担心,我担心弄不好她会被那一伙人灭口,这样就没人能证明孙建华是假的了。"

"那你为什么不赶快报警?"

罗东海沉默了几秒钟后,缓缓地说:"这件事,平平百分之百牵扯进去了,我想找到她,给她个机会自首,我不希望她的余生在监狱里度过。可是我也不能置之不理,这样对于很可能已经被害死的孙建华父女不公平。"

"咦,说了半天,你到底管还是不管?"

"我也不知道,很迷茫。"

"哦!"陆蜜儿笑了笑,脸上露出一丝恍然大悟的神色,"其实你的心中早就做出了选择,说来这是你第一次主动来找我帮你出主意,按说既然涉及犯罪,你找那个喜欢你的女警察不是更合适吗?但你来找我,为什么?因为,只有我才会给你想要的答案。"

"不……我不是……"罗东海无力地辩解着。

"别说了,我知道你想说什么。听我的,那就是和你爱的那个人站在一起,无论对错。"陆蜜儿拍拍罗东海的肩膀,"这一次你又站在了人生的十字路口,希望这一次你做的选择不会让你后悔一辈子。别像上次……"

"我会好好想想的!"罗东海长出了一口气。

张若雨、陆蜜儿两个人的看法大有不同,那么怎么办?其实罗东海心里已有了主意——他不能把女儿扔给警察,也不能就此不管,唯一的办法就是靠自己。他能做到吗?

回到家不久,罗东海接到了赵芳倩发来的信息,他看了看,一切都和自己预料的一样,心中的把握又多了几分。

犹豫了几秒钟,他还是把这个信息转告了陆蜜儿:"我的分析有依据了。和孙建华一起创业的两个老兄弟,一个被举报贪污公司财产,现在在监狱里服刑;另一个与孙建华闹翻,离开公司自己创业了。还有家里给孙建华服务了十多年的女佣,也以年纪大为由被打发走了。这些事情发生的时间大约都是两年前。这之后,孙建华每天花天酒地,很少露面处理公司业务,大都是总裁助理周大全出面。"

"那个周大全,哼哼,我早觉得他不是好东西,两只眼睛像狼一样。"陆蜜儿在电话里愤恨地说道。

"他很可能策划了这一切,否则不可能不知道孙建华是假的。这几天周大全也不在海王星集团总部，我猜和现在平平失踪的事情有关。"

"那你怎么办？把他抓起来审问吗？"

"这有些难。我先回白沙岬，在那里或许能找到些什么。"

"我也去！"电话的另一端，陆蜜儿兴奋地说。

"别，你不能去。"罗东海很真诚地说道，"蜜儿，谢谢你一直以来对我的帮助。这次不是游戏，也不是演戏，真的很危险很危险。这些人心狠手辣，他们很可能杀了孙建华父女和刘茂昌，还试图杀死我。"

"那……那你还是赶快报警吧。"

罗东海摇摇头："我的想法是找到他们犯罪的证据，逼他们交出平平，否则报警也没用。我说什么？孙建华是假的？怎么证明？他身边会有一大批人证明我是个疯子。平平如今不知在哪里，报失踪？她已经失踪好多年了。所以我只能自己去面对。"

"可……可你这样也很危险啊。"

"我明白。不过你放心，我曾经是个刑警，滨海市最优秀的刑警。"罗东海的声音很坚毅，"不说了，我现在就走了，晚一分钟，平平就多一分危险。"

罗东海放下电话，提起刚刚收拾好的旅行包转身出了门。

4

上午九点二十分，白沙岬。

望海国际医院门口一早就有不少来看病的病人，通常这也是每个医院最忙碌的时间段。保安老吴百无聊赖地在大厅门口转悠，从盗窃团伙被收拾了以来，医院里一直平平静静的，没有发生过任何事情。他的目光时不时扫过来往的行人，偶尔会有一两个身影略显熟悉，不过这也引不起老吴的注意，到医院来的病人或者是病人家属，很多都是来过许多次的。

罗东海随着人流进了医院，他用一副大墨镜遮掩了自己。虽然在医院短暂工作了些日子，不过他并不担心被认出，他和大多数同事之间并不熟悉，除了老袁，好在这个时间老袁一般不会来。

想到老袁，罗东海觉得略微有些对不起这个憨厚热情的大哥。上次被杀手追杀的第二天，他就离开了白沙岬，临走时给老袁打了个电话，说家里的老人急病，不能继续干了。老袁还很是替他担心了一番，并再三嘱咐他处理好家里的事情再回来接着干。

大厅里的布局罗东海十分熟悉，他一路进了卫生间，等再出来的时候，他已经是个穿着白大褂、戴着黑框眼镜的医生了。

罗东海坚信这个医院的院长刘博学一定有问题，不仅是因为他知道假孙建华和罗平平整过容，且很可能是在这家医院整的；更是因为上一次他在医院做保安的时候，遇到这个刘院长后没多久就被杀手追杀，他相信那不是偶然，一定是刘博学和整个事件的幕后黑手有勾结。

对于如何得到医院里整容相关的资料，罗东海觉得医院的档案里应该可以查到，至于到哪里查，他却搞不清。经过一番思索，他认为院长的电脑应该有最高级别的权限，可以查到所有的资料。而且今天正好是周末，按照他以前了解的，院长一般不会来办公室的。

罗东海乘坐电梯一路上了顶层，他环顾走廊，四周鸦雀无声，这一层都是医院高层领导办公的地方，周末都没人了。

罗东海走到院长办公室的门前，轻轻扭动门把手，果然门上了锁，不过这种很平常的球形锁只是个摆设而已，罗东海没费太大的劲儿就打开了房门。

院长的办公室里空无一人，里面除了一张平常的办公桌和一把老板椅之外，只有一组沙发和一个书柜。罗东海掩上屋门，直接来到办公桌前，他打开电脑，等待的同时开始翻查院长桌子上的资料。

短时间的翻查之后，罗东海没有发现有价值的东西，桌子上的资料都与医院的日常工作相关，然而无一例外都是近期的。这倒也不出乎意料。

罗东海拉了一下抽屉，没有锁，这并不是个好事情，锁住的抽屉难不住罗东海，不设防的抽屉往往却说明里面没有重要的东西。他大致翻了一下，里面都是些日常的杂物，有几个笔记本，却不是罗东海想要的日记或工作日志之类的，仅有的出乎意料的发现是一些进口的蓝色小药片和几盒避孕套。

罗东海放弃了查找，把精力集中在电脑里，他没有先进入医院的管理系统，而是先研究了刘博学电脑中的本地文件。他认为刘博学这样一个看上去很严谨的人一定会有工作记录和日程之类的东西，如果没有记录本，往往是因为他习惯使用电脑，很多东西会有电子记录。

可能是从未发生过侵入事件，刘博学毫无防备，他的电脑同样没设密码，罗东海轻而易举地浏览了刘博学的电脑内容。

然而罗东海并非真正的电脑高手，刘博学的电脑里文件驳杂繁多，他浏览了半个小时也没发现自己想要的东西。忽然，一个隐藏在几重文件夹下的文件引起了罗东海的注意，他精神一振，急忙点击了文件，果然这是刘博学不想被别人知道的秘密，文件还加了密码锁。幸好罗东海料到了这一点，拿出事先准备好的 U 盘，利用下好了的黑客软件开始解锁。

等待的时间显得有些漫长，大约二十分钟之后，文件的密码被破坏了。罗东海带着几分兴奋打开了文件夹。文件夹里面的内容令罗东海又气又笑——满是些不堪入目的照片和小视频，主角正是院长先生，地点多数竟然就是在医院里，女主则各不相同，有的很明显穿着医生的工作服，面孔隐约还有些熟悉。

罗东海正暗自好笑，忽然一阵杂乱的脚步声从静谧的走廊上传来。

罗东海一阵紧张，这脚步声分明是朝着院长办公室这边来的，来的人似乎还不少。虽然他们不一定是要来这里，但罗东海绝不能冒这个风险，只是，眼看这空荡荡的办公室里并没有藏身之处，他不禁流下冷汗。

房门"吱呀"一响，刘博学率先走了进来。

"怎么没锁门？"他先是愣了一下，随后自作聪明地解释道，"哦，大概是张秘书来过了。大家随便坐。"

跟在刘博学身后的三个人分别是周大全、孙建华和那个罗东海在孙建华办公室见过一面的黑脸膛男子。

罗东海有些意外，不明白这些人为什么会聚集到这里来。不过看到坐在角落里的孙建华，他更加确定这是个冒牌货，因为他在四个人里面完全没有董事长应该有的地位。

刚才，罗东海在最后的时刻急中生智，踩着办公桌钻进了天花板，在门打开的同时，恰好把天花板移回原位，只留了一指宽的缝隙用于向下窥视。不过匆忙间他的U盘还在电脑上，更为糟糕的是两个沾着泥的大脚印留在了原本一尘不染的桌子上，十分显眼。好在屋子里的四个人都坐在了沙发上，罗东海只能暗暗祈祷不要有人到办公桌前来。

"你们来做什么？我们在这里很好。"说话的是周大全。

罗东海听到"我们"两个字，心中猛地一跳，"我们"通常至少是指两个人，那么除了周大全，另外的人是谁？按照在海王星集团那些日子里他的观察，周大全和孙雅欣——也就是罗平平走得很近，这个人很可能会是找不到踪迹的罗平平。

那么她到这里来做什么？罗东海忽然想到一种可能，心中一阵狂跳，暗恨自己迟钝。他咬了咬牙，把天花板的缝隙又扩大了一厘米，把手机从天花板的缝隙里伸了出去，利用摄像头开始拍摄，尽管很危险，但此刻他完全豁出去了。

罗东海打起精神，注意力重新放到了四人的谈话上。

下面那个黑脸膛男子正生气地说道："好什么好?！总躲着就能解决问题了？那个罗东海跟疯狗一样，咬着我们不放，迟早要出问题的。"

孙建华也附和道："是啊！他像个疯子似的，你不是没见过他那样子。必须解决了他。"

"哪有那么容易？要是好办，上次在他的出租屋里，早就把他弄死了。结果阿强你自己断了胳膊，还丢了枪。"刘博学连连摇头道。

被称作"阿强"的黑脸膛男子摸了摸自己的手臂，愤然道："上次我有些大意了，这次绝对不会有差池，何况我还找了两个兄弟帮忙。"

罗东海仔细打量着叫"阿强"的男子，身形果然和那夜见到的杀手有些类似，心中不由得一紧。本来以为就算被发现，这些人也未必拦得住自己，不过，如果这个阿强就是那夜的杀手，他一个人自己都未必能对付，再有其他三人帮忙，自己恐怕是凶多吉少了。

想到这里，他下意识地把露出天花板的手机向回缩了几毫米。

周大全沉默了片刻，摇摇头说："不能杀罗东海，上次你们瞒着我对他下毒手，罗平平不知道，不然恐怕已经翻脸了。我答应过罗平平不伤害罗东海的,这无论如何她也不会同意的。"

罗东海猛然间听到"罗平平"三个字,感觉好像半空中响起一个霹雳,尽管他早就认定孙雅欣就是自己一直在苦苦寻找的女儿,但这是第一次得到了证实,这一瞬间,他在天花板上激动得热泪盈眶。

"她算个屁!大不了连她一起做了,再找个合适的人来!"阿强恶狠狠地说。

周大全瞪了阿强一眼,满脸的怒色,阿强也毫不含糊地回瞪着他。

刘博学急忙出来打圆场:"别,别,哪有那么容易找到?整容也得长得像的才行。再说了,新找来的谁敢说不出麻烦?"

"为什么非要有孙雅欣存在呢?孙雅欣就不能意外死了吗?"孙建华阴恻恻地说道。

"不行!我绝不允许你们动罗平平。"周大全坚决地说道。他的态度罗东海虽然也有所预料,但还是有些微微感动。

"我知道,你一心想娶了这个盗版的孙小姐,当上孙建华的女婿,整个集团的合法继承人就是你了。"孙建华冷笑道。

周大全微笑道:"我和罗平平这事儿八字还没一撇呢。而且就算这样,海王星集团也不是我自己的。首先你老杨身体挺棒的,这个冒牌孙建华怎么也还能当个三五十年的。再说你们各位我也不敢得罪啊!我是觉得,罗平平本来说好是咱们自己人的,这要是对她下了手,咱们之间还能互相信任吗?"

或许是被周大全的话触动了心事,另外的三个人都沉默了。过了两分钟,那个被称作"老杨"的假孙建华低声道:"只要她不反水,倒是不必杀她。"

"是!是!"刘博学看上去最不想惹是生非,"能不惹上人命官司就别惹上……"

"有个屁用!孙建华的命不是人命?他可是死在你手上。要枪毙,第一个是你。"阿强不屑地说道。

"什么?!你们……当时我可是不愿意的,是你们逼我给他打针的。现在你们想都推到我头上是吧?!"刘博学一下子急了,从沙发上蹦起来,大喊大叫道。

"老刘,你别急!阿强是个粗人,说话你别在意。"周大全安慰道,"孙建华的事情大家都有参与,要是被曝出来,谁也跑不了。不过我也觉得少杀人的好。"

阿强也觉得自己的话有些过分,和假孙建华一起安慰刘博学。

刘博学在三人的安慰下慢慢平静下来，罗东海的心却猛地一沉，"孙建华的事情大家都有参与"，那么这个"大家"包不包括罗平平呢？他的脊背上冒出了冷汗，周大全之前刚刚说过罗平平是自己人，恐怕……

"我说，要不咱和罗东海谈谈，开诚布公，给他些好处，这对他女儿也有好处。"假孙建华建议道。

"放屁！你这是被猪油蒙了心。罗东海是什么样的人你不知道吗？眼看就要到手的几百万美金都不要，宁可穷死。"阿强怒道。

"阿强的话虽然糙了点，不过观点我倒是同意。我也觉得不能把真相和罗东海说，那简直是送死。"周大全少有地赞同了阿强一次。

"说了半天，眼下该怎么办？"刘博学疑惑地问。

"按我说还是痛痛快快地，做了罗东海就完了。"阿强不屑地说。

"我说过了，不行！"周大全态度很强硬。

眼看两人又要起争执，刘博学又赶忙打圆场："杀了警察也是个麻烦。不如这样，先按原计划，等我给罗平平整完之后，小周，你先带她去外面躲几天。要是罗东海真的查出什么，事情确实无法收拾，那也没办法，只好下手了。"

周大全和假孙建华都点头表示赞成。

阿强见其余三人都和自己意见不一致，一时无可奈何，哼了一声道："想得挺好，你以为罗东海会善罢甘休？"

屋里安静了片刻，刘博学忽地站起来道："光顾着讨论正事儿了，这都快两点了，我请大家吃个饭，难得都到了这里。走吧！"

其他三人听了，也先后起身，开门向外走，刘博学在最后出门，反手锁上了门。

过了五六分钟，办公室里一直静悄悄没有声音，罗东海轻手轻脚地从天花板上面下来，四下果然已经没有人了。他轻轻地扭开门锁，探头张望了一下，走廊上也空空荡荡的，于是他以最快的速度离开了医院。

罗东海这一次没有拿到自己想要的东西，但收获意外地大。他知道罗平平暂时没有生命危险，却并没有因此放下心来，之前他一直担忧的事情已经成为事实——罗平平已被牵扯进了一宗罪案，一宗很严重的、涉及一个著名企业家及其女儿死亡的案件。

罗东海做出了决定，或者说他从一开始就决定好自己的方向了，只是通往这条路的大门紧锁着，现在他有了打开这扇大门的钥匙——之前录下的视频。

罗东海的想法是以此威胁对方，勒令他们交出罗平平，然后带着她自首，就算此后罗平平的青春要在铁窗里度过，至少还有希望……这条路真的可以走吗？罗东海有些头疼。

第七章　最后的抉择

1

罗东海回了滨海市，先去见了陆蜜儿。他做出这个选择也是经过深思熟虑的，不知为什么，他直觉中一直认为陆蜜儿是可靠的，尽管在白沙岬遭遇杀手袭击的时候，他一度怀疑过她。如果此时要他找一个最可靠的人，首选无疑是赵芳倩，只是她是警察，找她会让彼此都很为难——赵芳倩很可能会帮自己，但这样必然要违反警察的原则，这不是他想看到的。

罗东海把录下的视频给了陆蜜儿一份，同时把自己的想法告诉了她，叮嘱她如果自己不能平安回来，就把视频交给警察——或许这样能在最坏的情况下救罗平平一命，至于未来罗平平是不是要进监狱，就顾不得那么多了。

不过这一次陆蜜儿的表现有些出乎罗东海的意料，她很冷静，没有任何不靠谱的表现，或许是意识到这件事情的危险性，她也没有表现出要和罗东海一起去的意思，只是嘱咐罗东海一定要小心。

罗东海郑重地答应了，同时叮嘱陆蜜儿也换个住所，至少在这件事情解决之前不要回家，陆蜜儿也很郑重地答应了。

就在两人分手的时候，起风了，风卷着一些凋落的黄叶在脚下飞旋着，走在小街上的罗东海莫名地感到一丝萧索之意，这不是个好兆头！他苦笑了一下，这出近三年的荒诞大戏即将落下帷幕了，只是不知道等待他的会是什么样的结局。

两天后的一个午后，新城开发区南屏山电子公司的厂区。

离上次来到这里已经三年多了。那一次，罗东海化名刘黑虎，只身击毙了毒枭张乐川，借此扬名警界。然而那看似光辉灿烂的一切仅仅是这个故事的开始……

这个见面的地点是对方选择的，确切地说是和罗东海接洽的周大全选择的。这一带很荒僻，曾经入驻开发区的企业在多年前就陆续撤走了，把这里作为他们的见面地点很合适。

不过滨海市郊区荒僻的地方有很多,只新城开发区的废弃工厂也不知道有多少。罗东海明白,周大全选择这样一个地点见面绝不是偶然的,其中的深意罗东海没有仔细想,但肯定与三年多前那一次枪战有关,反正很快他就可以知道答案了。

罗东海开着车不紧不慢地驶向南屏山电子公司,马路宽阔平整,显得很空旷。本是正午时分,一路上他却没有看见一辆车或是一个人。这个开发区算是荒废了,罗东海在心中叹息着。

罗东海在南屏山电子公司门口下了车。大概是太久没人光顾,大门上的镀金招牌早已经变得锈迹斑斑了,大院里的野草长得更加繁茂了,那几处高大厂房的墙皮开始风化脱落了,像是一个伤痕累累的巨人。和前几年来的时候比,这里看上去没有太大变化,似乎只是增添了几分萧索的气息。

罗东海在大院里转了两圈,四下里空无一人,一只野兔从草丛中惊起,飞也似的逃了,呼啸而过的秋风把院中几棵大松树吹得沙沙作响,此外再也没有了半点声息。

周大全等人还没来,或许有罗平平在手里,他们没什么可担心的。罗东海也不担心,他的手也同样按在对方的命脉上。

下午一点三十分，一辆黑色的沃尔沃汽车开进了大院里，罗东海认出这辆车正是海王星集团的车，此时和约定的时间一分钟也不差。

沃尔沃在离罗东海五六米开外的地方停下来，周大全和刘博学从车上走下来。罗东海稍一迟疑，明白了对方的意图——很明显他们对谈判还是有诚意的，从上次在白沙岬医院偷听的情况看，这两个人对自己的态度相对温和，那个一直喊打喊杀的阿强并没有来。

"又见面了，罗先生。"周大全不卑不亢地跟罗东海打招呼，身后的刘博学微笑着招了招手，没有说话。他们两人的脸色都很平静，显然罗东海化名刘茂昌和两人接触的时候，他们都心知肚明，被蒙在鼓里的反倒是准备隐瞒身份的罗东海。如此看来，当时罗东海便已经先输了一招。

"我的女儿呢？"罗东海直截了当地问道。

周大全微微一笑道："她不大想见你，有什么问题我都可以代表她和你谈。"

罗东海哼了一声："我和你谈？那好，怎么谈？"

周大全信心十足地说："很简单，把你的视频毁掉，至于好处嘛……说吧，你要多少？"

罗东海嘴角闪过一丝冷笑："哦，那么你们准备给多少？"

刘博学赶忙答道："你说个数吧，确保你满意，下半辈子……不，再来两辈子也怎么花都花不完。"

"那我说一千万可以吗？"罗东海问道。

"没问题！"

"那就这么定了！"

周大全和刘博学争先恐后地回答，似乎是怕罗东海反悔。

"可是我说我毁了视频你们就相信吗？不怕我有拷贝吗？"罗东海带着几分挑衅的意味笑道。

"问得好！"周大全点点头，"这一点我们当然也想到了，但我选择相信你。原因有两个：一个是交出视频会毁了你的女儿，还有一个……别忘了，从拿了钱那一刻开始，你就是勒索者，我们大家都上了一条船，到时候你再折腾下去，连你自己都毁了。你傻到那种程度了吗？"

罗东海淡淡地说："那好，先不说这个了，现在我要见我的女儿。"

周大全和刘博学对望一眼，似乎对此早有预料，周大全干咳一声说道："我理解你，罗先生，我确保她现在很好，只要你不捣乱，以后也会很好。而且她真的不想见你。另外，这世界上只有孙雅欣，没有你的女儿罗平平了。"

"我要见我的女儿！"罗东海坚定地说。

"钱可以再多给你两百万,权当是把女儿卖了的补偿。"刘博学笑嘻嘻地在一旁说道。

"我要见我的女儿!"罗东海不为所动。

见罗东海如此执着,周大全和刘博学无奈地对视了一眼,两人转身退开十几米,嘀咕了一阵子,反身回来说道:"可以,不过我想检查你有没有武器。"

"来吧!"罗东海举起双手,"不光没武器,录音、窃听、录像设备什么的全都没有。"

周大全上前把罗东海浑身上下仔细检查了一番,说道:"好,就让你见见吧,不要搞什么幺蛾子,你们父女的命我们掌握着。"

说完,周大全拿出手机发出了一个信息,随后笑了笑,道:'马上就到,这样可以了吧?罗先生。"

'还好吧!"罗东海点点头,"不过我还有个小疑问,为什么你们要选择这里?"

刘博学愣了一下,回头看了看周大全,显然他不知道这个地方有什么含义。周大全的脸色却一下子变了,一股黑气瞬间涌上了脸庞,本来清秀的脸变得有几分狰狞,他咬牙切齿地说道:"我想你会喜欢这里,这可是你罗警官飞黄腾达的地方啊!"

罗东海看着周大全从未有过的失态,心里一动,对方就是自己当年一直在找的一度称霸滨海市的毒枭"红鲨"吗？他摇摇头，不可能，如今的周大全最多三十出头，应该比死去的张乐川还年轻，几年前的他无论如何也太稚嫩了。

那他和那些毒贩是什么关系呢？罗东海一时想不出，而且这不是眼下他最关心的问题，于是笑了笑，淡淡地道："谢谢！想不到你为我考虑得这么周到！"

大约过了半个小时，一辆褐色的别克商务车缓缓地开了进来，在离三人十米开外的地方停了下来。车上先后下来了四个人，分别是阿强、罗平平和被称为"老杨"的假孙建华，还有一个是相貌陌生的高个黑瘦青年。

罗平平想要走过来，却被阿强拦住了，她没有太多表示，漠然地环抱着胳膊，倚坐在车前盖处。阿强和老杨走了过来，陌生的黑瘦青年则一脸警惕地留在了罗平平身边。

罗东海心中略微有些紧张，从这个情况来看，罗平平其实已经在一定程度上被限制了人身自由。

走到近前，阿强冷笑着朝天吐了个烟圈说："罗警官，你女儿好着呢！我们都是给她打工的呢。你还想怎么样？"他嘴上这样说着，眼神里却是一种戏谑的神情。

罗东海没有回答，反唇相讥道："兄弟，你折了的胳膊怎么样了？没落下什么残疾吧！"他知道这个阿强就是那夜袭击他的杀手，故意嘲讽对方。

阿强的脸色有点难看，他向来是个自负的人，上次暗杀不成、断臂逃跑是他一直以来的耻辱，只是现在有大事，只能忍了，于是恨恨地道："我好得很！谢谢关心。"

"别这么客气！我还要谢谢你把自己心爱的手枪也送给了我，你别说，还真不赖。"罗东海继续嘲讽道。

"狗日的！偷袭算什么本事，不服现在再打一场。"阿强的暴脾气一下子被点燃了。

"说得好，到底是谁偷袭啊？啧啧，连偷袭都不行，反倒被人打折了胳膊……"

"别说这些没用的，今天是干什么来的？"老杨急忙打圆场，拉住了要冲过去的阿强。

阿强没给假董事长面子，一把甩开老杨的手，不过好在也忍住了，骂骂咧咧地走开几步，独自在一旁抽烟。

罗东海这一番话倒也不是为了和阿强赌气，他明白四个人里面阿强的态度最为强硬，他不想和阿强谈，就算要谈，也先激得阿强暴跳如雷，失去理智。

大约是看得习惯了，周大全对阿强的暴躁毫不在意，淡淡地说道："怎么样？可以放心了吧？罗先生，你女儿好好的。"

罗东海点点头："看上去还不算太坏。不过我还想和自己的女儿单独聊聊，这个要求不算过分吧。"

罗东海的话并没出乎对方的意料，没有人反对，只是站在几步之外的阿强愤愤不平地喊了一嗓子："我警告你，不要逼着我们对你们父女下手！"

罗东海微微一笑，没有搭话，转身向罗平平走过去。

看到走近的罗东海，一直表情漠然的罗平平似乎有些慌乱，一下子站直了身子，向前迎了两步，那个一直守在她身边的黑瘦青年也跟了过来。

"我们要单独谈谈！"罗东海毫不客气地对黑瘦青年说道。

黑瘦青年有些拿不定主意，转头向不远处的四个人看去，得到了肯定的示意之后，转身回到那辆别克车里，坐到了司机的位子上，关上车门，开始抽烟。

罗东海和罗平平站在了两伙人之间，距离汽车有五六米，离周大全几人还要更远一些，这样他们说起话来声音低一点就不容易被听到。

罗东海和罗平平四目一触，罗平平便转过了视线，两人一时不知道说什么好，气氛略有些尴尬。

沉默了片刻，罗东海嘀咕了一句："平平，你整成这样，其实还不如原来好看！"

罗平平有些意外，差一点儿笑出声来，随即觉得在这场合有些不合适，便严肃地说道："好不好看没那么重要，整成这样会变有钱！"

"有钱对你而言这么重要吗？"罗东海叹了一口气。

"当然，如果我早点有钱，或许妈妈就不会死，至少能多活几年！"罗平平一下子激动起来，声音有些颤抖。

"对不起，对不起，这都怪我无能！"罗东海没料到罗平平的反应，有些语无伦次。

"不，我一点也不怪你！或许当时有一些，不过这几年来，随着我慢慢长大，经历了一些事情，我早就原谅了你。说到底，这个世界上毕竟还是普通人多，所以，我后来想明白了，想要钱，就要靠自己去挣，不能要求任何人给你。"罗平平平静地说。

罗东海默然了，对于女儿出走的原因他一直无法释怀，如今的这个解释其实并不难想到。但一直以来，罗东海却真的没有想到或是不愿意这么想，他宁愿女儿是因为自己的粗暴而离开的，他可以做得更好，而现在的这个原因让他无法面对。

停了片刻，罗东海叹了一口气："平平，再见面这么久了，你一直没叫我爸爸，也不好称呼别的，很别扭吧。"

"我……只是不想你知道我的身份，其实我早想叫你一声爸爸了……这几年，你的鬓角都开始白了……"罗平平终于忍不住流下了泪水。

"傻孩子，还隐瞒什么身份？"罗东海慈爱地摸了摸女儿的脑袋，"哪有连自己女儿都不认识的爹，我很早就知道了。"

"什么?! 你……你说什么……你是什么时候知道的？"罗平平抬起头，一脸的震惊。

"见面的当天我就开始怀疑了！"

"什么？当天？你一开始就认出了我，这不可能！不光面貌，连声带我都做了小手术，之前为了和孙雅欣更接近，还苦练了身材，长了不少肌肉，说实话我自己都有些认不出自己。你是怎么认出的？"

"准确地说是在一起吃火锅的时候，你妈妈是四川人，你和她一样，特别爱吃辣。我其实也不是怕辣的人，但那天的火锅实在辣得有些吃不消，你却很喜欢。我查过孙雅欣父母，他们都是滨海市本地人，不应该有这样的饮食习惯，当然这是次要的，更主要的是你的一些小细节，比如拿筷子的姿势、撩头发的动作，这些都和我的女儿一模一样。再后来，我还知道你养的宠物狗是一条哈士奇，你叫它'小李子'，这两个喜好也和我女儿的一样。"说到这里，罗东海笑了笑，"另外你爱吃的东西一直没有变，火锅，尤其是虾和毛肚。当了好几年富家大小姐，居然连这些也没吃够。"

"你以为我这些年有多享受吗？我大部分时间都在美国，能吃到什么？"罗平平假装生气地说。

"不过你以前喜欢的漂亮的衣服、新款手机、名牌包包、豪车……这些都有了。"

"这些东西，没有的时候想要，真有了却觉得没什么意思了。"罗平平叹了一口气，忽然想起了什么，"不对啊，你早认出了我，怎么不说？"

罗东海一下子沉默了，半响才说道："我心里很犹豫，也想过要和你摊牌，可是……可是我想大概你喜欢那样的生活，我不知道你怎么做到的，但如果你开心的话……"

"哦？这么照顾我的感受？这可不像我的老爸！"罗平平的口气有些尖酸。

罗东海苦笑了一下："人都是会变的。这些年我经常彻夜难眠，想起之前的一些选择……我或许不该太多干涉你！"

"可是你最终还是来干涉我了。"罗平平的语气有些不满。

罗东海的脸色严肃起来："一开始我不明白你是如何瞒过孙建华的，作为一个父亲我觉得这不可能，后来我终于明白，那是因为孙建华也是假的，他早知道了。所以这里面一定有一个大的阴谋，一定有严重的犯罪，我不能任由你滑向罪恶的深渊。"

"那你要怎样?把我交给警察?"罗平平的脸上露出一些警惕的神色。

"如果是那样,我就不用冒着生命危险来这里了。"罗东海摇摇头,"我想带你离开他们,让你做回你自己。无论以前的你好不好,那是你自己!"

罗平平咬着嘴唇,沉默了几秒钟,低声道:"晚了,爸爸。我走不了,他们不可能允许的。"

"你不需要任何人的允许,只要你自己想要离开就好了。"

"其实很多时候,我也会想很多很多,想我过去的生活,那些平淡却充实的日子,身边有亲人、有朋友……对未来我越想越怕,怕自己有一天会进监狱,也怕被他们杀死。可是你知道的,他们很凶残,杀死过很多人,你……你不能和他们斗的。"

"不用怕!平平。"罗东海猛地挺直了自己的胸膛,自豪地说道,"你忘了你爸爸以前是什么人?警察!滨海市最优秀的警察!"

"那我们该怎么办?"罗平平有点紧张,不自觉地拉住罗东海的衣袖,就像小时候在路上遇到凶猛的大狗一样。

罗东海笑了笑,掏出一支香烟叼在嘴上,他几次想用打火机点燃它,然而手中的打火机只迸发出细微的火星,并没有成功。他恼怒地把没气的打火机扔到了草丛里，向几步外的别克车走了过去。

"有火吗？"罗东海敲敲车窗，问道。

"有啊！"车里的青年没好气地答道。正当他转头去拿打火机的时候，罗东海猛地一把拉开车门，抓住青年的头发就向车外拉。

青年惨叫一声，正要挣扎，后颈处挨了重重的一记，他哼了一声，便瘫软在地下。罗东海把青年扔到旁边的草丛里，回身一把拉过身后依然目瞪口呆的罗平平，三下两下地塞进车里，随后自己一纵身进了汽车，大喝道："系好安全带。"

罗东海正要发动汽车，耳边传来一个低沉的声音："别动，老实点！"随后一个坚硬的东西重重地顶在他的后脑勺上，疼得他一阵晕眩。从后视镜看，一个不知道从哪里冒出来的小个子陌生青年正拿着手枪恶狠狠地盯着他，难怪周大全等人并不担心他和罗平平在远处谈话，因为车里还埋伏着一个人。

'完了！'只在几秒内，罗东海就决定放弃了，他小瞧阿强和周大全这些人了，如果是一个人他或许还想挣扎一下，但身边还有罗平平……

"老爸，你倒是先和我商量下……"罗平平苦笑道，显然她知道车后面还有埋伏的人。

罗东海无奈地笑了笑:"一见到女儿,脑子有点发热……"

周大全等三人疾步赶了过来,神情却并不慌乱。阿强也拿着枪,一手拉开车门,朝着罗东海一挥手枪,大声喊道:"出来!"

罗东海刚刚下车,腹部就被阿强狠狠踢了一脚,他倒退了几步,捂着肚子蹲在地下,一时说不出话来。

"告诉你不要耍花样!"阿强冲上来又是一脚,把罗东海踹倒在地,还要继续踢打的时候,罗平平从旁边冲过来,挡在了父亲的身前。

"你们不许动他!"罗平平尖声吼道!

"这不怪阿强,我们给了你父亲机会!准备给他一大笔钱,给你更好的生活。"在一旁的刘博学不解地望着罗东海叹息道,"可为什么你还要这样?你还有什么不满意的?"

罗东海艰难地站起身,勉力笑了笑,道:"其实我没什么不满意的,可是孙建华会满意吗?孙雅欣会满意吗?"

"那和你又有什么关系?他们是滨海市高高在上的大富豪,你根本就没有资格认识他们。"周大全叹了一口气道,"朱莉,看在你的面子上,我一直不想对你的父亲下手,可是他实在想不开,对我们步步紧逼。如今我也没办法,你必须做出一个选择。否则大家都会被他害死。"

"我的选择？"罗平平一脸的迷茫。

周大全点点头："是，杀了罗东海，和我们一起继续现在的生活，或者进监狱。我想你不会那么糊涂吧。"

"哈哈哈！这还用说吗？"罗平平发出一阵狂笑，"我早就做出了选择了，三年前就做出了。我就是想要现在的生活，谁也不能阻挡我。"

阿强斜了罗平平一眼："你说真的吗？"

"不相信？那让我亲自来动手好了。"罗平平向阿强伸出了手。

阿强迟疑了一下，还是把枪交到了罗平平手上。

罗平平接过枪，向着罗东海走了几步，猛地回身掉转枪口对准了周大全一伙人，大声说："我早说过，不准杀我爸爸，这是我的底线，不是吗？"

"小子，你输了！"阿强大笑起来，"还真以为自己多有魅力啊，我早说过，大情圣，你不过也是被她利用了而已。"

"朱莉，放下枪！"周大全的脸涨得通红，一步步向罗平平逼了过去，"是你父亲逼我们杀他的。"

"站住！你站住……"罗平平惊呼着后退了两步，却见周大全仍是铁青着脸向她走来，她一咬牙，扣动了手枪的扳机，却只听见手中的枪"咔嗒咔嗒"地响了两声。

"当然没子弹啦！你当我们都是傻瓜吗？哈哈哈……"

阿强笑得弯了腰，手里"哗啦哗啦"地玩弄着几发子弹。

2

周大全一伙人简单计议了一下，决定把罗东海父女先关押起来，毕竟视频的问题还没有解决。周大全仍去开自己的车，罗东海来时开的车被遗弃在厂区大院里。

刘博学说道："我们都上这个车有点挤，我也去那边。"说着也赶忙跟了过去。

假董事长老杨本来也想过去，不料晚了一步，愤愤地说道："这个滑头，见事儿就躲，见了好处抢得倒比谁都快！"

阿强鄙夷地哼了一声："这胆小鬼，留在这里也是个废物！"他对刘博学处处想置身事外也有些不满，不过也没再多说话。

罗东海被带上了别克商务车，坐在了副驾驶的位置上，罗平平和假总裁以及一个拿枪的陌生小个子青年坐在最后面。可能考虑原来开车的青年刚刚被罗东海揍过，情绪不稳定，阿强自己坐到了驾驶座上，开车的黑瘦青年怒气冲冲地坐在他身后，恨不得把罗东海一口吃了。

罗东海刚才受到的只是轻伤，缓了一口气就没有大碍了，只是现在这样的配置让他完全没有反抗的余地了——因为女儿被持枪的歹徒挟持，而且他也不知道这些人一共有几个带枪的。

别克车刚刚驶出大门,对面的公司里一辆大货车就鸣着喇叭开了出来。罗东海脑海中闪过一丝诧异,他对这一带很熟悉,记得对面的公司似乎曾经是个保健品厂,应该也早已被废弃了。

没等罗东海想明白,那辆大货车已经发疯似的撞了过来。阿强反应很快,急忙掉转方向,避过飞驰来的大货车,却不可避免地冲进了路旁的花坛里,车子翻了个四轮朝天。

几个人灰头土脸地从车里爬出来,好在都没有大碍,但也多少受了些皮外伤,阿强怒气冲冲地冲着大货车吼道:"眼瞎了吗?你给老子下来!"

那大货车丝毫没有停下的意思,朝着跟在后面的沃尔沃冲去,周大全见势不妙,急忙掉转车头向厂内开了过去。

大货车没有追赶,向回倒了几米,又猛地掉头向路边傻愣愣的几个人冲了过来,竟像要把几个人置于死地,众人一声惊呼,四散逃开了。

罗东海拉着罗平平跳到路边草丛里,躲开汽车,心中也是一片迷茫,不知道又是谁对他们有深仇大恨,要下此毒手。不过眼下却是个逃命的好机会,他拉着罗平平向自己停车的地方跑。大货车又调了个头,追着罗东海父女开过来。

穿着高跟鞋的罗平平跑不动,一把挣脱开了,急切地叫道:"老爸,你先跑吧,我没事的,他们不会杀我。"

"不行!"罗东海这次来就是因为不想让罗平平和那伙人在一起,何况刚才发生的一切让罗平平已经不再安全了。

这时,大货车的司机探出脑袋大声喊道:"罗东海!你磨蹭什么?真要老娘把他们都撞死啊!"

虽然戴着一个棒球帽,但是罗东海还是一下子认出了那张娇艳的脸,他的脑袋"嗡"的一声,是陆蜜儿!怪不得这一次她一直表现得那么低调,原来早就打定主意,暗中跟了来,于是他急忙拉着女儿上了车。

大货车吼叫着转了个头,扬起一阵尘土,飞驰而去,身后传来一阵骂声,随后还响了两枪。

"怎么样?刚才那一下子够帅气吧!"陆蜜儿开心得不得了。

罗东海抹了一把汗:"这一下帅是够帅的,也够狠的,差点儿要了我的老命。"

"白眼狼!老娘冒死来救你,一句人话都不会说。"陆蜜儿骂着粗话,脸上却喜洋洋的,"就凭我这驾驶技术,保证连一根汗毛也伤不着你们。"

车都翻了,怎么保证?罗东海一时也不明白陆蜜儿的脑回路。但不管怎么说,这次还真是陆蜜儿救了他,他嘿嘿一笑,不过嘴上仍然不愿意服软,于是转移话题道:"哎,你怎么知道我在这里?"

"我自己的手机我可以定位的啊!"陆蜜儿看上去对这一问早有预料。

"什么?!那不是等于你一直在监视我吗?我真没想到,你竟然会这样?"一直以来,罗东海倒没想这么多。

"少来这套,老板监督员工那是应该的,再说了,我要不这样,你和你这宝贝女儿早他×就没命了。"陆蜜儿一脸不屑,"嘿,给我点支烟,压压惊!"

这要求应该也不过分,罗东海急忙从陆蜜儿的包里拿出烟,塞到她嘴里,点上火。

一旁的罗平平满脸不乐意,哼了一声说道:"有什么了不起的,没你,我爸爸也能救我。"

"可拉倒吧!我在对面拿望远镜都看到了,你爸被人打得跟落水狗似的。"

"你才像落水狗呢!"罗平平愤怒地叫道,"谁要你来?停车!让我们下去。"

罗东海从后视镜里看到,周大全一伙人也上了那辆没被撞翻的黑色沃尔沃,追了过来,这时候下去简直是送死,赶忙打圆场道:"哎哎,别闹了,后面他们都追来了,平平,快谢谢这位阿姨!"

"是姐姐!"陆蜜儿大声纠正,随即摇摇头自言自语道,

"咦，真是邪门了！孙建华的真女儿和我不对付也就罢了，怎么他这假女儿也跟我有仇似的？"

"行！行！妹妹也行，好好开车，别让他们追上！"罗东海感觉脑袋大了一圈。

"追上就追上吧，我这辆车还指望能跑过那辆沃尔沃？早知道开我自己的车来了，我没舍得，怕折腾坏了。"

"追上来你不会撞他们啊，你的车这么大。"罗平平在一旁插嘴道。

"哎，你说得倒轻巧，撞死人了怎么办？我可是大明星，难道后半辈子蹲监狱里啊？我的青春能这么浪费吗？"

"算我的，这事儿算我的！"罗东海头疼得厉害，"而且这也是正当防卫嘛，他们可有枪的！"

"警察也会做伪证吗？"陆蜜儿不慌不忙地说道。

"我……我早不是警察了！"罗东海无奈地道，"我现在不是你的员工吗？给你顶包理所当然的。"

"嗯嗯，有道理啊！"陆蜜儿笑得像一朵花，罗平平白了她一眼，扭过头去没言语。

说话之间，那辆黑色的沃尔沃已经追近，从车窗处已经可以看到对方狰狞的面孔，坐在前排右侧的那个瘦高个青年把脑袋探出窗外，朝着大货车吼道："快停下来！不然老子不客气了！"

陆蜜儿朝对方做了个鬼脸,然后伸出了中指。

瘦高个青年骂了一句脏话,从怀里掏出手枪,对准了陆蜜儿。陆蜜儿吓了一跳,急忙把身子缩回来,同时猛地打了一下方向盘。

"砰砰——",连续的几声巨响,两辆车的侧面撞在了一起,沃尔沃不是大货车的对手,一下子冲进了路边的花坛。

"耶!"陆蜜儿手舞足蹈地欢呼着,完全看不出担心撞死人的样子。

罗东海和罗平平也欢快地叫了起来,可欢呼声还没停下来,大货车也失去了控制,摇摇晃晃地撞在了路边的大树上。好在三人系着安全带,没有受伤。

"喂,怎么会这样?"陆蜜儿懊恼地叫道,"车胎居然漏了。"

"快下来吧!刚才他们开了两枪,应该是打中轮胎了。"罗东海说着率先跳下车,他转头向后面看去,后面的沃尔沃看来没什么大问题,已经从花坛里开了出来,又沿路追赶过来,只离他们不到两百米。

偏偏这个地方已经荒废多年了,折腾了这么久,连一个活人也没有看到。

"快点!到这里来!"罗东海向两位站在车子旁大眼瞪小眼的女士一招手,率先跑向了路边的一座废弃的旧楼。靠两条腿和追赶的汽车赛跑毫无意义，在大楼里至少还能躲一阵子——至于能躲多久，那就看命了。

这座旧楼因为很久没有人来了，门前积了厚厚的一层灰尘，一脚踏上去就是一个脚印，门上的铜匾上是几个笔画残缺的大字"华飞医药有限公司"，这里也是滨海市新城开发区诸多倒闭了的企业之一。

三人疾步跑进大楼正厅，罗东海大致瞅了一眼，看格局这里应该也是一个废弃的工厂。正面有两扇近三米高的大门，里面应该是车间，两侧都有向上的楼梯。

"这边的车间肯定好藏人！"跑在最前面的陆蜜儿喊了一声，径直冲进了车间，罗东海刚要跟上去，听到背后传来一个声音："哼，他们肯定也会这样想的！"一回头却发现罗平平跑向了楼梯。

真是不省心啊！罗东海气得脑袋发昏，在原地打了个转，一咬牙还是跟着女儿上了二楼。等他上了二楼才知道，罗平平这个选择真的不是很理想。二楼的面积不算小，被分割成好几个区域，然而除了不多的一些被遗弃的办公桌椅，几乎什么都没有，想要藏人很难。

罗东海跑到窗前向下看去，那辆黑色的沃尔沃已经停在了楼前，车上下来四个人，阿强走在最前面，周大全和两个青年紧随其后。刘博学和假董事长没看见人，或许留在车里了，不过按照两人的举止，更大的可能性是根本没来。

此时要原路下去到车间里肯定是来不及了。罗东海带着罗平平在几个隔间里窜来窜去，却没有找到合适的藏身之处，正着急的时候，猛一抬头，看见空中悬着的粗大的通风管道。

"上来。"罗东海跳上桌子，朝着罗平平招手。罗平平犹豫了一下也上了桌子，只是这栋楼的层高足有三米，两人依旧够不着通风管。

罗东海让罗平平踩着自己的肩膀，试了几次，扯下了通风口的格栅，然后罗平平爬了上去。

"不要出来！"罗东海轻声嘱咐道。

罗平平点点头，焦急地说："老爸，我把你拉上来。"

罗东海摇摇头："你拉不动我的，而且……在楼下的阿姨……姐姐是为了帮我们来的，我不能丢下她……你好好躲着！"

罗东海说完跳下桌子，擦去了上面的脚印，转身离开了。刚才他已经看出二楼通向一楼有多处楼梯，也可能有办法避开周大全等人去楼下，至于下面是什么情况，他就一无所知了。

罗东海蹑手蹑脚下了楼，大厅里没有人影，通往车间的大门半开着，看上去周大全等人都进到厂房里搜索了，四下静悄悄的,大约陆蜜儿并没有被发现。

罗东海小心翼翼地靠近车间大门,探头向厂房里面望去,里面的面积很大,一眼望去看不到尽头,没有照明设备,只有两侧的墙壁上有几扇被灰尘遮掩了大半光线的窗户,光线很暗淡,阴影中各种高高矮矮的不知名设备散布在四周。

罗东海刚要进去,猛然发现阴影中有个人站在一个废弃的配电柜前,手里拿着枪警惕地四下巡视着,看身材应该是刚才藏在车里制服他的小个子青年。如果从正门进去,正好在青年的视线范围内。罗东海急忙缩到门口,四下里看了看,捡起一个空啤酒瓶,探进半边身子,用力扔了出去。

远处传来"啪"的一声脆响,那个小个子青年吓得猛一哆嗦,叫了一声"是谁?"后便举着枪朝发出声音的地方走去。罗东海看准时机,冲进车间,一闪身躲到一根柱子后面,蹑手蹑脚地朝着相反的方向走去,绕过几处机器设备之后,小个子青年完全脱离了他的视线。

四周完全安静下来,散布着的各种巨大的机器如同暗影中准备随时将人吞噬的怪兽。罗东海感到了身边的危险,他的对手不知隐藏在何处,随时会出现在他的眼前,而且他们很可能都带着枪,自己却手无寸铁。

此时,找一个地方隐蔽起来伺机而动无疑是最好的选择，不过罗东海没有这样做，他放心不下的是此刻不知道躲在哪里的陆蜜儿。

陆蜜儿应该是个机警而强悍的女子，通常在各种情况下都能照顾好自己。只是经过刚才的一阵交锋，此时再和对方遇上恐怕都没有回旋的余地了，只能是痛下杀手了。

在黑暗的厂房里蹑手蹑脚地走了一阵，罗东海没有发现任何人，四周静得仿佛能够听到一根针掉落的声音。他的额头上冒出了冷汗，这样下去根本没法找到藏起来的陆蜜儿，且迟早会落到潜伏在暗影中的敌人的手里，于是他决定还是先把自己隐藏起来。

罗东海小心地前行了十几米，面前出现了一个三四米高的巨大水箱，看上去是以前药厂里装某种液体的。

爬上去应该是个不错的选择，能隐蔽还容易观察周围的情况。罗东海还没行动，背后传来一个冷冰冰的声音："别动！"

他慢慢地转过身，看到了一个黑洞洞的枪口和带着狞笑的丑陋面孔。

"我不跑！"罗东海苦笑了一下子，这个瘦高个歹徒的脸上还留着刚刚被自己殴打的伤痕，对自己客气那是不可能的了，况且面对手枪，反抗也是徒劳。

罗东海笑了笑："我跟你走，这下子你立功了。"

"站住，再往前走我就开枪！"瘦高个青年立刻警觉了，罗东海无奈，只好站住了脚步。

青年恶狠狠地问道："那两个娘们儿在哪儿？"

"都走了！"罗东海笑着答道，心中略微松了一口气，从这个青年的话里可以听出来，至少现在陆蜜儿还是安全的。

"走？往哪儿走？别做梦了，你们一个也跑不了。"瘦高个青年冷笑着道，"不说是吧？那老子先打残了你，等抓住她们，当着你的面来个先奸后杀。"

罗东海心中一震，他相信这残忍的事情他们绝对干得出来，暂时的妥协也没用，只能一拼了。

罗东海好像忽然听到了声音，猛地转头向左侧阴影中的大水箱望去，其实眼睛的余光却盯着对手，随时准备扑过去。

之前在车上上了一次当的瘦高个青年这次一点儿都没有动，手枪笃定地指着罗东海，冷笑道："你他妈的还挺会装的，你怎么不去演电影啊？跟老子来这套，周围都是我们的人——"刚刚说到这里，水箱上面跳下一个人影，挥着棍子劈头打下。

瘦高个青年被一棍击中头部，惨叫着倒下了，手中的枪"啪啪"响了两声，却都打向了天花板。罗东海急忙扑上去，没费多大力气就夺下了枪。

"这小子一直在我附近转悠，早就急着给他来一下子了，好不容易憋到现在。"冲出来的人正是陆蜜儿，她一边说，手中一边挥着一根粗铁管，毫不客气地又给了地下的青年几下，凶狠的样子把罗东海看得嘴都合不拢了。

"快离开这里，他们要来了！"罗东海拉住了还要打人的陆蜜儿，这样下去说不定要出人命，搞个防卫过当就不划算了。

"为什么？你不是警察吗？你也有枪啊！"陆蜜儿不解地问道，身体却被拉得一个踉跄，不由自主地跟上了罗东海。

不远处已经传来了一阵急促的脚步声，罗东海不想解释，一对三的枪战并不好玩，何况他手里的这支枪是土制的"六四"，土枪性能差且不说，弹容量也只有七发，就算之前弹匣是满的，现在满打满算也就五发子弹。他不是电影里的神枪手，能一枪一个把对手都干掉。

刚刚拐到水箱的后面，耳边便响起了几声枪响，子弹似乎就从脑后飞掠过。罗东海停下脚步，探出头，向影影绰绰的几个身影开了一枪，追赶的步伐一下子停了下来。

罗东海转身拉住陆蜜儿迅速逃跑，他选择的方向不是向门口处，那里是一片开阔地带，容易成为靶子，尤其是带着移动速度不是很快的陆蜜儿。

罗东海借着地形的掩护，几次想伏击对手，然而追在最前面的阿强显然也是训练有素的好手，并不冒进，根本没给他可乘之机，四个人很谨慎地向他们迫近着。

车间内的地方到底有限，周旋了不多时，罗东海和陆蜜儿便退进了一个五六十平方米的库房里。

罗东海在门口向外面开了一枪，追来的四个人一下子缩到了拐角处，不再露头，他急忙回头对陆蜜儿低声喊道："快！打开窗户，逃跑！"

"啊！对啊！我都吓糊涂了。"陆蜜儿惊喜地叫了一声，跑过去用力拉扯窗户，稀里哗啦的一阵乱响过后，她大声道："不行，外面有防盗网啊！"

罗东海一惊，眼看对方一时不敢迫近，急忙跑到窗前观察，果然窗户被手指粗的钢筋牢牢封死了，就算有工具也很难拆卸，何况他们两手空空。

罗东海叹了一口气，又回到门口处警戒，他从口袋里拿出手机，随后沮丧地发现这里没有信号，或许是位置偏僻的缘故，也可能和厂房的结构有关系。

所有的希望都破灭了，罗东海苦笑着对陆蜜儿道："对不起，连累你了！我们被堵在这里了，他们迟早会进来的。"

"怎么了？你的枪呢？怕什么？"陆蜜儿对形势还不是很明了。

"我不是超级英雄，救不了你了。"罗东海有些无奈，

"他们四个人,我只有两发子弹了。"

"两发子弹……"陆蜜儿愣了一下,"这要是在电影里,倒像给我们自己留的。"

"别说这么不吉利的话,或许还有救吧。"罗东海嘴上这么说着,心中也明白,这一场交火之后对方没有可能放过他们中的任何一个。虽然对方一时不敢贸然冲进来,但这样僵持下去,只能是死路一条。

3

罗东海正焦躁之际,耳边隐约传来一阵警笛声,那声音渐渐由细不可闻变得洪亮刺耳,正朝着这边而来。

"警察来了!"陆蜜儿惊喜地叫道。

罗东海从窗户向外望去,一辆警车闪着警灯呼啸而至,在大楼的门前停了下来,出乎意料的是从车上下来的竟然是赵芳倩和李青山。两人显然对发生的情况不甚了解,不过两辆带着创痕的汽车显然引起了他们的注意,两人在门口低声交流了一番,小心地走了进来。

"警察这么快就赶到了?你报警了吗?"罗东海回头问陆蜜儿。

"报什么警?报了警我还跑来干吗?"陆蜜儿摊摊手,显然她也认出了赵芳倩,随后很八卦地补充道,"肯定是人家关心你啦!"

"别瞎说。"罗东海慌忙打断,他一时也顾不得细想,低声道,"我要过去找他们,你小心点儿,别出来。"

他说着要站起身,却被陆蜜儿一把拉住:"你从这里走出去,不是成了他们的靶子了吗?"

"我知道,可是他们两个警察就这样稀里糊涂地走进来,也是现成的靶子,他们有什么闪失,咱们一样也得完蛋。"罗东海转身要走,忽地回过头,把枪给了陆蜜儿,"你找个角落躲着,如果他们找到你,或许用得着。"

"你小心啊!"陆蜜儿接过枪,郑重的脸色里还透着几丝兴奋——大概是第一次拿到真枪吧。罗东海这样想着,深吸了一口气,猛地朝着大门口冲去。

罗东海刚刚踏出库房的门口,背后传来一声低低的惊呼,显然他的举动有些出乎对方的意料。他脚下不停,做了一个蛇形变向,随后便是两声枪响,子弹打在左侧一个旧机器上,火花飞溅。他向前猛冲了两步,借助一段废弃的流水线阻拦了对方的视线。

眼前出现了赵芳倩和李青山的身影,两人听到枪响,也都拔出手枪,紧张地四下巡视着。看到黑暗中疾奔而来的罗东海,两个人同时把枪口对准了他,厉声喝道:"别动!"

罗东海迟疑了一下,背后却传来一阵杂乱的脚步声,是身后的阿强一伙人追了上来，于是又向前跑去，口中喊道："是我，罗东海！"话刚刚出口，便听到一声枪响，一发子弹贴着他的头发梢飞了过去。开枪的是李青山，他面对疾冲过来的罗东海有些紧张，幸亏赵芳倩及时把他的手抬起了几厘米。

罗东海到了近前，身后的敌人似乎没有轻易追来，他不由得擦了一把汗："好险！再低几厘米，脑袋就被打穿了。"

李青山脸色很难看："对不起，罗……罗先生。"

罗东海嘿嘿一笑道："没关系，菜鸟难免紧张，你别看赵警官现在这么沉着老练，第一次实战还不如你呢！"

赵芳倩笑了笑，问道："你没事吧？"

"没事。幸亏你听到我的喊声了。"

"等听到已经来不及了，看那身材和动作，我远远地一眼就认出你了！"赵芳倩随口道。

气氛似乎略有些尴尬，罗东海笑了笑，问道："来得好快啊！你们是在跟踪保护我吗？"

赵芳倩没来得及回答，旁边的李青山冷冷地道："别自作多情了，谁要跟踪保护你，我们是在跟踪周大全。"说完之后，忽然觉得自己失言了，急忙转过头。

"什么？"罗东海追问道。

"回头再和你说。"赵芳倩面色很冷静，"里面什么情况，几个人？几支枪？"

"对方四个人，还有我的一个同伴藏在里面，应该至少三支枪。"罗东海的回答也简明扼要,"还有我女儿藏在楼上！"

赵芳倩听到罗东海失踪已久的女儿现身，毫不惊讶，似乎早有预料，她皱了皱眉头，说道："里面太暗，地形也很复杂，很危险！小李，你快点请求支援！然后去楼上找罗平平。"

李青山答应了一声，正要走开，忽听赵芳倩对罗东海说："我们进去，把你的同伴带出来"。李青山吃了一惊，赶忙道："赵姐，我进去，你上二楼，那个……我和罗平平不认识……"

赵芳倩打断了李青山："你不用认识罗平平，上面也没有别人，罗平平不认识你也没关系，她总认识这一身警服吧！"

李青山依然不放弃："那也不用急，她在上面很安全！我和你在一起！"

赵芳倩拍拍李青山的肩膀说："你从来没有经历过这种场面，太危险了！"

"我不怕！我接受过严格的训练。"李青山一挺胸，坚定地说。

"听我的命令。"赵芳倩声音严厉起来,"保护好人民群众是警察的责任,李青山,现在你马上联系局里,然后去找罗平平。"

"是!"李青山答应一声,用极其复杂的眼神看了罗东海一眼,转身离开了。

"你的小徒弟挺有性格的,很像当年的你啊!"罗东海望着李青山的背影,意味深长地说道。

"别废话了!"赵芳倩沉着脸道,"走,我们去救陆蜜儿。"

罗东海一下子有点反应不过来:"陆……我说过了吗?"

"我说错了吗?"

"没……没有。我是说你怎么知道了?"罗东海讪讪地说道。

"直觉,一个警察的直觉。"赵芳倩冷冷地说。

什么时候变得这么有天赋啊?以前竟没有发觉。罗东海暗暗感叹,率先走向陆蜜儿藏身的仓库。

"我空着手,还有没有枪啊?"罗东海问道,心里却不抱什么希望。

果然,赵芳倩冷冷地答道:"没有,有也不能给你,你又不是警察!"

"那我起不了作用,没法对付他们。"

"你的作用是带路,对付他们有我就行了!"赵芳倩轻描淡写地说道。

罗东海暗中摇头，几年不见，如今的赵芳倩再也不是以前冒冒失失的小姑娘了。

两人小心翼翼地向厂房内部走去，直到进入了刚才藏身的小库房，一路上并没有任何动静，或许是阿强这几个人虽然有枪，也不想公然和警察交火吧。

罗东海环视四周，没看见陆蜜儿，他走到墙角，一伸手扒拉开了的一堆废弃的大纸箱："出来吧，是我！"他记得离开时这里没有东西。

一瞬间，罗东海的血往上涌，纸箱背后不是陆蜜儿，而是一张伤痕累累的丑脸，那是被自己和陆蜜儿打过的瘦高个青年。此时他的手里举着枪，脸上带着狰狞的笑容。

在瘦高个青年扣响扳机的瞬间，罗东海被一股大力猛地撞开了，是赵芳倩，她撞开罗东海，自己中了一枪，滚出了几米之后，咬牙向对方进行了还击。

"啪啪啪"接连三声枪响，瘦高个青年号叫着倒下，扭动了几下就不动了。

"怎么样，芳倩？"罗东海上前几步，扶起倒在地上的赵芳倩。她一只手掩住鲜血淋漓的腹部，气息有些急促，脸上却带着笑容："罗东海，不用难过，这点伤死不了的……这一枪是我还你的，只是我不能帮你救陆蜜儿了。"

罗东海忽然明白了：过了这么多年，赵芳倩其实还是那个倔强的死心眼小姑娘，心中从没有放下过罗东海为自己挡的那一枪，它一直以来都如同一个沉重的包袱压在心头。她不是认为自己一定有把握对付四个人，而是一定要为罗东海救出陆蜜儿。

"我带你出去！"罗东海想要背起赵芳倩。

"不，不。"赵芳倩努力挣脱，"你应该抓紧时间先去救陆蜜儿。这是你当年教我的，我是警察！"她把手中的枪交给罗东海，努力笑了笑，"熟悉吧，这是你的枪！"

罗东海接过枪，那冰冷而熟悉的感觉一下子涌了上来。

赵芳倩的笑容有些虚弱："去吧！别管我，救援人员马上就到了。"

罗东海帮赵芳倩做了简单的包扎，扶着她在墙脚坐好，把瘦高个青年的枪给了她，仍然是一支土制的"六四"式手枪，虽然威力质量都不理想，但防身也还可以。

罗东海转身大踏步走出了房门，他知道既然对方安排瘦高个青年率先进行伏击，就是准备一拼到底了，哪怕来的是警察。此时，陆蜜儿和赵芳倩都生死未卜，这两个女子可以说都是为了他罗东海才卷入这场拼杀的，他必须做出回应，想到这里，一股久违的澎湃热血顿时充盈在胸间。

罗东海缓慢而警觉地在阴暗的厂房里搜寻，每一根神经都绷紧了,他的身体隐藏在暗影中,眼睛搜索着每一个可疑的角落,耳朵听着身边每一丝细微的响动。

前方拐角处忽然一暗,似乎有什么东西遮挡住本来就微弱的光线,罗东海心念如电,急忙侧身贴到了墙壁上,几乎与此同时,眼前火光闪动,几发子弹呼啸着从他面前掠过。

罗东海向着火光闪动处开了两枪,前方隐约传来一声惊呼,大约是有人中弹,随后传来一阵急促的脚步声,前方的目标似乎带伤逃离了。

罗东海小心地持枪追了上去,四下没有人,他在刚才人影闪动处蹲下身,地面上有些星星点点的血迹,的确是有人受伤,但应该伤势不重,自己逃离了,受伤的人是谁就不知道了。

猛然间,似有细微的呼吸声音传来,罗东海警觉地巡视着,左侧前方七八米外的柱子后隐约有一小片衣襟露出……他没有站起来,直接以迅雷不及掩耳之势猛冲上去,迅速掉转枪口,对准了柱子后面的人,在即将扣动扳机的一瞬间,他竭尽全力控制住了自己的手指,心情一下子放松起来——是陆蜜儿,她居然安然无恙。

"怎么就你一个人啊?!"陆蜜儿的声音欢喜里带着点儿担心。

"你怎么到了这里?"罗东海没有回答,反问道。

陆蜜儿瞪了罗东海一眼,好像在看一个白痴:"你当我傻啊!他们看见你从仓库跑出来,还能不回头找我?所以趁他们追你跑开了的时候,我就赶紧溜出来了。"

"呃,做得对!"罗东海点头道。

这算是运气好,还是聪明?罗东海此时也顾不得仔细思考了。他拉着陆蜜儿退到了赵芳倩休息的仓库,此刻他不想做英雄,只想带着这两个女子安全离开,她们中任何一个有闪失,他都无法原谅自己。

罗东海和陆蜜儿扶起赵芳倩向门口走去,刚刚一露头,心中便有一丝不祥的感觉,他猛地退了回来,顺便向后拉了一把陆蜜儿。

陆蜜儿刚要说话,一发子弹打在了铁制的门框上,火星直接飞溅到了她的脸上,就算是向来胆大的陆蜜儿,也吓得尖叫了一声。她倒退几步,抚了抚"怦怦"乱跳的胸口,正要骂两句脏话压压惊,一甩眼忽然看见身边的赵芳倩苍白而平静的脸上露出一丝戏谑的微笑,立刻闭了嘴,装出一副满不在乎的样子。

"又被堵在这里了。"罗东海郁闷地说道,这一次想像上次那样快速冲出去也不行了,毕竟还有受伤的赵芳倩。蹲在这里坚守倒是安全,可是受伤的赵芳倩眼看越来越虚弱,她伤在腹部,时间久了肯定撑不住。

硬闯，杀出去？罗东海心中闪过这个念头，瞬间又犹豫了，他倒是不怕死，只是自己一旦有闪失，剩下的两个女子可能要任人宰割了。

怎么办？面临两难选择之际，罗东海一筹莫展。

这时，忽然传来了两声枪响，罗东海根据经验判断，这枪声不是从周围发出的。他正疑惑的时候，看见一个身影借着障碍物的掩护，一边与对方交火，一边向这边靠近。

是李青山！罗东海看清来人，急忙喊道："这里！我们在这里！"说着探出身子，向黑暗中闪着火光的地方开了两枪。

李青山听到喊声，借着罗东海的掩护迅速跑了过来，几发子弹呼啸着打在他身边的墙壁上，混凝土四下飞溅。他的行动虽然看上去有些鲁莽，但也毫发无伤地冲进了仓库里。

"你怎么又回来了？我女儿呢？"罗东海望着气喘吁吁的李青山有些疑惑。

"已经请求支援了！我们的人马上就来了，你女儿我也找到了，现在安排好了，在警车上！"李青山解释道。

警车里就一定安全吗？罗东海暗中质疑，恐怕还不如藏在二楼上，那些红了眼的亡命徒已经开始对警察开枪了，警车又有什么威慑力？不过此时此地，他也无法去责怪李青山，毕竟是个没有经历过严峻场面的青年人。

"赵姐呢?"李青山忽然发现不对头,罗东海身边的赵芳倩换成了陆蜜儿。

"她受了伤,在那边。"罗东海指了指身后仓库的墙角。

"什么!"李青山一听急了。他急忙冲进去,看着虚弱的赵芳倩,眼圈一下子红了,蹲下身急切地问道:"赵姐,你怎么样了?"

"还好!"赵芳倩忍痛笑了笑,问道,"你怎么来了?找到平平了吗?"

"找到了,好好的,在警车上呢!他们人多枪多,我放心不下,就来了。"

"那怎么行?警车里又没有警察保护!"赵芳倩听了连连摇头。

"我……我把车钥匙给了她,她会开车,有情况可以开车跑。"李青山辩解道。

"那也不行!"赵芳倩也听出李青山的处置不妥,焦急地要站起来,不料牵动了伤口,一下子又坐了回去,急促地喘息着,脸色也越发苍白。

"赵姐的情况不大好,我背她出去。到了外面,救援人员来了,可以尽早接受救护。"李青山低声说。

"敌人守在外面,你这样背她出去走不快,会被当作靶子的。"

"这我不怕！我就怕拖得久了……"李青山看了一眼角落里虚弱的赵芳倩，眼里满是担忧。

"他们也只不过三个人，不如我们两个先一起干掉他们，否则大家都不安全！"

"好！听你的！"李青山神情坚毅地举起枪。

罗东海严肃地说道："小兄弟你小心点！这不是演习，也不是游戏！失败了命就没了！"

李青山点点头："明白，你也小心！"

这两个见过多次始终彼此缺乏好感的男人的手终于握在了一起。

"你留在这里！和赵警官互相有个照应。"罗东海转头对陆蜜儿说。

陆蜜儿顺从地点点头，纵然平时胆大妄为不大靠谱，此刻的她却也没有异想天开地想要和罗东海一起与对方来一场枪战。

4

李青山抢先向门外冲去，他的一只脚刚刚踏出了门口，身后猛然传来一股大力，把他拉了回去。他一个踉跄险些摔倒在地，还没来得及询问，就有几发子弹飞了过来，打在门外的墙壁上，砰砰作响。

"不能这样硬来。"罗东海沉声道。

"那怎么办？他们把门堵住了。"

"我来引开他们。"罗东海说完脱下身上的外套，从角落里找了一个破旧的纸箱，把外套套在纸箱上面，从门口探了出去。

只听一阵急促的枪声，外套上顿时多出了好多窟窿。

"快走。"趁着枪声停滞，罗东海喊了一声，扔了外套，率先冲了出去，李青山随后跟了上去，两人各自隐身在一根柱子的后面。两人一边向对方射击，一边向前方突进。

借着昏暗的光线，他们发现在对面十多米开外有三个身影借着障碍物隐藏着身体，时不时冒出头进行射击。这三个人分成两拨，前方左侧大约四十五度有两个人，正面只有一个人，相互进行交叉掩护。

"看来我们要分头行动！"罗东海审时度势后说道。

"好！我也这么想。"李青山擦了一把脸上滴落的血珠，抢先说道，"我来对付左面的两个，你去前面。"刚刚他被一发飞来的子弹擦伤，好在只是破了皮。

"好！"罗东海答应了，他对形势的判断与李青山不同。

前方左侧大约四十五度有两个人，正面只有一个人，然而真正危险的却是正前方的那个人——他开枪的次数很少，但每次几乎都险些命中目标，擦伤李青山的那一枪正是来自正前方，毫无疑问这是一个老辣的枪手，罗东海估计是阿强。而左侧的两个人完全是新手，开枪的次数不少却透出一股慌乱和紧张，打得完全不着边际。经过正规训练的李青山对付他们两个，应该可以做到。

前方贴着墙壁的是几个废弃的集装箱，对手就躲在十多米开外的一个集装箱后面。

罗东海忽然离开了柱子的掩护，迅速向前冲了几步，迅速地闪到了离他最近的一个集装箱后面。随着"啪啪"的两声枪响，面前的集装箱被打得火星四溅，对手的枪法比他想象的还要好，稍慢一步，罗东海只怕已经被子弹打穿了。

眼看对方露出半个身体，罗东海抬手就是一枪，不料对方也警觉得很，一见到罗东海抬手，便迅速地一缩头，躲过了致命的一击，罗东海连叫可惜。警觉的对方再也不轻易探出头来，躲在集装箱一侧。

眼前是一条十几米的空荡荡的通道，没有障碍，罗东海也不敢再贸然冲过去，给对方做靶子。不远处密集的枪声传来，应该是李青山已经和对方激烈交火了。

正相持不下的时候，罗东海灵机一动，敏捷地爬上了集装箱，悄无声息地前进了数米。隔着两米多就是下一个集装箱，罗东海轻轻一跃落到了对面的箱子上，不远处的枪声掩盖了他落地时发出的响声，他没有停步，向前冲去，又跨过了一个间隔——对手就在这个箱子的后面。他放轻了脚步，慢慢向前走，尽量不发出一点点声音，这时耳边传来一阵轻响，他警觉地停下了脚步，蹲下身子，用枪指着前方。

在集装箱的尽头，慢慢探出了半个身子，那人猛一抬头，正看到了等待多时的罗东海，不由得发出一声惊叫，还没来得及举枪，罗东海手中的枪就先响了，对面的人惨叫着翻落下去。

罗东海飞身跳下，枪口对着躺在地上的人，小心地走过去。地上的人胸部中了两枪，已经断了气，只是这个人不是阿强，却是那个不知名的矮个子。难道自己判断错了？阿强在另外一组……不……不可能！阿强是一个用枪的好手，这一点毋庸置疑，所以李青山要对付的那两个人里面一定没有阿强。

想到这里，罗东海心中一惊，一种不好的预感涌上心头，他转身向陆蜜儿和赵芳倩藏身的小仓库飞奔而去，离门口还有十几米，仓库里接连传出了几声枪响。

罗东海心中一震，脚步却慢了下来。他谨慎地双手握着手枪，一闪身到了门口，从门口向里望去，他看到了一脸狞笑的阿强。

阿强一手抓着陆蜜儿的头发，一手用枪指着她的脑袋，陆蜜儿一直在大声尖叫着，看到了罗东海却一下子安静了下来，赵芳倩静静地躺在角落里，一动不动，不知生死。

"放下枪，不然这两个女人都得死。"阿强冷冷地说。

罗东海哼了一声说："我有那么幼稚吗？放下枪，我们也都得死。"

阿强笑了笑："我恨的是你，你坏了我的大事，与这两个女人无关。我知道我已经完蛋了，我不想多杀人，也从来不滥杀无辜。用你的命换她们两个的命好了。"

"哦，你把我想得好高尚，我只是一个前警察，为什么要用自己的命换这两个不相干的女人的命？"

"真的不相干吗？"阿强冷笑道。

"她们不过一个是警察，一个是我的雇主而已。"罗东海故作轻松地说。

阿强显然不那么容易上当，厉声道："别废话！放下枪，否则我打死她！三、二、一。"

罗东海有些犹豫了，这时，被阿强抓住的陆蜜儿惊恐地大叫了起来："别开枪！别开枪！罗东海，你这个混蛋，你骗老娘上床的时候，不是说愿意为我死吗？快放下枪！"

"哈哈哈……"阿强发出了一阵笑声，"罗东海，连床都上过了，还说只是你的雇主？"

这是吓糊涂了吗？罗东海一时说不出话了，陆蜜儿挣扎着喊道："放开我！罗东海，老娘和你这个混蛋拼了！"

阿强一只手无法控制住疯狂挣扎的陆蜜儿，大声喝道："老实点，不然打死你！"说完用枪柄在陆蜜儿的脑袋上狠狠敲了一下。

就在这一瞬间，枪声响起，阿强惊叫一声，手臂中弹，枪落到了几米外的地下。他反应迅速，来不及拾起手枪，两只手一绞，准备拧断陆蜜儿的脖子，还没来得及发力，忽然觉得一只手腕剧痛，原来是被陆蜜儿狠狠地咬了一口，手不由得松了一下，这一瞬间，陆蜜儿便逃离了他的掌控。

阿强倒退了两步，他心中一寒，自己已经没有机会了。对面的罗东海对着他扣动了扳机，却只发出"咔嗒咔嗒"两声——枪里没有子弹了。

阿强抢先两步，一拳把站在几米外的陆蜜儿打晕，随后大笑道："好，咱们再打一场，我还让你一只手！"

他扯下一截衣袖把手臂上的伤口简单裹了一下，狞笑着走向罗东海。这一次与上一次不同，上次手臂被打断，这次只是被子弹射穿了肌肉，对于他而言只是小伤，在早年在东南亚浴血搏杀的生涯里，这根本不值得一提，而对手罗东海只不过是个普普通通的警察。当然还有更重要的一点，这一次，他根本没有任何退路。

罗东海冲了上去，他挥动枪柄狠狠砸向阿强的脑袋，阿强一闪身躲过了这一击，飞起一脚踢中了罗东海的小腹，罗东海疼得哼了一声，左手一拳打在了对方的胸口。两人如同发了狂的野兽一般，厮打在一起。

几个回合下来，阿强又一次占了上风，几记重拳打得罗东海摇摇晃晃，最终倒在了地下。他抹去嘴角的血痕，扑了上去，又狠狠补了两拳，随后伸出双手掐住了罗东海的脖子，这一次，被打得迷迷糊糊的罗东海连反抗的意识都没有了。

"啪啪！"背后传来两声枪响，阿强忽然觉得自己的身体已经被抽空了，血从胸口涌出，滴落在罗东海的脸上。他惊讶地回过头，原来墙角那个奄奄一息的女警察不知什么时候爬到了他们背后，手中举着一支冒烟的手枪。

那是我的枪！阿强脑海中闪过了最后一个念头。

5

李青山带着一身血迹和尘土赶来的时候，陆蜜儿早已清醒过来了，正不顾罗东海的劝阻，冒着破坏尸体的罪名，用力踢阿强的尸体："王八蛋，揪掉了老娘好多头发，还差点儿破了我的相！"

"你那边怎么样？"罗东海一脸无奈，转而向李青山问道。

"搞定了，是周大全和假的董事长，不知道他是什么时候来的。"

"走吧！"罗东海说道，俯身要背起赵芳倩，却被李青山拦住："还是我来吧，看上去你也受了伤！"说完抢先背起了赵芳倩。

四个人缓步走出了厂房的大门。这时，一阵警笛声远远传来，远处的公路上，一大批警车闪着警灯疾驰而来。

"看看，我们电影里演的都是真的吧？"满脸灰尘的陆蜜儿看着外面姗姗来迟的警车调侃道，灰尘和汗水掩不住满脸的喜悦。

已经完全放松了身心的罗东海会心地一笑，连重伤的赵芳倩嘴角也露出了一丝笑意。此时已是黄昏，残阳如血，映红了西边的天际，夜风徐来，吹干了每个人身上的汗水，令人无比舒爽。

一队全副武装的警察迅速冲进了厂房，赵芳倩被跟随赶来的救护车拉走，陆蜜儿也被劝上车，到医院检查一下受伤的头部。李青山正唾沫横飞地和相识的警察讲述刚刚的经历，一具具尸体从厂房里被抬了出来。

罗东海在乱纷纷的人群里转了两圈，猛然意识到少了一具尸体，是谁的？他急忙上前查看，李青山也赶了过来，不错，四具尸体，少了周大全的。

"他应该就在正中央的走廊上的。"李青山急忙说道。

"不可能漏掉的，这么多人呢，而且还是正中央的走廊。或许是没死，逃了吧！"

"这怎么可能呢？我明明打中了他的胸口！"李青山喃喃地说道。

一种不祥的预感猛然涌上了心头，罗东海小跑了两步，蹲下身查看，地上有几处星星点点的血迹。

"警车呢？你的警车呢？"罗东海对着几步外的李青山大喊，汗水一下子从他的脑袋上冒了出来，之前他从窗户处看到，警车应该是停在这里的。

"我的车……本来就在这里啊！"李青山一下子醒悟过来，也慌了。

"周大全没有死，他逃了?！带着我女儿逃了?"罗东海一脸焦急地说道。

周大全逃了，这不是个大问题，落网只是时间问题。然而警车和车里的罗平平呢？她为什么驾车离开？她看见周大全逃了？那周大全又是怎么离开的？他们来时的车还在，所以结论只能是罗平平被先逃出来的周大全胁迫并带走了。

"你们来时看到警车了吗？"李青山急忙问在场的各位同行。

一个圆脸的青年警察答道："看到了，快到门口的时候迎面碰上的，闪着警灯，我们以为他有紧急任务，自己也很急,没有顾上打招呼,怎么了?"

"快!带我去追!"李青山一下子急了。

在场的同行不知道发生了什么事情,但看到李青山急切的神情已经知道了事情的严重性。一个负责现场的警官命令两个年轻的下属协助李青山。

三人急忙上了车,发动起来,一回头罗东海也坐了上来。开车的警察一愣,刚刚要问,却听到李青山低声对罗东海说道:"对不起!"

"没事儿!会找到的。"罗东海苦笑一下,他无法责怪这个有些冒失的年轻警察,毕竟谁都是从那个时候过来的,只是……只是失去了多年的女儿刚刚回到自己身边,却再一次失去了,这一次,他还能找回来吗?他不敢多想。

按照警车离开的方向,他们追出了五六公里,在路边看到一辆停着的警车,李青山看了看车牌,是自己的车。车子的发动机已经冷了,看来停在这里有些时间了,车上没有留下什么痕迹,也没有罗东海最为担心的尸体。

只不过这是一个十字路口,地处偏僻,并没有摄像头,周大全和罗平平的去向完全无迹可寻。罗东海叹了一口气,无力地蹲了下去。

第八章　灰暗的时光

1

转眼时间过去了三天，逃亡的周大全和被他带走的罗平平都一直没有音信，刘博学也不知下落。参与枪战的几个歹徒，只有矮个青年被抢救过来了，他和死去的瘦高个青年都是阿强前一阵子花钱雇来的打手，是两个有案底的亡命徒，但是对滨海市发生的案子并不知道多少。

刚刚找回失散多年的女儿，还没能说上几句话就又失去了她，罗东海痛悔无比。不过大搜查并没有找到罗平平的下落，至少说明她很可能还活着，周大全没必要带着一具尸体东躲西藏。另外，还有的一点希望就是之前看上去周大全和罗平平的关系有些非同一般，以前他担心是真的，现在只担心不是真的。

这些天唯一的好消息是赵芳倩经过抢救已经没有大碍了。得知这个消息，罗东海拿着一束鲜花来到医院，花是陆蜜儿一定要他买的，他还从来没有给人送过花，好在这花是剑兰，听说送给病人合适。

罗东海轻轻推开了病房的门，他不知道现在赵芳倩是醒着还是睡着，害怕打搅了对方，没有敲门。

一进门，坐在病床前的两个人忽地转过头来，一个是穿着病号服的赵芳倩，另一个是穿着便装的李青山。李青山一只手里端着一个大饭盒，一只手拿着汤匙正在喂赵芳倩吃东西。猛然看见罗东海，两人都是一震，把饭盒里的食物碰得洒了两人一身。

李青山急忙放下饭盒，手忙脚乱地找来纸巾擦拭，随后有些尴尬地站起来，低声道："你们聊，我出去转转！"

"哦，没事，没事。我就是看看你怎么样了，看起来挺精神的！你们……继续。"罗东海笑了笑，把鲜花放在旁边柜子上的花瓶里，就要转身离开了。

"等一下，我有事情和你说。"赵芳倩急忙道，"是关于案子……"

"有必要和我探讨吗？"罗东海看着走出去的李青山。

"当然，是以前的案子，坐吧！"赵芳倩指了指刚才李青山坐的椅子，"平平她现在……"

"还是说案子吧！"罗东海摆摆手，他不愿别人提起罗平平，也不想躺在病床上的赵芳倩操心。

"哦！还记得红鲨吗？"赵芳倩明白罗东海的心情，转换了话题。

"红鲨！"罗东海脸色凝重地点点头，他不可能忘，那个自己曾经办过的最辉煌的案子，主犯红鲨却消失在人海中，这不得不说一直以来都是他心中的一大遗憾。

"你们找到他了？"

"差不多了，实际上我们那天之所以会出现，就是这个原因，我们在调查周大全。周大全和被你杀死的张乐川从小就认识，他们都是从一个叫作小白杨的孤儿院里出来的。"

"周大全？"罗东海一下子想起这次见面的地点就是当年击毙张乐川的地方，这个选择看上去寓意颇深、绝非偶然，这个地点很可能就是周大全选的。然而，他最终摇摇头，"他年纪太小，红鲨出现的时候，他那个年纪不可能统率一个贩毒集团；而且不光是太小了，那时候，他大学还没毕业，人还在几千里外的四川，所以他根本就不可能是红鲨。"

"你说得对！"赵芳倩定定地看着罗东海，"我也不认为他是红鲨，只是认为他和红鲨有些关联。其实真正的红鲨你应该想到了，是能联系他和张乐川的人，而且对他们都有一定的影响力，比如——孤儿院的张院长。不过调查之后，我们已经否定了,她很多条件都不符合。那么还有一个人——张若雨,她也是小白杨孤儿院出来的,年纪比周大全大不少,并且从来也没有证据证明红鲨一定是个男人,不是吗?我想你早该想到了吧,只是你不愿意相信而已。"

罗东海沉默了,他想到过,但不愿意往深处想,因为那个女子的身上看不到任何丑陋的东西,如果有,那也只能是过去的时光残留的污秽,时间会把那些东西慢慢地洗去……他不介意,他早已不是警察,但赵芳倩还是,而且远比以前他认识的那个赵芳倩更优秀……

赵芳倩看出罗东海神情中的落寞,低声道:"我也没有任何证据,但你和她走得有些近……我是提醒你要小心。"

罗东海点点头,转身离开了病房。

如今的情况对于赵芳倩而言算是个很好的结局吧!那个青年虽然年轻毛躁了一点,但是个正直勇敢的好警察,为了赵芳倩更是奋不顾身。罗东海走在医院的走廊上,心中泛起一种说不清的感觉,有些开心,有些如释重负,还有些隐约的伤感。

2

罗东海再次见到张若雨,是在她住的小区对面的一家茶馆,也就是两人上次一起喝茶的地方。见面的地点是张若雨选的,当罗东海提出要见她的时候,她迟疑了两秒钟便答应了,地点却没有选择自己的工作室。她似乎已经觉察到了什么,罗东海也不希望影响到那些跳舞的姑娘们,这个选择正好和他心中的想法一样。

张若雨来到茶馆的时候,已经是傍晚了,通常这个时候,白天的培训刚刚结束。她穿着一件米色的风衣,长发很随意地打了个结,脸上的笑容依然优雅,表情中却比往日多了一份凝重。

罗东海觉得张若雨已经知道他们接下来要谈的话题了。

两个人还像上次一样要了一壶绿茶,只是气氛却完全不一样了,简单地打过了招呼,接下来就沉默了。罗东海捧着有些烫手的茶杯,一时不知道从何说起。

"最近还好吗?"还是张若雨先打破了沉默。

罗东海苦笑了一下:"你知道我最近的事情吗?"

张若雨点点头,她没有否认。这个态度让罗东海有了信心,他沉声问道:"我关心的只是,我女儿罗平平现在在哪里?"

"我不知道。"张若雨的脸上带着一丝微笑。

这个回答在罗东海意料之中,他转而问道:"你就是红鲨?"

"红鲨?"张若雨反问道。

"对，毒枭红鲨！"

"你觉得我像毒枭？"张若雨脸上带着一丝调皮的笑容，"在你眼里，我不是一个看上去很柔弱，需要你暗中保护的女子吗？我怎么能统领一群毒贩？"

罗东海点点头，说道："是的，你可以，你的身上有一种力量，像水，看似柔弱，但一点点地侵蚀，最坚硬的岩石也会被击穿，所有人都会沉溺其中，最终为你所控制。"

张若雨苦笑道："我可从未想要控制任何人。"

罗东海也笑了笑："我知道，这就是你最可怕的地方。而且这些年来，没有任何人发现你的真实身份。"

"那是因为我早就远离了那一切，开始了自己的新生活。"

"可是生命中曾经有过的痕迹是永远洗不掉的。"

张若雨沉默地注视了罗东海片刻，叹了一口气轻声答道："是的，我就是红鲨！我和你不一样，我是一个罪人，永远都是。"

"为什么？"罗东海对张若雨的坦诚有些意外，同时也无法理解眼前这个云淡风轻的优雅女子是如何与贩毒联系在一起的。

"为什么？"张若雨的脸上露出一丝苦涩的笑意，"这是一个很久远的故事，如果你感兴趣的话……"

"我很感兴趣，这不像你的作为……"罗东海点点头。

"每个人都有过去，我想忘了它，可是……这不可能!"张若雨笑了笑，目光转向窗外辽远的天空。

二十年前的小白杨孤儿院，门上的牌子刚刚挂起。我是这里的第一个孩子，此时院里的工作人员也只有我妈妈一个人——不是亲妈妈，而是后来我们都叫"妈妈"的张桂芳阿姨，她既是院长，也是保育员、厨师。我是多年前她从一个落后的山区捡来的弃婴，没有姓名，于是她便让我跟她姓。妈妈说，捡到我的那一天，天上下着蒙蒙细雨，于是我便有了"若雨"这个名字。

那时候，妈妈还很年轻、很漂亮，之前做生意赚了很多钱，本来可以有非常好的人生，可是这时候，她却选择了与众不同的人生之路。或许因为她自己也是一个孤儿，早年饱尝艰辛，事业有成之后，她做的第一件事就是建立孤儿院，收养那些失去了亲人或是被遗弃的婴儿。

就这样，我看着她的孤儿院一步步地扩张，从她一个人发展到最多时有接近十个工作人员，孩子也越来越多，胖牛、小虎、美美……还有后来的乐川，还有阿全。对了，阿全和别人不一样，他不是孤儿，他父母死了，跟着亲戚一起生活，可是亲戚经常虐待他。妈妈知道后就要收养他，亲戚夫妻俩也巴不得把这个累赘赶走，很痛快地答应了。我们这些不知道自己身世的孤儿都跟着妈妈姓张，阿全本来也想和我们一样，但妈妈不同意，让他保留了自己原来的名字——周大全。

我是这些孩子里最大的一个，又是来得最早的，他们都把我当大姐姐，我不上学的时候也乐于帮助妈妈照顾这一大群弟弟妹妹们。

那段日子真好！

这些孩子里面，妈妈和我最喜欢的就是乐川和阿全。乐川从小就是最淘气的一个，或许，越淘气的孩子，越能引起大人的注意吧，不过他也是个勇敢的孩子，每当孤儿院其他的孩子被人欺负的时候，他总是第一个站出来。阿全和乐川完全不一样，他一直老老实实，闷闷的，不爱说话，却是最聪明的一个孩子，从上学的第一天开始，他的学习成绩一直是班级的第一。他们两个的性格完全不一样，不知为什么，却是非常好的朋友。

我们就这样一直平静地度过了很多年，我从舞蹈学院毕业后，回到了滨海市，一面从事我心爱的舞蹈事业，一面继续帮着妈妈照顾孤儿院。这个时候，早期的很多孩子已经长大离开了，他们大多数走上了工作岗位，分散在全国各地，也有的人考上了大学，阿全就是其中最优秀的一个。

这些年来，孤儿院的孩子并没有减少，但妈妈已经没有了年轻时的活力，由于常年把精力放到了孤儿院，她的生意已经逐渐走下坡路，后来慢慢走向了破产。这个时候，如果她抽身退出，凭着往日的积蓄，还能安度晚年，可是她不忍心放弃经营多年的孤儿院和院里的孩子，于是她想方设法在社会上募集资金，我自然也会尽最大的努力帮她。

在一次宴会上，我认识了一个来自东南亚的巨富江少陵，他热烈地追求我，还很年轻的我很快就沦陷了，我嫁给了他。

不，说不上什么后悔，因为他对我一直很好，也给了妈妈的孤儿院很大的帮助，唯一后悔的是我把当时一直找不到合适工作的乐川介绍进了江少陵的公司里。

我毁了乐川，我不知道当时他们所谓的生意其实就是贩毒。乐川人机灵，胆子又大，本来做什么都不踏实的他却在这个行当展现出惊人的天分，很快成了江少陵的左膀右臂，等我知道真相，让他退出的时候，他死活也不肯答应了。

我没有办法改变，只好认命。这样过了两年，江少陵在泰国被仇家杀死了，他的手下群龙无首，开始内讧，接连死了好几个人。我不得已出面平息事态，在乐川的帮助下，重新整合了所有的人脉，于是我成了大毒贩红鲨。

那段日子真是荒唐！

一切恢复平静之后，我准备退出，这时候忽然发生了另一件意外的事——孤儿院的土地出了一些问题，面临着两个选择：补偿一笔巨资，或者被强拆。妈妈根本无力负担，着急之下生病住进了医院。

为了钱，我第一次真正心甘情愿地做起了红鲨。孤儿院的危机很快解除了，但我沉溺其中，我以为自己救了人，其实同时却害死了很多人。那时候我很天真，以为那些吸毒者是自甘堕落，而且我都是把毒品运到国外销售。我这样安慰自己，让自己心安理得。

直到有一天，我目睹了吸毒者家破人亡的惨状，那远比道听途说更能震撼人的心灵。

终于，我下定决心离开这个行当，用我的余生做一些对社会有益的事情，弥补我的罪恶。

我的离开并没有对集团产生太大的影响，因为我一直在幕后，知道红鲨真面目的只有极少数的核心人物，真正出面做事的一直是乐川。我也希望他能退出，但已经不可能了，他不可能再过上平常人的生活了，直到他死的那一天都没有。

阿全和毒贩之间没有什么关联，他只是认识我们而已，他的事情我都知道，从小他就是一个很听话的孩子，从不对我隐瞒什么，海王星集团的事完全是另外一件事。这件事情一开始我也不知道，最初我还是从在我这里学跳舞的罗平平身上发现了端倪，她身上的很多地方不像一个出身富豪家庭的姑娘该有的。我问了阿全，他开始不肯说，最后还是告诉了我，不过等我完全了解到真相的时候，孙建华也已经被取而代之了，所有的事情都已经无法挽回了。

我很矛盾，不过我最终还是选择了沉默，我无法去伤害阿全，还有一直很喜欢我的平平。

后来，你开始介入这件事情，他们都慌了，没有人知道你查到了多少真相，在如何对付你的问题上面，他们起了争执。最终，在罗平平和阿全的一再坚持下，他们打消了杀害你的念头。阿全给患病将死的刘茂昌那笔钱，帮助照顾他病重的母亲，都是希望刘茂昌的死能够让你陷入困境。至于如何做到的——这应该是阿全的主意——我也不知道，他喜欢读推理小说，脑袋里总有些奇奇怪怪的想法，从小就是这样。

你从白沙岬回来的时候，他们都震惊了，我没有见过你，但我知道刘茂昌这个人，加上他们震惊的表情，我当时就完全明白了。我和你接近，当然包含了保护他们的意思，同时也不希望他们伤害了你，至于有没有其他的想法，其实现在已经不重要了。

那天你犹豫不决来问我的时候，其实我的心中也很矛盾,我不能告诉你真相,虽然我爱他们,然而让阿全和平平如此沉沦下去也不是办法,我说出了我内心的真实感受,让你自己做出选择,今天的一切并不出乎我的意料。

"我女儿罗平平在哪里?"罗东海又一次问道。

"她和阿全在一起,你完全不用担心,阿全不可能伤害她,我了解他。"张若雨脸上带着笑容。

"那么阿全现在在哪里?"

张若雨摇摇头:"出事之后,他没再联系过我,不过我想我是知道的,可是我不告诉你。我已经毁了乐川,无论如何我也不能亲手毁了阿全,他们都是我的家人。"她的嘴角露出一丝狡黠的笑容,仿佛一个向恋人撒娇的少女,随后她缓缓地倒在了沙发上。

罗东海一惊,猛地上前一步扶住正在滑落的张若雨:"你怎么了?"

张若雨惨笑道:"平平一直很喜欢我,我也喜欢她,她一直说要认我做妈妈,可是我不配……我对不起她!"

"我送你去医院!"罗东海大声道。

"来不及了!"张若雨叹息着说道,随后闭上了眼睛。

3

等医生和警方先后赶到的时候,张若雨早已没有任何生命体征了。从她的手包里找到了一封她手写的信，她在信中承认了自己多年前曾经组织贩毒的事实，并提出要自杀赎罪，信中的内容大致与她告诉罗东海的差不多，但并没有提到罗平平相关的事情。

罗东海被警方简单问讯了几句，就放回家了，只是线索也一下子断了。

一个星期之后，焦虑中的罗东海忽然接到了赵芳倩的电话，她现在已经出院了，并且继续负责这个案件。她说已经有了新的线索，让罗东海等她，她马上就到。

大约十分钟后，一辆警车呼啸着来到罗东海家楼下，早已等在路旁的罗东海急忙上了车。上车之后，他发现除了赵芳倩和李青山之外，车上还有几个全副武装的警察。

"看来发现逃犯的踪迹了！"罗东海熟悉警方办事的套路。

"是的，不过是刘博学！"赵芳倩答道。

"也好！"罗东海点点头，虽然找到的人不是预期的周大全，但他们有可能在一起，就算不是，逃走的两人发现一个，就有可能找到另一个的线索。

"他在哪里？怎么找到的？"罗东海问道。

"刘博学准备偷渡，结果整个团伙被举报了！组织者都被抓住了，没想到一审问，发现准备偷渡的人里面还有他，这次我们去单独对付他！"

汽车大约行驶了半个小时，就来到了目的地。这里是邻近海边的一个小渔村，车上的警察迅速包围了一个看上去很普通的小院儿，只用了两分钟的时间，两个警察就把打扮得像农民工一样的刘博学押了出来。

"我有什么罪？你们凭什么抓我？"刘博学挣扎着，一路尖叫。

"你涉嫌杀人，杀死了孙建华和他的女儿孙雅欣！"赵芳倩答道。

刘博学猛然抬头，看到了站在汽车旁的赵芳倩和她身边的罗东海，他的腿一下子软了，跪在地下带着哭腔喊道："没有！我没杀人！一个也没杀！"

警察把他拖起来，要把他扭送上警车，走到警车门口，他突然回头大喊道："警察同志，我坦白，我要立功赎罪，孙建华没有死！是我救了他啊！"

"什么！"在场的人一下子都愣住了。

"等一等！"赵芳倩喊道。

"真的！真的！"刘博学看到这情况，急忙道，"如果政府不追究我，我带你们去救他！否则我不说，你们不可能找到他的。"

"都这时候了，你还想跟警察谈条件？"李青山冷冷地说。

刘博学低着头，沉默不语。

罗东海脑袋里面忽然灵光闪现，大声道："你不说我也知道！"

"啊，那……那我还是说吧。"刘博学瞅了罗东海一眼，心虚地说道。

罗东海带着警察和刘博学驾车来到了白沙岬的医院，他一路来到了那个神秘的不让人靠近的院子。

"是不是这里？"

刘博学擦了擦额头上的冷汗，说道："你果然早就发觉了。"

看着赵芳倩和李青山一脸钦佩的样子，罗东海无奈地摇摇头："我没有那么厉害，我到了这个门口，也感觉到这里很不寻常，但并没有深究，那时候我离找到真相只有一步之遥，却从此错过了。"

一行人在刘博学的引领下，进入了这个看似普通的小院儿，院子里那间孤零零的房子里面，有一条通向地下的暗道。心情急迫的罗东海第一个跳了下去，走过一条窄窄的走廊，眼前是一扇锈迹斑斑的铁栅栏门，上面挂着一个老式的大号铜锁，从栅栏处透出微弱的灯光。刘博学掏出一把大号钥匙打开了锁，罗东海急忙冲进去，借着昏暗的灯光，他看到了一个熟悉的身影。

"平平!"罗东海的声音有些颤抖。

坐在墙脚的少女缓缓地转过头,是罗平平!

"爸爸!"罗平平轻声叫道,随即身子一歪,倒在了地上。

警察把虚弱的罗平平和关在里间的一个奄奄一息的满脸长胡须的中年男人带了出去,后者看相貌可以肯定是孙建华。两个人都很虚弱,不过看起来没有大碍,据罗平平说,他们只是几天没有吃饭了。

在医院里休养了两天之后,罗平平和那个中年男子——也就是真正的孙建华,都恢复了正常。罗平平是前些日子在周大全胁迫下来到了这里的,而孙建华已经不记得自己在这里待了多久了,囚禁他、照顾他的都是刘博学。他只记得自己到医院里来做个检查,不知怎么就失去了意识,醒来之后就被囚禁在这里了。

警方第一时间就对刘博学展开了审问,刘博学的心理早已崩溃,对他知道的一切都竹筒倒豆子一般爽快地说了出来。据他所说,在这件事情里,他一直是被胁迫的,真正的策划者是孙建华的助理周大全和保镖阿强这两个孙建华最亲信的人。阿强等人的想法是杀死孙建华,然后由医院想办法处理尸体。刘博学是一个救死扶伤的医生,心中不愿意干杀人害命的事情，于是在给孙建华注射药物时做了手脚，瞒过了阿强等人，留下了孙建华的性命。说是这么说，不过看起来怎么都像刘博学担心有一天事情败露，自己先留下了后路。孙建华没有死的事情，周大全后来知道了，但没有说出去，阿强还一直被蒙在鼓里。

至于这一切事情的起因，是孙建华安排刘博学负责给自己的女儿孙雅欣整容，周大全和阿强负责照顾保护她，他自己去了欧洲谈一个大项目，不料骄纵的孙雅欣死在了医院里。周大全、阿强和刘博学都陷入了极度的不安。他们知道孙建华有多疼爱这个女儿，所以他们担心后果不仅仅是失去眼前的工作那么简单。情急之下，周大全找来了外貌与孙雅欣有些相似的罗平平，整容之后罗平平就去了美国，短时间内瞒过了孙建华，然而终究不可能永远瞒下去。

心狠手辣的阿强，找到了他的远亲老杨——他是一个镇中学的英语教师，生活贫苦，四十岁还是单身，外貌身材与孙建华有些相似。于是刘博学给他进行了几次整容，并由周大全和阿强对他的言行举止进行了训练，几个月之后，老杨取代了孙建华。此前，他们已经想办法把孙建华身边熟悉他的人都逐步清理了，同时宣布因身体的原因，公司的主要日常工作都交给周大全主理。

这样平静地度过了一段日子，他们以为万事大吉了，没想到后来却被不甘心被抛弃的陆蜜儿,和想寻找女儿的罗东海搅得天翻地覆。

自从再一次找到了女儿,罗东海就一直守在医院,一步也不离开,仿佛一转身,女儿又会不翼而飞一样。

罗平平年纪轻,被囚禁的时间也短,在医院休养了三四天,就已经好了大半了。脸色恢复了往日的红润,也可以下床走路了。

罗平平嫌医院里闷,早想离开了,不过罗东海还是不放心,老老实实按照医生的嘱咐,要她继续住院休养。

这天上午,父女两人正围绕着出不出院争辩不休,房门一响,护士带着赵芳倩走了进来。

赵芳倩摸摸罗平平的脑袋,低声道:"平平,你别怕,你会没事的。虽然你做错了事情,但你始终没有大的罪行,好好安心养病,我这次来找你,只希望你能帮助我们,找到在逃的周大全。"

罗东海立刻明白了赵芳倩此来的目的,抓捕逃犯,根本不需要病床上的罗平平,然而这却是罗平平立功赎罪的好机会,可能也是最后的机会了。

他赶忙对女儿说道:"好好想一想他在哪里,尽可能给警察提供帮助。"

罗平平默默地点了点头，却没有说话。

赵芳倩转头对罗东海道："我想和平平单独聊聊，你出去一下。"

罗东海愣了一下，有些不满地说道："我是她爸爸，有什么不能说的?!"虽然嘴上这么说，他还是站了起来，"算了，我去抽支烟，这一阵子可憋坏我了。"

等罗东海在外面转了一阵子回来，他在走廊上遇到了向外走的赵芳倩，急忙上前问道："怎么样？"

赵芳倩笑了笑："都和我说了，要是能根据线索找到周大全就好了。"

罗东海连连点头："是的。谢谢你！芳倩，这件事从头到尾多亏了你。"

"没什么！"赵芳倩一脸平静地说。

4

根据罗平平所说，周大全根本不可能逃出法网，他或许会回到自己小时候生活过的地方过一段平静的日子。结果警察真的在小白杨孤儿院旧址不远处的一个小院里找到了周大全。

周大全看到警察，一脸平静，没有逃跑也没有反抗，安静地戴上手铐，上了警车。

主持审讯工作的是赵芳倩和李青山，虽然赵芳倩的伤还没有完全好，不过抓到了她一直在追查的案件的主犯，她还是带着伤来了。

"想听我说什么？贩毒的事还是海王星集团的案子？"周大全的脸上带着一丝轻蔑的笑容。

"哦，你还有贩毒的事吗？"赵芳倩故作好奇地问道。

"看来我说得有点多，不过我想我也活不下去了，说了也就说了吧。红鲨，知道吧？那就是我。"周大全一脸冷静地说道。

"你不用说了，我们已经知道张若雨才是红鲨了！"李青山冷冷地说道。

"什么？！她……她承认了？我……我要见她！见了她我什么都会说。"周大全好像一下子变成了另一个人，歇斯底里地大声叫着。

"晚了，她已经死了！"赵芳倩怜悯地看着他。

周大全怔住了，一瞬间他崩溃了，捂着脑袋放声痛哭起来。

赵芳倩和李青山也大感意外，两人默默地看着眼前哭得像个孩子一样的周大全，等他平静下来。

过了好一阵子，周大全慢慢停止了号哭，赵芳倩正准备问话，不料他猛地站起身来，向窗户处冲去。他扑到窗前，拉开了窗户，看见粗大的铁栅栏一下子愣住了，回过头，李青山站在他的身后，叹了一口气："你也太小瞧警察了，这要是让你跳下去死了怎么行。"

周大全发出一阵怪笑，吐出一口鲜血，随后脑袋一晕，倒在了地下。

再次醒来的时候，周大全发现自己躺在一个狭小的屋子里，屋子里很暗，只有对面有一个不大的窗户透过来几丝阳光。他动了一下身体，发现自己被铐在床头，身体倒没有什么不适，只是心中却传来一阵阵抽搐般的疼痛。

他转动了一下脑袋，黑暗的屋子里空空荡荡的，只有对面的窗户处是一小方碧蓝如洗的天空，明净而辽远，这情景看上去那么的熟悉……

5

周大全站在狭小的窗前，呆呆地仰望着远方的天空，那碧蓝的天空真美啊！似乎这样看着，浑身的痛楚都会轻一些，肚子里的饥饿也会轻一些。

因为偷偷尝了给弟弟的煎鸡蛋，他被婶子用一根干柴抽了一顿，连早饭也没有吃上，就被赶回自己的小屋里。

他讨厌那个长着马脸的女人，真丑！跟妈妈比简直是天上地下！然而，他没有妈妈了……很小的时候，他做矿工的父亲就因为一次矿难去世了，他完全记不得父亲的模样，只和妈妈一起生活。年幼的他也不觉得这生活有什么不好，可有一天妈妈也离开了，据说是得了一种很厉害的病，但妈妈没有钱去治……

再往后，他就跟着那个沉默寡言的黑脸男人到了这个山村的家中，据说黑脸男人是他的叔叔。那个马脸女人从他一进门就看他不顺眼，找种种借口打他、骂他，一开始，他的叔叔还会劝上两句，后来渐渐习惯了，也就视而不见了。

周大全恨死那个马脸女人了，可是年幼的他也知道，他回不到妈妈身边了，离开这里，他不知该去哪儿。

一阵奇特的香气忽然从狭小的窗口飘进来，传入了鼻端，周大全用力抽了抽鼻子，香气里似乎还有一种甜丝丝的味道，这是什么？他仔细想了想，他的记忆里没有这样的东西，而肚子却"咕噜咕噜"地叫了起来。

这香气仿佛是来自另一个世界的引诱，耐不住诱惑的周大全推开小屋的柴门，慢慢地走了出去。

外面阳光灿烂。

阳光下站着一个十多岁的少女，比周大全高了一头，穿着一件红色的连衣裙，脚上是一双雪白的球鞋，乌黑的头发扎成一根长长的马尾辫。

少女听到门响,回过了头,她的眼睛又大又亮,皮肤雪白,比村子里所有的姑娘都好看。他从没见到过这么好看的少女,不由得呆了。那少女发现周大全正盯着她看,就朝他做了个鬼脸,随后自己忍不住笑了,周大全记得她的笑容比那天的阳光还要灿烂!

周大全脸一红,不由得有些自惭形秽,慌忙转移了视线,一低头却发现少女的手上拿着一个黑黑圆圆的东西,上面被咬出了一个月牙,那香甜的气息似乎就是从那里发出的。

周大全的肚子又不争气地叫起来,口水也止不住流了下来。那少女"咯咯"地笑了起来,走上前,把那黑黑圆圆的东西掰成了两半,把没有咬过的一半递了过来:"小弟弟,给你一半!"

周大全惶恐地摇摇头,后退了一步。那少女却又上前了一步,把那黑色的东西塞进了他的手里,说道:"巧克力面包!很好吃的!"

周大全接过巧克力面包轻轻咬了一口,真好吃啊!他的眼泪一下子流了下来。

"啊!你受伤了!"少女忽然注意到周大全身上的伤痕,接着大声喊了起来,"妈妈,妈妈!"

"什么事啊?"一个圆脸的中年女子走了过来,她身材略胖，算不上很漂亮，但慈眉善目，看着让人很舒心。

"你看啊！这个小孩身上好多伤！"少女指着周大全说道。

"这是谁的孩子？"圆脸女子一边审视着周大全身上的伤，一边问。

"老周家的，也不是他的娃，他哥哥的。这孩子命苦，父母都不在了，跟着叔叔过，偏偏婶子人刻薄得很！"说话的男人周大全见过几次，好像是村子里的什么干部，叔叔和马脸女人都有些怕他！

"那也不能这样打孩子！"

"也不能全怪他婶子，山里人日子紧巴，一下子凭空多了一张嘴，谁愿意养着他！"

"可惜了，这么好看的一个孩子，被折腾成这样！"圆脸女人说道，"要是他们嫌拖累，我来养好了！"

"好看的孩子"？这是说谁？周大全一阵迷惑，小时候好像听妈妈这样说过他，不过这两年，那个马脸女人只是说他是"猪""丑八怪"，"看着就让人恶心"，等等。他隐约觉得是说自己，他希望这是真的。

他看见村干部和那圆脸女人与马脸女人谈了一会儿，马脸女人欢天喜地地接过圆脸女人给的一沓钞票，塞进了口袋。

马脸女人把周大全自己的旧衣服包了一包给他带上，周大全看到她的脸上第一次露出了笑容。

那圆脸女人翻了一下包袱，里面都是些破旧不堪的衣物，随手放下了，说道："这个不要了！"

"跟我走吧，我带你去一个好地方。有好吃的，有小朋友和你玩儿，过些日子还要送你去上学。"圆脸女人摸着周大全的脑袋说，"对了，我姓张，叫我张阿姨好了，你也可以跟着他们叫我妈妈。"

周大全点点头，没有说话，默默地跟着她们走了，没有再回头看一眼。

张阿姨和漂亮姐姐带着周大全走了几里山路，山下的路边停着一辆黑色的汽车，三个人一起上了汽车。这是周大全第二次坐汽车，上一次是叔叔把他从家里带到了这里时，坐过一辆老旧的大客车。

车上有一个黑胖的司机，一直在等着。等他们上了车，便发动了汽车。

"妈妈，这块地方你看好了吗？"少女问道。

"地方虽然没有看好，不过也没白来，又让你多了一个弟弟！"张阿姨笑眯眯地说，看上去很开心。

"我叫张若雨，是你的姐姐哦！"少女欢快地自我介绍。

"我……我叫周大全。"周大全怯生生地说。

"哦,我们都跟着张妈妈姓张啊!"张若雨说道。

"嗯,那我也改姓张好了。"周大全摸摸脑袋,他对此无所谓。

"不,不要改。"张阿姨很认真地说,"他和你们不一样,你们不知道自己的爸爸妈妈是谁,他可是有自己的爸爸妈妈的!你就叫周大全好了。"

周大全点点头,其实他很想说,我也想和姐姐一样,却没有说出来,他不太习惯和别人说话,说话的时候会紧张——除了这个叫张若雨的姐姐。

很快周大全有了自己的新家,在这里有许多和他差不多大小的孩子,还有新衣服和干净的床,每天也都能吃饱,还能吃到鱼和肉。

照顾他们生活的是两个中年妇女,张若雨和张阿姨也时常来帮忙。

周大全很快也上了学,可是他比别人晚到了几个月,少学了很多东西,于是张若雨每天晚上帮他补习功课。

"要努力哦,否则可对不起姐姐。"张若雨开玩笑一样对他这样说,可是周大全却一下子记在了心里——我一定努力,我要拿到全班第一给姐姐看。

后来周大全真的做到了。

周大全上二年级的时候,孤儿院里又多了一个孩子,他叫张乐川，名字也是张阿姨给起的。张乐川比周大全大了接近一岁，和周大全在一个班里上课。

张乐川的性情活泼，很讨人喜欢，长得也比同龄的孩子高大一些，力气也大。很快，这个来得晚的家伙成了班上和孤儿院里的孩子王，不过他不爱学习。

"帮我把作业一块写了。"有一天，玩得上瘾的张乐川把自己的作业本扔给了周大全，周大全想要拒绝，不过看了看对方脸上那凶狠的表情和粗壮的胳膊，他没有敢说话。于是从此以后，他每天都要做两份作业。

爱捣蛋的张乐川时不时被妈妈打、被姐姐骂，然而他并没有因此有所收敛，也没有因此失去妈妈和姐姐的爱，周大全感到有些愤愤不平。

每天帮张乐川写作业，并没有提高周大全在孤儿院里的地位，在这个小团体里，性格孤僻的他是比较孤独的，张乐川也瞧不起他——张乐川觉得爱学习的孩子都是胆小鬼。

周大全曾经也想把张乐川欺负他的事情告诉妈妈或者是姐姐，可是后来还是放弃了，妈妈最多把张乐川揍一顿，那又能怎样？张乐川会十倍百倍地揍他，还会指使学校和孤儿院的孩子们一起收拾他。

无论如何，这样的日子比以前好多了，能吃饱，可以上学，有干净的床铺，还有……姐姐！

这样平静的日子一直持续到了他上初一的那一年夏天。

一个燥热的夜晚，睡不着的周大全到河边转了一圈，回来迎面遇到了孤儿院的两个孩子，两个人捂着嘴，一边笑一边快步离开了院子。

周大全看着他们的神情，很是奇怪，不知道发生了什么。周大全继续往前走，看到了张乐川，他正趴在一个窗户前，脸上带着诡异的笑容。

看到走过来的周大全，他把手指放在唇边做了个别出声的手势，随后拉过周大全笑眯眯地小声说："看在你总帮我写作业的面子上，便宜你了，让你也来看看！"

周大全疑惑地走过去，从墙壁上的一个窟窿朝里望去。

里面昏暗的灯光下，一个浑身赤裸的少女正在淋浴，乌黑的秀发遮掩了她的面孔，雪白而凹凸有致的胴体散发着青春的气息，女性所有的隐秘在一瞬间都展现在他的眼前。

啊！周大全惊呆了，只觉得全身的血液都涌到了头顶，体内仿佛有一个潜藏的野兽正在慢慢苏醒。

那少女仰起头，长长的秀发散落在背后，露出一张完美无瑕的脸，是张若雨。

猛然间，羞愧和恼怒涌上了周大全的心头，他痛恨亵渎了他最敬爱的姐姐的张乐川，更痛恨自己刚刚的行为。

周大全回过头，面前正是张乐川那张猥琐的面孔，一瞬间，怒火烧尽了周大全所有的理性和胆怯，他挥起拳头狠狠地打在张乐川的脸上。

"啊！"张乐川捂着脸倒退了好几步，他没想到一直懦弱无能的周大全竟然敢对他挥拳，更不明白周大全为什么要对他挥拳。不过只是几秒钟的愣神，他迅速反应过来，闪过了张牙舞爪的周大全的再次攻击，一拳打在了对方的肚子上。

挨了揍的周大全毫不畏惧，发疯似的和张乐川对打，不过张乐川本来就比他高大强壮，加上久经"沙场"，几个回合下来，就成了张乐川单方面对他的殴打。

周大全被打倒在地，张乐川骑在了他身上，他奋力挣扎，却无法起身。张乐川的拳头雨点般落下，口中还问道："小兔崽子，竟然敢打我，你服不服？"

周大全无力抵抗，口中却绝不服软，咬牙道："不服！不服！"恼羞成怒的张乐川的拳头更加有力地落到了他的身上。

周大全开始觉得意识有些模糊，正在此时，忽然听到有人喝道："住手！"随后身上一轻，张乐川被拉走了。周大全晃晃悠悠爬起来，只见来的人是厨师胖叔，他一张大圆脸涨得通红，怒气冲冲地喝道："小混蛋，为什么打架？是不是吃饱了撑的。"

周大全和张乐川打架的时候，两人一直没有发出太大的声音，胖叔这一嗓子却惊动了几乎所有的人。张若雨率先跑了出来，身上穿着一件松散的白袍，湿漉漉的头发散落着，紧接着张妈妈也出来了。

"为什么打架？"张妈妈平时很慈祥，但遇到孩子们做错了事情十分严厉。

"是他先动手的！"张乐川嘟囔了一句，他现在依然不明白为什么。

"你说，是不是他又欺负你了？"张妈妈还是很了解这些孩子的，轻声问周大全。

"没有！"周大全说道。

"那为什么？"张妈妈有些意外。

周大全和张乐川互相瞅了一眼，都没有说话。

"你们……"张妈妈气得发抖，她没想到一直老实听话的周大全会这样，"不说就站在这里想，想清楚了再回去睡觉！"说完转身回了自己的房间。

周大全和张乐川隔了五六米站在原地，其他人早都回去休息了。也不知过了多久，张若雨走了出来，对两个人说道："妈妈的气消了，让你们回去睡觉呢！"两人答应一声各自往回走。

张若雨叫住了周大全，取出一盒药膏，用手指蘸了，轻轻在他脸上涂抹，一边抹，一边低声说："看你被打的，你明明打不过人家为什么还要和人家打？真傻啊！下次不要了啊！"

下一次……我还会的！周大全暗想。

回到屋里，周大全几乎一夜没能入睡，不是因为身上的伤痛，而是因为那从窟窿里偷窥到的一幕反复出现在脑海里……

第二天放学后，周大全被张乐川带着几个人堵在了路上。这几个人都是张乐川在学校里的小兄弟，平时就称王称霸，人人都躲着他们，以前周大全是一个都不敢惹。不过这一次他却平静得很，反正一个张乐川要对付他已经绰绰有余了，再多些人也是一样的。

几个人围住了周大全，张乐川晃晃悠悠地走过来，伸手按住周大全的肩膀："敢对我动手！"周大全知道躲不过，一动不动地看着张乐川。

"有胆量！"张乐川冷笑道，"挨罚也不告我的状，也有义气！像个男人的样子！想不到我以前竟然小看了你。"他回过头来对着一帮弟兄说道，"这家伙以后就是咱们自己人了，都不准欺负他了！"

后面跟着的几个人连声说好，纷纷热情地过来和周大全打招呼。

那天以后，周大全有了一个朋友，也是他仅有的朋友——张乐川。张乐川真的把周大全当朋友，他对朋友一直不错，周大全代写作业的任务免了，张乐川把它交给了班上学习第二好的男生，一个戴眼镜的小胖子。那些还想欺负周大全的孩子都被他教训了一番。此外，张乐川还会把不知哪里来的零食和香烟分给周大全，不过周大全没有抽过烟，而是悄悄扔了，他怕老师知道，更怕妈妈和姐姐知道。

初中毕业的时候，周大全考进了全市最好的第一中学，这时候，张若雨已经进了北京的舞蹈学院，而张乐川自然什么学校也没考上，开始了打工生涯。

周大全开始住校，和孤儿院的人不能常常见面了。再见张乐川时是两个月后的一个周末，张乐川到学校来找他玩，骑着一辆崭新的大摩托车，车后载着一个浓妆艳抹的少女，看眉眼隐约和张若雨有几分相似。

在周大全高考的那一年，他一直惦念着的姐姐张若雨毕业回来了，然而周大全开心了没有多久，姐姐就有了男朋友。那个男人的相貌很平常，年纪也大，但非常有钱，出入都是开豪车，对姐姐又非常好，姐姐和他在一起的时候，看上去很开心，周大全的心却碎了。

"要努力哦，否则可对不起姐姐。"张若雨当年无意中的一句话，周大全却一直牢牢地记在心里，成为他一直以来努力的动力,如今却是心中的一个隐痛。

成绩一直很好的他落到了中游,最终只考到了四川一个普通的学校,周大全并不觉得难过,他可以从此远远地离开这个城市,再也不用回来。

上大学的第二年,姐姐邀请周大全回来参加自己的婚礼,他找了个借口没有回去,他以为自己会永远留在四川那个遥远的城市里,再也不回去了。可是临近毕业的某一天,张乐川打电话告诉他,姐姐的丈夫死了,他一下子震惊了,说不出是开心还是难过。只是毕业后,他毫不犹豫地回到了故乡。

张乐川这几年一直跟着姐姐干,周大全回去以后也想加入他们,跟张乐川干,但姐姐毫不犹豫地拒绝了他。

周大全带着满腔的郁闷进入了海王星集团。"我要成为一个大富豪。"他对自己这样说,"一定要!"

几年之后,他没有如愿成为一个大富豪,却也成绩斐然,年纪轻轻的他已经成了海王星集团总裁的助理。

一个偶然的机会,他认识了罗平平,一次去集团下属的酒店吃饭,站在前台的罗平平一下子就吸引了周大全的目光,那眉眼、那神情和自己刻在心中的那个少女的形象颇有几分相似。他一下子惊呆了,他确信这是上天给他的礼物,一定是的!他开始接近这个少女,很快,年轻单纯的罗平平就被成熟、帅气又事业有成的周大全所吸引。

不久之后，罗平平被自己的父亲拉回了学校，重新开始补习，但两个人的联系却并没有因此而中断。

如果没有那件事的发生，周大全可能会有一个平静而美好的人生。

"出事了！出事了！"刘博学慌慌张张地赶来，把周大全和阿强都吓了一跳。

三人急忙赶到了孙雅欣所在的特护病房，只见她正发疯般地摔东西，两人不知所以，拉住了孙雅欣。

"给我找来，快！快一点！"孙雅欣发出一阵痛苦而压抑的尖叫。

"什么?!"周大全和阿强都吃了一惊，"不行，你爸爸知道会杀了我们的。"

"哈哈，不行是吗?"孙雅欣一把扯开了自己的衣服，她雪白的肌肤上已经被抓出了一道道的血痕，"我就说你们两个要轮奸我，这都是你们做的，这样你们会不会死？还有你，你们三个……"

"想想办法吧。给她搞些来！"阿强转头对刘博学说道。

"我哪有啊！她要冰毒，我可造不出来。"刘博学急忙解释道。

"造不出，你们就去死！"孙雅欣号叫着随手抓起东西扔过来。

三人纷纷躲避，周大全躲得慢了，被一个飞来的杯子打在了额头上，顿时肿起一个大疙瘩。

"那就不要怪别人了！"周大全暗道，他知道这个魔女可是说到做到，于是他想到了张乐川。

对于张乐川而言，这是一件小事，小到根本不值得他亲自去处理。于是滨海市当地的一个混混成了给孙雅欣提供毒品的人，这个人就是刘茂昌。

不久后，张乐川死了，然而刘茂昌依旧给孙雅欣提供毒品。孙雅欣后来也出了事，换成了罗平平，但为了不露马脚，周大全还时不时从刘茂昌那里拿些毒品，这些毒品后来都被他随手扔进了海里，但两个人一直保持着联系。

整容手术不久后，孙雅欣死在刘博学医院豪华单间的浴缸里，原因是心脏病发作。至于为什么会心脏病发作，那一天所有的人各执一词，周大全怀疑是刘博学使用的药物有问题；刘博学则认为是受到了酒精的刺激，因为房间里有半瓶威士忌，这是阿强偷偷给她送来的，刘博学他早说过恢复期不能喝酒；阿强则说，如果是受到刺激，那么毒品比酒精刺激多了，为什么不是周大全的责任？

争论了许久，他们渐渐明白了，无论病因是什么，他们三个——负责照顾孙雅欣的周大全、负责安全的阿强、医院的院长刘博学，谁都逃不了责任。这一阵子，忙于一个大项目的孙建华一直在欧洲，等他回来发现爱如至宝的女儿死了，谁也不知道等待他们三个的将会是什么。

怎么办？怎么办？三人正抓狂的时候，周大全忽然想起了罗平平。

自从张乐川死了以后，两人已经有一段日子没有见面了，周大全内心很矛盾，依旧喜欢罗平平，却无法面对一个杀死自己最好的兄弟的人的女儿。此时，他忽然有了一个绝妙的主意，既能摆脱目前的困境，同时还能报复杀死自己兄弟的罗东海，最重要的是这可以让自己成为一直想要成为的人。

巨额的财富不一直是他所追求的吗？

于是罗平平变成了孙雅欣。等孙建华回来时，罗平平已经回了美国，名义上是继续留学——孙雅欣被开除的消息一直瞒着父亲。距离的遥远，让罗平平暂时瞒过了孙建华。然而以后呢？

让罗平平这个假孙雅欣在美国失踪怎么样？刘博学提出了自己的看法。

"那还不如让孙建华失踪。"周大全提出了自己酝酿已久的想法。面对海王星集团巨额的财富，他疯了！

震惊之余，阿强和刘博学都点了点头，孙建华对于这三个人都是有知遇之恩的，但面对巨大利益诱惑的时候，他们一起选择了忘记。

能取代孙建华的人很快找到了——阿强的一个远房亲戚老杨，他是一个乡村英语教师，年龄、身材都和孙建华相近，而且是独身，对财富有着和他们一样的渴望。

孙建华被囚禁了，而做出这一切的，正是他最熟悉的四个人：他的助理，他的得力下属，他的司机兼保镖，还有一个他以为是自己女儿的人。而其他和孙建华比较熟悉的人，都被周大全以老板的名义逐步清理了——孙建华交际范围很窄，这方面并没有太大的困难。然而没想到的是，一个必须清理的人——孙建华的情人陆蜜儿，却不依不饶，给他们造成了巨大的麻烦。他们本来想让刘茂昌给她个教训，不料却引来了更麻烦的罗东海……

终于，事态发展到了不可收拾的地步，结束这一切的是在废弃厂房里的那场枪战。

被警察击中之后，周大全倒在地下，胸口的剧痛让他以为自己要死了。对面的警察大概也这么以为，没有上前查看，急匆匆地离开了，向枪声还在响起的地方跑去。

周大全从地上爬起，胸部的剧痛略有缓解，他从怀中取出一块破碎的金怀表，一发子弹把它打变了形，这却救了他的命，或许胸骨已经骨折了，但至少还活着。这块表是他的好兄弟张乐川五年前送他的生日礼物——一块很贵重的古董表。那一年他刚刚毕业，进入了海王星集团。

从厂房中仓皇逃出后，周大全知道一切已经不可挽回了，他的好日子到了头。走过那辆闪着红灯的警车时，一瞥之间，他看到了车上那张熟悉的面孔，上面写满了惶恐，他的心忽然抽搐了一下。

周大全挥着手枪上了汽车。

"你要杀了我吗？"罗平平不安地问道。

"开车！"周大全冷冷地说道。

6

小的时候，罗平平一直对自己的家充满了自豪感，和小朋友玩的时候，她可以骄傲地宣称"我爸爸是警察"。在孩子们幼小的心灵中，警察是一个无比荣耀的职业，是可以拯救人类的超级英雄。她还有一个漂亮的妈妈，比所有小朋友的妈妈都漂亮。

后来，罗平平上学了，她的成绩不算好，也没有那么差。每天，她无忧无虑地去上学，然后回到那个很小却很温暖的小窝，享受妈妈为她准备好的晚餐。

一直以来，她以为这就是她喜欢的幸福人生。

然而渐渐长大的罗平平却不这么认为了，在那些生活奢侈的同龄人面前，她变得有些自卑，妈妈的患病让生活更加贫困。她开始有些失望。

那一次，爸爸讲述那惊心动魄的事迹，他的脸上满是自豪。妈妈听着，苍白的脸上也有了一丝血色，仿佛面对的是一个她无比崇拜的偶像！

可是在罗平平的心中，那一瞬间，爸爸的形象一下子改变了。是的！爸爸还是她小时候心中的那个充满正义感的英雄！可是，看看病得奄奄一息的妈妈，看看自己那一身被同学们鄙视的廉价衣服，他有想过她们吗？

自己的命运要靠自己改变，那一刻起，罗平平下定了决心。然而，还没有看到命运给她带来的任何机会，她深爱的母亲就去世了，紧接着的高考，依然沉浸在悲愤中的她不出意外地失利了。

罗平平开始工作，从真正踏上社会的那一刻起，她才明白，原来成功并不容易。在做了几个月酒店前台之后，她被父亲拉回了学校，她说不上有多抗拒，只是心中一片茫然，她无心继续学习，却也知道一个酒店前台不会有什么前途。

令她意外的是，命运很快带来了一个意想不到的机会。

"有一个机会，可以彻底改变你的人生，让你拥有数十亿的身家。"对她说出这句话的人是海王星集团的总裁助理周大全。

罗平平知道周大全喜欢她,那么她喜欢周大全吗?她自己也说不清,好像有一些吧,在她的眼里,周大全或许还不够帅气,但身上有着一种罗平平身边其他人所不具备的成熟干练的商界精英气质。

数十亿的身家?听起来像是个玩笑,不过罗平平不是很在意,那又能怎么样?她能失去什么呢?她决定按照周大全的计划试一试。

罗平平走出了校门,来到对面人行道上的一棵大树下,花毛在这里等待她很久了。她到树后换了一身衣服,戴上了头盔,骑在摩托车上等候,花毛先步行离开了。不多时,海王星集团的车来了,她向车上的人挥挥手,汽车减了一下速,没有完全停下来,随后便正常地向前行驶。罗平平骑着摩托车跟了上去,这是她的秘密,没有人知道她会骑摩托车,除了一直喜欢她的花毛。所以没有人会意识到一个独自骑着摩托车、衣着完全改变了的人会是失踪的罗平平。

周大全带罗平平见了一个戴眼镜的中年男子,后来她知道那是著名的整形专家刘博学,他仔细端详着她的脸,半晌点点头说:"没问题!"她看到身边的周大全松了一口气。

梦想就这样轻易地实现了,她一直想要的高档手机,一直想坐上的豪华汽车，穿不完的漂亮衣服，那些奢华的品牌她和之前身边的女生甚至从来没有听说过。

只是她失去了之前所有的一切，可是那有什么呢？本来她就一无所有，今天的一切才是她想要的。

这突如其来的幸福，让罗平平兴奋了好一段时间，慢慢地，她冷静下来了，她开始明白自己失去了什么——自由。在这里她只是一个傀儡，围绕在她身边的人像一群饿狼一样，随时可能吞噬她。

罗平平知道，周大全是这些人里面她仅有的救命稻草，其他人为了钱会毫不犹豫地除掉她，就像除掉孙建华一样，周大全或许不会，因为他喜欢她，但也只是或许，她想把这"或许"变成"肯定"！

她开始和周大全像恋人一样相处，但内心并不那么喜欢他，以前周大全吸引她的那些地方，现在对她而言已经不值一提了。

不安渐渐吞噬了她脆弱的心灵，她开始焦虑，开始怀疑自己是不是做错了，她无力摆脱目前的困境，却更不想回到原来的生活里。可是谁能够拯救她呢？

来了，终于来了！

对于罗东海的到来，罗平平的想法和别人不一样，之前的不安和恐惧也减轻了许多。她明白终于有一个可以和自己真正站在一起的人、无条件地保护自己的人、比周大全可靠得多的人了。

刘茂昌带来的消息，让他们恐慌了，阿强提出干掉罗东海，罗平平坚决反对，最终争执的结果是采用了周大全的方法——利用时日无多的刘茂昌，把罗东海陷入疑犯的困境中，让他自顾不暇，并且顺便除掉碍事的刘茂昌。周大全坐在黑十字酒吧里，观察着罗东海的行动，等他上了楼之后，刘茂昌开枪自杀，阿强在楼下，利用提前系在枪柄上的绳子，从窗口拉走了手枪，迅速离开了。

罗东海陷入了麻烦之后，所有的人都松了口气，但那种不安又开始笼罩罗平平，甚至比之前更加强烈——罗东海的介入，会让其他人更坚定除掉罗平平的想法。

当从刘博学口中知道罗东海进入了白沙岬的医院之后，阿强没有告诉任何人，立即行动了，只是他失败了，并且搭上了自己的一条胳膊，于是消停了一段时间。

就在这个时候，发生了一件令他们更加想不到的事情——罗东海进入了海王星集团，促成这件事的是无意识的张若雨和有意识的罗平平。

有了罗东海在身边，罗平平一下子觉得安全了，就像小时候一样。可是他到底有没有发现自己是他的女儿呢？有些像发觉了，但又不大像，如果发觉了，按照爸爸的性格不可能这么平静,那么再给他些暗示吧。

其他的人都震惊了,激烈的争论之后,罗平平承诺想办法赶走罗东海。她尝试了几次,但那些看似恶作剧的方法并没有赶走罗东海,其实这个结果正是她所希望的,而且她明白了,罗东海已经知道自己的身份了。

然而其他的人不可能就此罢休,罗东海也不可能,于是激烈的冲突不可避免地爆发了。

独自坐在警车上的罗平平似乎已经看到了自己的未来,她失去了现在所有的一切,甚至可能面临牢狱之灾。

带伤的周大全上了汽车之后,她忽然意识到这是自己最后的机会了,这个一直喜欢她的男人,或许还可以最后利用一下。

"我们没有路可以走了!"周大全一脸落寞。

"我不在乎,我们在一起的这些日子里,我很开心。"罗平平轻轻地摸着周大全那满是血迹和灰尘的脸,她知道这个男人的弱点,"那我们一起去死好了!"

"不……不,或许,你不用……"周大全轻轻叹了一口气,"还有个机会,你可以试试。"

"什么机会?"

"去白沙岬见一个人,如果他肯原谅你的话……"

"谁?"

"孙建华!"看着惊愕的罗平平,周大全一脸平静,"是的,刘博学没有杀孙建华,而是囚禁了起来,想不到他的胆小怕事最终有可能帮上你!"

"可我不是他的女儿,也不可能真正瞒过他!"

"是的,你不可能瞒过他。可是一个被囚禁了太久的人难免会寂寞,这时候他看到一个像他最爱的女儿的姑娘……其余的靠你自己把握吧!"周大全叹了一口气,他掏出一把老式的大号钥匙递给罗平平,"如果出了差错,你可以自己开锁出去,别真的饿死在里面了。那里不会有人去的,刘博学胆子小,一定顾不上那么多自己跑路了。"

"可要等到什么时候呢?"罗平平迷惑不解。

"刘博学被抓住,想立功赎罪的时候。"周大全笑了笑。

"那你呢?不和我一起吗?"周大全的话让罗平平心中升起一丝希望。

"没用,我不可能了,剩下的时间,我只想去看看小时候生活过的地方。"周大全的眼神中露出一股莫名的惆怅。"你还可以卖了我!我终究是逃不过的。"他的嘴角露出一丝残留的笑意。

尾　声

1

龙宫大酒店是滨海市最有名的海鲜酒店，坐落在南海边上，坐在酒店里，顺着宽敞的落地窗望出去，外面就是碧波荡漾的大海。餐厅里四周坐的也多是衣衫华美的俊男美女，他们笑语盈盈，秋波流转，一起分享着浪漫的时光。

罗东海穿着自己最好的一套灰色西装走了进来，神色有些拘谨地四下张望。

陆蜜儿坐在中央的一张桌子旁，她一身红色的套裙，时尚又性感，只是一副大墨镜把姣好的面孔遮住了大半——没办法，她担心被粉丝打搅。看见罗东海走进来，她站起身，快活地向他招了招手。

罗东海走过去，在陆蜜儿的对面坐下来，有些迟疑地说:"我们一起吃饭会不会影响不好……"

"什么?你什么意思?"陆蜜儿把墨镜摘下一半,一双大眼睛满是疑惑地看着罗东海。

"我是说……那个孙建华会不会……我可不想平白无故得罪一个大富豪。"罗东海期期艾艾地说。

"别放屁!我和他有什么关系?不是说了我跟他早没关系了吗?"陆蜜儿不满地说道。

"哦,是,是!我以为那是因为当时都以为他死了。这不又活过来了吗?"

"哦?也是……不过折腾这么久也没意思了,只要不是我被他甩了就好,那现在就是我把他甩了。"陆蜜儿说完哈哈笑了起来,看来是真的不在意了。

罗东海也跟着笑了两声:"哈哈,随你吧。不过总的来说,你托我查的事情算是完结了,你看……你看是不是也该说说奖金的事情呢!"

"瞧你那小家子样,其实真正赚到的是你自己吧!不过放心吧!我是不会赖账的。"陆蜜儿豪爽地挥挥手,随后妩媚一笑,低声道,"还有更好的事情等着你呢!"

罗东海有些慌乱地说道:"那啥,其实咱们两个不合适的,而且……而且你看平平她刚回来,好像她跟你有点合不来……"

"罗东海，你做梦呢！"陆蜜儿瞪起了眼睛，"我是有正经事儿和你说。"

"啊！啊！说吧，说吧！"会错了意的罗东海窘迫地抹了一把汗，随即嘟囔道，"说正经事儿怎么还来这种地方？"

陆蜜儿没在意罗东海的话，她神秘地笑了笑，低声道："不要跟别人说啊！我把这些日子的故事写了下来，结果被一个有好莱坞背景的顶尖制作人看上了，他要买下这个故事，并请我做女主角，老娘就要咸鱼翻身了。"

这瞎眼的制作人要完蛋了！罗东海倒吸一口凉气，赶忙问道："这和我有什么关系……对了！这故事主要是说我，是不是钱也有我的一份，要不，是要我也去演吗？"

"有你什么事儿？故事是以我的视角写的，你就是个打酱油的……我是觉得以我现在这身份怎么也应该配三两个助理。你这人挺靠得住，车开得也好，还是前警察，跟着我混吧，钱不能少你的。"

"不去！还想让我继续当你的马仔是吧！我待在滨海市好着呢！"罗东海得意扬扬地拒绝了，陆蜜儿是个大手大脚的人，性格也直爽，和他挺投缘，若是早些时候，他肯定一口答应了，现在可不行！哪儿也不去！

2

罗东海的家有些小，家具和电器也都很陈旧，不过罗东海昨天大半夜的工夫没有白费,他把四下都收拾得一尘不染。

"啊!好久没有吃过这么好吃的面条了。"罗平平放下了碗,摸了摸自己的肚子,看上去意犹未尽,"不能再吃了,否则今天的运动就白做了。"

罗东海做的手擀面一直是女儿的最爱——以前是,经历了这么多之后,依然还是。他心满意足地笑了笑,习惯性地掏出了烟盒,在手里打了个转却又放回了兜里——自从有了女儿,家中就不允许抽烟了,这几年一个人在家时养成的抽烟习惯是时候改掉了。

"我可以天天做饭给你吃,不过就怕你会吃腻!"罗东海慈祥地笑了笑。

"怎么会呢?"罗平平娇嗔道,"你做的饭可是有家的味道的,这些年我一直想念的就是这种味道。"

此刻在昏黄的灯光下,小屋子里洋溢着一股淡淡的温暖,很久没有这样的感觉了,从女儿离开那一天,或者是更早些,从妻子去世那一天起……

一阵手机铃声传来,罗平平站起身来说:"我去接个电话!"

罗东海望着罗平平的背影,心中并不平静。昨天他收拾房间的时候顺便洗了女儿的衣服,那几件外套在被囚禁的日子里已经脏得不成样子了。在外套的口袋里，他发现了一个老式的大号钥匙，看上去有些眼熟，他拿在手里沉思了很久，最终笑了笑，把钥匙放了回去。

罗平平走到卧室的床头，拿起手机，是一个陌生的号码，她一边按下接听键，一边向外走。

"还记得我吗，姑娘？"里面是一个低沉而苍老的声音。

"是……是孙伯伯吗？"罗平平的心一阵狂跳，在门口停住了脚步。

"是我，孙建华。我有个冒昧的请求……你愿意到我的公司来吗？继续做我的女儿……别误会，我没有别的想法，经过这次波折，我的身体和精神都被摧毁了，我只想和家人安安稳稳地度过余生，可我失去了雅欣，那是我唯一的亲人，她那么美丽，又那么善良……你太像我的雅欣了……"

听着孙建华在电话里絮絮叨叨，罗平平抑制不住心中的波澜，周大全猜中了，那几天里她也尽了自己最大的努力，一切都是最好的结果。

她偷偷转过眼，桌上的饭菜还在冒着丝丝缕缕的热气，父亲的面孔仿佛隔了一层雾气，显得有些模糊。她的心一下子迷失了，仿佛回到很多年以前，那个自己独自徘徊在十字街头的夜晚……

那一夜，十字街上寂寂无人，罗平平一个人在街头徘徊，心乱如麻，周大全和她说明了一切，却没有逼她做决定，只是一个人坐在汽车里静静地等待。

直至午夜，罗平平仰望着海王星集团大厦那闪烁着霓虹灯光的楼顶，那里仿佛与夜空中的星星一样高不可攀。那是我想要的吗？罗平平也不知道，只是错过了今夜，此生就永远没有可能了……

终于，她迈着沉重的步伐走向了停在不远处的那辆红色的保时捷卡宴。